대한민국의 자유와 평화를 위해
고귀한 희생을 하신 모든 분들에게 바칩니다.

인천상륙작전
OPERATION CHROMITE

원작 정태원 이재한 이만희
소설 안진홍

c·o·n·t·e·n·t·s

1945년 8월 15일, 제2차 세계 대전이 종전되고 한반도는 광복을 맞이한다.
이후 미국과 소비에트 연방은 북위 38도선을 경계로
한반도를 남북으로 분할하여 신탁통치가 결정된다.

1948년 북위 38도선을 경계로 남쪽은 '대한민국', 북쪽은 '조선민주주의 인민공화국'이 되고,
이후 두 나라는 서로를 '괴뢰'라 부르기 시작한다.

1950년 6월 25일, 조선민주주의 인민공화국은
소련과 중화인민공화국의 군사적 지원을 등에 업고 기습 남침을 감행하여
대한민국은 서울을 3일 만에 점령당하고,
한 달 만에 낙동강 지역을 제외한 전 국토를 빼앗기게 된다.

HEADQUARTERS X CORPS

OPERATION

CHROMITE

15 AUGUST — 30 SEPTEMBER

1950

#23

인천상륙작전 군사일지

PART I

THE GENERAL SITUATION IN KOREA - 1 AUGUST TO 15
SEPTEMBER 1950

By the 1st of August 1950, the United Nations Forces in Korea found themselves compressed into a tight perimeter. The south flank of this line rested just west of MASAN, the center curved around TAEGU, and the northern flank ran east to the sea north of POHANG. The perimeter was held by elements of five US Divisions - the 24th, 25th, and 2d Infantry Divisions, the 1st Cavalry Division, the 1st Marine Brigade of the 1st Marine Division, and six Republic of Korea Divisions. (1)

On 7 August, the first sustained counterattack of the war by US troops was launched on the south flank of the perimeter to drive the enemy back from positions which threatened PUSAN. The 1st Brigade, US Marines participated in this successful attack. (2)

To make up for these losses in the south, the enemy attacked strongly towards TAEGU and captured POHANG on the east coast from the South Koreans. After POHANG was recaptured with the aid of a US Task Force and the attack on TAEGU stopped, the indications were that the enemy had made his last big effort. But these indications proved to be very misleading when in the first two weeks of September, the North Koreans launched an all out offensive which seriously threatened TAEGU frontally and by envelopment from the east; the entire UN line between TAEGU and POHANG was pushed back until an enemy breakthrough seemed likely. Only by the greatest skill and maneuver, did the Eighth Army prevent disaster. It was at this critical point that one of the most daring and successful amphibious operations of modern warfare reversed the tide of war completely. (3)

OPERATION CHROMITE

Operations Plan 100 B with code name CHROMITE was conceived less than two weeks after the war started, when General of the Army Douglas

(1) EUSAK Periodic Operations Report for 1 August 1950.

(2) EUSAK Periodic Operations Report for 7 August 1950.

(3) Congratulatory Message, President Truman and Joint Chiefs of Staff to General MacArthur.

HEADQUARTERS X CORPS

WAR DIARY SUMMARY

FOR

OPERATION CHROMITE

15 AUGUST TO 30 SEPTEMBER 1950

APPROVED BY:

COMMANDING GENERAL

EDWARD M ALMOND
Lt Gen   USA

OFFICIAL:

JOHN S GUTHRIE
Colonel   GSC
Chief of Staff

추운 나라의 눈발은 거셌다. 모스코바 공산대학 교정은 이미 눈밭이었다. 그 위로 네댓 명이 신나게 뛰어다니며 원치 않은 고랑을 냈다. 격한 농부들의 정체는 그동안 눈을 볼 일 없었던 동남아인이었다. 아무래도 주변 분위기와 지리적 위도에 맞지 않는 피부색이었다. 하지만 그럴 만도 한 것이, 동방 노력자 공산대학이 정식 명칭인 이곳은 아시아인을 대상으로 공산주의 지도자를 양성하기 위해 설립한 학교였기 때문이다. 다양한 피부색은 오히려 이 학교의 자랑거리였다.

저들은 무엇을 위해 이 추운 곳으로 왔을까. 까무스름한 피부에 떨어지는 하얀 눈을 처음 보듯, 그동안 보지 못했던 세상을 보기 위해 왔을까. 아님 만들기 위해 왔을까. 한 사내가 3층 창가에서 하얀 고랑을 내려다보았다. 호리하지만 다부진 체격에 10대 후반이라 하기엔 얼굴이 옹골찼다. 제 나이로 보이지 않았다.

문이 열리자 사내가 뒤돌아보았다. '조선민족연구회'란 팻말이 달린 방에 여자 한 명을 포함한 조선인 다섯 명이 차례로 들어왔다. 들어올 때 무리 간의 간격이나 들어와서 빈자리에 앉는 형태로 보아 편이 갈린 게 분명했다. 아직 들어오지 않은 이들도 많아 생각을 달리하는 무리가 더 있을 것이라고 사내는 짐작했다.

"벌써 왔는가?"

마지막으로 들어온 사람은 여전히 창가에 서 있는 사내에게 인사했다. 사내는 밝은 얼굴로 화답했다.

"수만아, 날이 매섭지?"

"그렇게 부르는 건 옳지 않아. 아무리 고향 친구래도 수만 동무라 해야지."

수만이 마른 웃음을 흘렸다. 사내의 얼굴이 화끈거렸다.

"반갑습네다. 내래 용진이야요."

그는 수만과 맞은편에 앉은 걸 봐서는 뜻을 달리하는 자였다. 서글서글한 인상이 부담스럽지 않았다.

"동무도 이제 결정해야디. 어느 쪽으로 들어오시갔소?"

이어진 그의 말은 사내를 무척이나 부담스럽게 만들었다. 사내는 신중했다.

"동무들, 자기네 그룹만이 공산주의를 잘 안다고 말하지 마시오. ……내가 보기에는 같소. 이론은 그만 말하고 힘을 합쳐 일본 제국주의와 싸웁시다."

모두 사내의 말을 잠자코 듣고 있었다. 수만이 양손으로 얼굴을 감싸며 말했다.

"좋아. 그럼 동무는 어느 그룹에 들어가더라도 부르주아 놈들을 말살해야 한다는 데는 동의하나?"

사내는 고개를 끄덕였다.

"……데리고 오시오."

수만의 말에 다시 문이 열렸다. 머리에 검을 천을 뒤집어 쓴 사람이 두 명에게 양팔이 잡힌 채 끌려 들어와 무릎을 꿇리었다.

"여기 먼 이국에서조차 동포의 피를 빨아먹는 부르주아 악질 반동분자가 있소. ……처단하시오. ……동무."

수만은 8연발 안전장치가 없는 토카레프 권총을 사내의 손에 쥐어주었다. 받아 쥐는 그의 손이 잠시 떨렸다. 묵직한 무게 때문도 사람을 처음 쏴봐서도 아니었다. 본능적으로 거부감이 들었다.

"동무의 사상 검증이 필요하오."

수만이 사내를 재촉했다.

"누구야? 수만……동무."

사내의 목울대가 꿀렁거렸다. 창밖에 사나운 바람이 불었다. 수만은 대답하지 않았다. 사내는 주위를 둘러보았다. 보이지 않는 손들이 그의 등을 떠밀었다. 사내는 지독히도 내키지 않았다. 보이지 않는 총구가 그의 머리를 겨누었다. 사내는 깊은 숨을 들이쉬며 손을 내뻗어 검은 천을 낚아챘다.

'아버지!'

사내의 아비는 안면이 피범벅 되어 눈을 뜨지 못했다. 사내의 이가 떨리기 시작했다. 용진을 필두로 여자를 제외한 나머지 조선인들이 하나둘 일어서서 사내 주위를 에워쌌다. 수만은 권총을 쥔 사내의 손을 천천히 들어 올렸다.

'타닥, 타다닥…….'

사내의 떨리던 이는 급기야 부딪치기 시작했다.

악수(惡手)의 고환

1950년 8월 23일.

도쿄 한가운데에 자리한 유엔군 사령부 6층, 한 집무실에 10여 명의 미군 장성이 자리 잡았다. 각자가 짊어진 별 개수와 상관없이 모두 긴장한 얼굴이었다. 다만 그 정도의 차이는 별 개수와 반비례했다. 별 무게가 가벼운 몇몇은 다소 경직된 표정으로 방을 훑어보았다. 열여섯 평 남짓한 방이었다. 통유리창세 개와 그 사이사이에 호두나무로 마감된 벽이 근엄함을 자아냈다. 큰 탁자 위에 놓인 튜더 왕조풍의 집기와 장식이 그들이 달고 있는 별과 제법 잘 어울렸다.

집무실 주인은 유엔군 최고사령관 더글러스 맥아더였다. 그는 연신 담배 연기를 내뿜었다. 탄내가 고약해지자 맥아더는 파이프를 소리 나게 내려놓았다. 워싱턴에서 날아온 세 명의 불청객에 대한 일종의 경고였다. 상대는 육해군 참모총장인 콜린스와 셔먼 두 대장과 공군 대표인 에드워드 중장이었다. 그들은 맥아더보다 15년 이상 후배지만 만만치 않았다. 그들 역시 양 어깨를 짓누르는 은색 별 무게를 너끈히 받아내는 백전노장이었다.

맥아더는 잠시 셔먼과 눈이 마주쳤다. 그는 태평양전쟁을 같이 겪은 옛 전우였다. 하지만 지금은 대통령 트루먼이 보낸 장성 중 한 명일 뿐이다. 맥아더는 그들의 날 선 시선 뒤에서 풍겨오는 정치인들의 비릿한 냄새에 코를 찡긋거렸다. 일단 그들의 말을 들어보기로 했다.

"장군, 워싱턴에서 한 달 전부터 보고를 받았습니다. 그들의 허리를 잘라 보급로를 끊어야 한다는 의견에 적극 찬성합니다. 그런데 인천에 상륙하시겠다고요? …인천은 단념하고 군산은 어떨지요? 군산은 현 낙동강 전선과 좀 더 가깝고, 인천과 같은 자연적 장애도 없습니다."

콜린스 육군 참모총장이 먼저 입을 뗐다.

"맞습니다. 안전한 군산으로 변경하는 게 좋겠습니다."

셔먼 제독이 콜린스와 입을 맞춘 듯 적절히 끼어들었다. 둘은 맥아더의 반응을 지켜보았다. 그는 다시 파이프를 집어 들고 재를 털기 시작했다. 바닥에 깔린 카펫 색깔이 회색인 이유는 다 있었다. 시계는 제 역할을 묵묵히 했다. 그렇게 1분이 흘렀다. 모두 노련했다. 어느 하나 섣불리 나서지 않았다. 별 한 개 무게의 차이인지 에드워드 중장이 더 이상 참지 못하고 자리에서 벌떡 일어섰다. 맥아더는 이를 기다렸다는 듯 말문을 열었다.

"인천이 왜 안 된다는 거요? 승리가 싫어서? …아니면 이 맥아더가 싫어서?"

"인천은 조수 간만의 차가 심합니다. 평균 6.9미터에 이르고 가끔 10미터를 넘기도 합니다. 저희 군함은 들어간 지 10분도 채 안 돼 발이 묶일 겁니다. 게다가 배를 돌리기엔 항구가 지나치게 협소합니다."

셔먼이 맥아더의 눈길을 피하지 않고 대답했다. 호기롭게 일어선 에드워드도 한마디 거들었다.

"간조 때에는 3.2킬로미터나 되는 갯벌이 노출되며, 비어(飛魚) 수로라 불리는 유일한 진입 수로는 폭이 2킬로미터, 수심은 평균 14미터밖에 되지 않습니다. 기뢰 부설에 용이한 지점이라 전함 한 척이라도 좌초되면 선단 항해가 불가능합니다."

해군을 대표하는 셔먼은 공군인 에드워드가 설치는 꼴을 두고 볼 수 없었다.

"설사 인천항에 안전하게 근접하더라도 항구 전면에는 월미도가 버티고 있습니다. 장군은 제2차 세계대전 당시 실패한 이

탈리아 안치오 상륙전을 기억하시죠? 혹 월미도에 적의 예비대가 구축되어 있다면 상륙도 하기 전에 배후에서 포격을 받을 것입니다. …좋습니다. 인천항에 무사히 왔다 치고 살펴보겠습니다. 인천항 부두 안벽의 높이는 5미터에 달합니다. 과연 병력 상륙과 자재 양륙이 용이하겠습니까?"

한동안 침묵이 이어졌다. 잠자코 있던 콜린스 육군 참모총장이 결정타를 날렸다.

"장군, 상륙작전 교범을 들춰보시오. 그 속에서 금기 사항만 추려보면 바로 인천이오, 인천!"

새까만 후배의 도발에 맥아더는 반응하지 않았다. 에드워드는 더 이상 서 있을 이유가 없었다. 때 이른 승리의 미소를 지으며 자리에 앉자 맥아더가 일어섰다. 그는 파이프 대신 지시봉을 들었다. 곧장 1:50,000 지도에서 한 지점을 가리켰다. 월미도였다.

"그린 비치!"

워싱턴에서 온 장성들은 어리둥절했다.

"그래서 세 개의 경로를 개발했소. 그린, 레드, 블루. 우선 이른 새벽 만조 시간에는 그린 비치 월미도에, 저녁 만조 시간에는 인천항 북쪽 레드 비치에, 마지막으로 주안 염전 지역인 블루 비치에 각각 상륙하는 것이오. 셔먼 제독이 우려한 잠재적 배후의 적을 먼저 치면 되겠소?"

지시봉은 다시 월미도를 가리켰다. 맥아더의 예상치 못한 반격이었다. 모두 생각에 잠겼다. 머릿속이 복잡했다. 그중 콜린스의 머리 회전이 가장 빨랐다.

"상륙한다고 말씀하셨습니까? 다른 장군들이 말했다시피, 갯벌이 우리 탱크를 통째로 삼켜버릴 겁니다. 더구나 해병대가 무슨 수로 그 높은 해안 벽을 기어오른단 말입니까?"

맥아더는 파이프에 새 연초를 차분하게 다져 넣으며 말했다.

"사다리가 있잖소."

"사, 사다리요?"

셔먼은 그의 귀를 의심했다.

"이미 일본 고베에서 알루미늄과 나무로 사다리를 만들 준비를 하고 있습니다."

맥아더는 한술 더 떴다. 셔먼은 밀릴 수 없었다.

"더 심각한 건, 장군 말씀대로 월미도를 먼저 치려면 새벽 만조 시, 2시간 안에 상륙해야 합니다. 그럼 한밤중에 이동해야 하는데, 도대체 어떻게 적에게 들키지 않고 빛도 없이 함대를 움직인다는 말씀입니까?"

"월미도 아래 팔미도란 아주 작은 섬이 하나 있는데 거기 등대가 있소."

워싱턴 불청객들의 입에서 너나없이 헛웃음이 삐져나왔다. 콜린스가 총대를 멨다.

"식은 죽 먹기네요. 그럼 전 트루먼 대통령께 돌아가 말하겠습니다. 우리에게는 사다리와 등대가 있으니 인천 상륙작전을 허가해달라고요."

여러 장성들도 웃었다. 맥아더도 잠시 덩달아 웃다가 이내 안색을 바꾸었다.

"인천? 적도 당신들처럼 웃을 것이오. 누가 말도 안 되는 곳에 상륙작전을 펼친다고 생각이나 하겠소."

맥아더는 탁자를 힘껏 내리쳤다.

"바로 이 이유 때문에 인천에 상륙하겠단 말이오! 전쟁의 국면은 곧 바뀔 것이니, 당장 워싱턴으로 돌아가 트루먼에게 승낙을 받아내시오! 장군들."

불청객들은 압도당했다. 짧은 말이지만 묘하게 설득력이 있었다. 어떤 곤혹스러운 질문에도 맥아더는 견고했다.

"일본까지 왔으니 녹차나 한잔 대접받아 볼까요?"

콜린스는 잠시 숨을 돌리기로 결정했다.

✢

B-29 슈퍼포트리스 폭격기 편대는 자신의 배를 갈랐다. 그러고는 9톤가량의 폭탄을 평양에 다 토해냈다. 평양은 이를 꾸역꾸역 받아냈다. 북은 지상으로 낙동강까지 밀고 내려갔으나

하늘을 곧장 내주고 말았다. 북 지도부는 땅 밑으로 들어갔다. 신의주를 잇는 고속도로 인근 돌박산에 건설 중인 지하 방공호가 완공되기 전까진 임시 거처에서 부대껴야 했다.

지상의 폭격에 지하가 조금씩 들썩거렸다. 지하에 속하게 된 지도부 회의실도 마찬가지였다. 긴박한 분위기에 어울리지 않게 원탁 주위에 앉아 있는 이들은 익숙한지 평온해 보였다. 지도 위에 놓인 병력 모형이나 서류 뭉치가 떨어지면 담담히 줍기까지 했다.

단 한 사람 김일성 최고사령관의 표정만 일그러졌다. 낮에만 오던 폭격기가 해가 길어지면서 오늘은 늦게까지 땅을 두드렸기 때문이다. 또 8월 15일 부산을 해방시키겠다고 한 자신의 호언이 허언이 된 것에 대한 실망도 한몫했다. 김일성은 눈을 감았다. 이윽고 주위 사물의 들썩거림이 멈추자 몸을 깊숙이 의자에 묻었다.

이번엔 기다렸다는 듯 사람들이 들썩거렸다.

"이어서 계속 말씀 드리갔습네다. 군산, 해주, 주문진, 원산에 상륙한다는 말은 다 연막 아니갔습네까?"

가장 연장자인 인민군 전선 사령관이 일어서며 확신했다. 그는 원탁에 둘러앉은 이들의 동의를 얻고자 눈길을 이리저리 보냈다.

"계속하시라요."

잠시 입을 연 김일성은 여전히 눈을 감고 있었다. 전선 사령관은 이 말을 기다린 듯했다.

"아무래도 우리 낙동강 공격선을 흐트러뜨리려는 적의 역정 보이디 싶습네다. 미국 놈들은 분명 낙동강 전선을 뚫고 올라올 겁네다."

"김포에 수백 대의 비행기를 띄워 낙하산 부대를 투하할 가능성도 높디요. 최고사령관 동지."

2군 단장이 치고 들어왔다.

"기래서?"

"평양과 대구를 잇는 보급로를 끊어버릴 속셈이디요. 갸네는 기를 쓰고 김포 비행장을 확보하려 할 겁네다."

"기래? 기카문, 비행장을 빠게버리라우."

2군 단장이 얼른 답하지 못했다. 서울지구 경비사령관이 거들었다.

"최고사령관 동지, 빠게버리면 안 됩네다. 우리도 써먹어야디. 공격과 수송 면에서 꼭 필요합네다."

"기카문, 빨리 써먹고 빨리 빠게버리라우. 자, 담은 누구네? 또 말해보라우."

이 중 가장 나이가 어린 제1군 단장이 조심스레 입을 열었다.

"난 오히려 예상을 깨고 평양을 직접 때릴 수도 있다고 봅네다."

"닥치라우!"

그제야 눈을 뜬 김일성의 일갈에 모두 얼어붙었다.

"전선사령관이 다시 한 말씀 하시라요."

"한 발치만 더 뚫으면 끝입네다. 낙동강 전선에 남은 병력을 총동원해 날래 결정을 짓자는 말입네다."

"길티, 길티. 모두 전선사령관처럼 속 시원한 얘기들 좀 해보라우."

"맞습네다. 낙동강 전선에서 쫌만 지체하문 미국 놈들이 언제 군산이나 해주 쪽으로 쳐들어올지 모릅네다. 그라문 서울이나 평양은 못 버팁네다."

2군 단장이 이야기의 물꼬를 텄다. 너도나도 그 물꼬에 몸을 실었다.

"거참, 군산, 주문진, 원산은 다 연막이야요. 기깟 역정보에 휘둘러 가지고선 우리 공격선 다 무너뜨릴 겁네까?"

"기리티요. 기리니끼니 낙동강을 뚫으문 이 전쟁도 끝입네다."

"긴데……."

인천지구 경비사령관 림계진이 물꼬를 막았다.

"어째 다들 인천은 빼고 지랄들입네까?"

지하 방공호에도 싸늘한 바람이 불었다.

"맥아더가 돌대가리요? 우리 총병력이 낙동강 전선에 다 몰려 있는데, 거기에 대가리를 디밀구 뚫고 온다? 갸네가 등신이네?"

모두 눈살을 찌푸렸지만 선뜻 나서지 않았다.

"내래 여기 오기 직전, 미군이 일본 사가미 해안에서 상륙작전 연습을 한다는 첩보를 입수했습네다."

김일성은 움찔했다.

"계속해보라우."

"북경을 방문 중인 상업부장 동지도 연락을 해왔습네다. 주은래 동지가 작전총국의 판단에 입각해 갸들이 인천에 상륙할 가능성이 높으니 이에 대비하라는 말을 꼭 전하라고 했답네다."

"야! 림계진이. 니, 그라문 날래 인천으로 가서 총 들고 지키라우. 평양에 자꾸 기 올라오디 말구."

전선사령관의 말에 웃음소리가 날렸다. 서울 경비사령관이 덧붙였다.

"거 림계진 동무는 욕심 좀 작작 부리라요. 동무가 하두 지랄하니까니 최고사령관 동지께서두 월미도 진지를 팍팍 밀어주지 않았습메?"

"야!"

계진이 벌떡 일어나 총을 꺼내 서울 사령관 얼굴에 들이댔다. 순식간이었다. 서울 사령관도 지지 않고 총을 꺼내 겨누었다. 김일성이 언성을 높였다.

"총들 못 내리갔어! 림계진이, 넌 그놈의 성질 좀 죽이라우."

계진은 아랑곳하지 않았다.

"고게 서울 경비사령관이란 놈이 할 말이네? 인천을 지키문 니네 서울도 내가 지켜주는 건데, 고거이 할 말이네?"

그는 총을 거두며 자리에 앉았다. 분이 풀리지 않았는지 책상을 내리치며 러시아어로 소리쳤다.

"이지 나 후이!(엿 먹어), 쑤까!(암캐), 블라츠!(제기랄)"

"이 종간나 새끼, 입 좀 닥치라우."

내용에 비해 김일성의 말투는 차분했다. 그는 좌중을 둘러보았다.

"림계진이 말도 일리는 있디 않네? 그래도 지원병은 못 주갔어. 내래 아무리 생각해봐도 인천은, 음…… 대신 소련에서 무기 좀 받아줄 테니끼니 고걸로 인천 꼭 지키라우."

계진의 입꼬리가 살짝 올라갔다.

"안 그래도 블라디보스토크에서 기뢰와 TNT를 적재한 무개화차가 출발했습네다."

"뭐? 내래 니 못 당하겠구나야. 하하하. 하지만 동무, 내 앞에서 총을 꺼낸 일은 좌시하디 않갔어. 림계진이…… 앞으로 평양에 절대 오디 말라우. 내 눈에 띄문 즉시 총살임메. 대신 중간중간 검열단을 내리 보내갔어. 준비 단단히 하고 있으라우. ……그래도 일단 밥은 먹어야 하디 않갔어? 정선실 비서실장 동무.…정선실이!"

"안 들리는 모양입네다."

계진이 일어나 회의실 문을 열었다. 정선실이 입구에 서 있
었다.

"오랜만입네다. 모스크바에서 마지막으로 뵙고 오늘 처음입
네다. 림계진 동지."

"……오랜만이오."

정선실을 바라보는 그의 눈빛이 서늘했다.

⚜

"향이 남다르군요."

콜린스는 눈을 뜨고 찻잔을 내려놓았다. 이제 다시 시작할
시간이 되었다. 항상 선공의 몫은 콜린스였다.

"5000 대 1! 워싱턴에서 성공할 확률이 5000 대 1이라더군
요. 인천에 상륙하는 그 작전을……."

"크로마이트 작전이라 정확히 한 달 전에 이름 붙였소."

맥아더가 말을 자르고 들어오자 콜린스가 막아섰다.

"크로마이트? 녹슬지 않고 번쩍거리는 금속? 귀여운 이름이
군요. 장군은 의도적으로 계획 보고를 늦췄습니다. 우리가 워
싱턴에서 올 때까지 기다렸고요. 우리에겐 오로지 작전 하나만

제시하고 대안도 없고. 장군은 우리뿐 아니라 대통령까지 모욕했습니다.……왜 인천입니까? 장군은 대체 뭘 탐내는 거죠?"

"……전쟁이 터지고 나흘이 지난 후, 난 전황을 살피기 위해 극비리에 한강 방어선을 시찰하였소. 참호 속 개인호에 한 군인이 꼿꼿이 서 있더군요."

에드워드가 맥아더의 동문서답에 그의 말을 끊으려 했지만 콜린스가 손을 들어 제지했다. 맥아더는 모른 척 계속 말을 이었다.

"왜 후퇴하지 않았냐고 물으니 상관의 후퇴 명령이 없었다더군요. 필요한 게 뭐냐고 하니 전차와 대포를 부술 무기를 달라더군요. ……신선한 경험을 했었소. 군 생활을 제법 오래 한 내가 말이오. 한 48년 했나?"

콜린스는 말라버린 찻잔을 만지작거릴 뿐 듣고만 있었다.

"그에게 동질감을 느꼈소. 군인으로서 한 가지 목표, 바로 승리였습니다. 난 그때 마음먹었소. 이 군인의 나라를 꼭 구하겠다고!"

집무실에 널린 별들이 미동했다. 콜린스는 계속 찻잔을 만지작거렸다.

"장군, 난 아무리 생각해도 인천 상륙작전은 악수(惡手)인 듯합니다."

"물론 악수일 수도 있지만 적도 악수를 두면 결국 좋은 수가 되는 것이오."

콜린스가 자리에서 일어났다.

"장군, 좋은 차 대접 잘 받았습니다. 오늘은 이만 돌아가겠습니다."

별들이 하나둘 일어났지만 셔먼만은 자리를 지켰다.

"옛 전우 셔먼 제독, 그대는 안 가시오?"

"장군, 하나만 여쭤보겠습니다. 팔미도에 등대가 있다고 했는데, 그럼 누가 그 등댓불을 밝힌다는 말씀입니까?"

"셔먼, 관심을 가져줘서 고맙소. 사실 그 부분이 가장 걱정이긴 하오. 그래서 한국인으로 구성된 켈로 부대(KLO)에 협조 요청을 했소이다. 그들이 곧 움직일 것이오."

"켈로 부대?"

셔먼은 갸웃거렸다. 맥아더는 더 이상 입을 열지 않고 파이프를 집어 들었다.

동상(同床)

해가 뜰 채비를 했다. 수송열차가 어둠을 비켜 달렸다. 열차 복도 바닥은 여전히 어두웠다. 장학수가 어둠을 밟았다. 이른 빛에 보이는 그의 얼굴은 무표정했다. 번뜩이는 눈동자만 없었다면 그냥 미끈하게 잘 만든 탈을 쓴 것 같았다. 감정은 보이지 않는 탈 안쪽으로 봉인된 듯 했다. 그 뒤로 일곱 명이 뒤따랐다. 차례대로 남기성, 강봉포, 오대수, 천달중, 송상득, 조인국, 양판동. 모두 인민군 복장이었다.

학수가 통로 연결 문을 열었다. 지독한 쉰내가 훅 몰려왔다. 곧 피비린내가 앞질렀다. 부상당한 인민군이 점령한 열차 칸이었다. 모두 눈을 감고 있었지만 몇몇은 눈물을 흘렸다. 몇몇은 입을 닫았지만 모두 신음소리를 흘렸다. 학수는 한참이나 떨어진 낙동강 전선의 참혹함을 떠올렸다. 그래도 이들은 다행히 치료를 받았고, 후방 인천의 병원으로 후송 조치도 받았기에 분명 높은 계급층과 최소한 먼 친척뻘은 되리라, 학수는 생각했다.

학수 일행은 들어온 순서대로 좁은 통로를 소리 없이 움직였다. 바로 뒤에 따라붙은 기성은 40대 초반으로 무리 중 가장 연장자로 나잇값 한답시고 자꾸 뒤돌아보며 일행들에게 괜한 주의를 주곤 했다.

학수가 갑자기 멈춰 섰다. 뒤를 돌아보며 걷던 기성은 노련하게 학수와 부딪힘을 모면했지만 대신 졸고 있던 한 인민군의 발을 밟고 말았다. 하필이면 붕대를 감고 있는 발이었다. 발을 밟힌 인민군이 눈을 떴다. 어이가 없다는 눈빛을 짓더니 아픔에 목청껏 소릴 질렀다. 학수가 이내 그 입을 막았다. 다행히 음량은 줄어들었지만 제법 큰 소리였다. 모두 당황한 눈빛이었다. 아무리 부상당한 자들이라도 모두 일어나 덤빈다면 승산은 없었다. 학수는 품안의 칼을 만졌다. 기성이 그 팔을 지그시 눌렀다. 다행히 여기저기서 산발적으로 신음이 들렸다. 으레 그러려니 하고, 아무도 학수 일행을 신경 쓰지 않았다. 곧 발을 밟힌 자도 눈을 감고 고통을 감내했다. 학수가 기성을 노려보았다. 기성은 시선을 피했다. 뒤에서도 일행들이 그를 무덤덤하게 쳐다보았다.

학수는 맨 뒤칸으로 이어지는 연결 문을 열어젖혔다. 널찍했다. 간부로 보이는 인민군 다섯 명이 듬성듬성 앉아 있었다. 학수가 걸음을 떼자 일행이 뒤따랐다. 마지막으로 들어온 대수와 달중이 문을 닫으며 가로막고 섰다. 앉아 있는 이들 중 유일하게 눈뜬 이는 책을 읽고 있었다. 학수는 그 맞은편에 털썩 주저앉았다. 나머지 일행도 빈자리를 찾아 흩어졌다.

책을 보던 박남철 정치장교는 느닷없이 앞좌석에 앉은 이가 신경 쓰였는지 글자에 집중할 수 없었다. 책을 내려 보니 자신과 똑같은 옷차림이었다. 거슬렸다.

"안녕하십네까?"

상대는 능청스럽기까지 했다. 어디서 본 적이 있었나? 남철은 대답하지 않고 지켜보았다. 상대는 담배를 하나 꺼내 물었다.

"동무, 불 좀 붙입세다."

남철이 주위를 둘러보았다. 그의 부하들은 아직 깨지 않았다. 그들의 앞좌석 또는 뒷좌석에 낯선 이들이 앉아 있었다. 그는 경계심이 들었으나 내색하지 않았다. 태연하게 성냥을 꺼내 불을 붙여 상대에게 내밀었다. 학수는 뻐끔거리며 불을 담배로 옮겼다. 담배를 길게 한 모금 빨다 연기를 내뿜었다. 학수가 창밖을 내다보며 한 마디 내뱉었다.

"거 참, 담배 피우기 딱 좋은 날씨입네다."

남철은 한참 동안 그를 쳐다보다 책을 다시 들었다. 학수가 내버려두지 않았다.

"책 많이 보문 주댕이만 사는 거이 아닙네까?"

"뭔 말이네?"

짧지만 남철이 처음으로 제대로 된 반응을 보였다.

"책이라는 게 그렇디 않습네까? 진심은 감추고 치장과 거짓으로 도배되어 있는."

남철이 흥미를 보였다.

"계속해보라우"

"자꾸 책만 읽으문 이상하게 눈이 멀어져 현실이 안 보이디요."

"동무, 말 조심하라우. 우리의 사상이 다 책에서 시작된 것 아니갔소?"

학수는 그제야 남철의 책 제목을 자세히 본다. 러시아였다.

"그들은 조국을 위해 싸웠다?"

학수는 콧방귀를 뀌더니 담배를 깊게 한 모금 빨아들였다. 그러고는 연기와 함께 말을 뱉어냈다.

"그 책 주인공이 끝에 가서 총에 맞아 죽디요. 마지막으로 파란 하늘을 보디요. 작가인 미하일 숄로호프는 그 하늘을 온갖 말로 아름답게 표현합네다. 긴데 고게 다 거짓말이디요. 새파란 하늘이 어이 아름답게 보이갔습네까? 아파 죽갔는데. 아니 그렇습네까?"

"아직 거기까진 못 읽었는데, 고맙습메. 결말도 말해주고."

남철은 가볍게 웃었다. 학수도 덩달아 웃을 만도 했지만 무표정하게 말했다.

"알고 보는 것도 나쁘디 않소. 긴장감을 좀 더해주디 않갔소?"

남철은 웃음을 거뒀다.

"잡소리 그만하고 본론을 말하기오! 동무, 무슨 말이 하고 싶네?"

학수는 여전히 무표정한 얼굴을 하고 있었다.

"인천엔… 우리가 간다! 박남철 동무."

학수의 말이 끝남과 동시에 남철의 뒤에 앉아 있던 인국이 철사 줄로 빠르게 그의 목을 감았다. '컥' 소리와 함께 남철은 손을 뒤로 뻗어 인국의 머리채를 잡았다. 학수는 당황하지 않고 품속에서 짧은 칼을 꺼냈다. 칼을 든 손은 곧장 남철의 심장으로 향했다. 남은 한 손은 남철의 입을 틀어막았다. 칼이 깊게 잠길수록 그의 눈알이 튀어나왔다. 칼이 손잡이 앞까지 들어갔다.

학수는 죽음을 확인하고 칼을 빼 남철의 피를 그의 군복에 돌려주었다. 다른 좌석에서도 똑같은 의식이 치러졌다. 열차의 한 칸은 잔인한 의식을 치르는 신전 같았다. 다만 누구를 위해 제를 올리는지는 알 수 없었다. 제사장 학수가 손짓하자 일행은 희생 제물의 품속에서 신분증과 소지품을 꺼내 챙겼다.

열차가 철교로 들어섰다. 학수가 다시 한 번 손짓하자 역할을 다한 희생 제물이 달리는 열차 밖으로 던져졌다. 해는 막 지평선을 넘어섰다.

✠

인천 역사에 기차가 멈춰 섰다. 우선 걸을 수 있는 부상병들이 내렸다. 학수 일행은 그 뒤를 따랐다. 이번엔 학수가 뒤로 갔다. 그는 차례를 기다리다 잠시 뒤돌았다. 혼자 움직일 수 없는 부상병들이 눈에 들어왔다. 오른발이 절단된 앳된 병사가 그를 쳐다보았다. 말라붙은 눈물 자국이 그 고통을 짐작케 했다. 몇 번이나 울었는지 자국이 난 방향도 제각각이었다. 누구를 위한 눈물이었을까. 자신? 가족? 이념? 병사의 눈에 또 눈물이 고이기 시작했다. 학수는 얼른 고개를 숙였다. 그의 탈에 균열이 가서는 안 됐다. 탈 안으로 학수의 생각이 맴돌았다.

"최고사령부 상급 검열관 동지시더요?"

학수는 고개를 객차 밖으로 돌렸다. 한 병사가 그를 올려다보며 경례했다.

"인천지구 경비사령부 작전참모 류장춘입네다."

그는 타고난 군인이었다. 몸 자체가 강직해 보였다. 다만 말끝 뒤에 흘리는 미소엔 다소 비열함이 묻어났다. 학수가 답례했다.

"박남철이오."

"경비사령관님께서 기다리고 계십네다. 차로 모시갔습네다."

장춘은 절도 있게 손을 들어 한쪽을 가리켰다. 지프 두 대와 군용 트럭이 보였다. 장춘이 맨 앞 지프로 학수를 안내했다. 장춘의 심복 리경식이 기다리고 있었다. 학수는 뒷좌석에 자리를 잡았다. 순간 기성이 재빨리 같이 올라타 남은 뒷좌석을 차지했다. 당황한 장춘은 머뭇거리다 조수석으로 몸을 돌렸다. 경식이 다리 하나를 조수석에 올리던 참이었다. 장춘은 말없이 노려보았다. 경식은 자릴 양보하고 다음 지프로 향했다. 좌석은 이미 만석이었다. 조수석엔 조인국, 그 뒤로 양판동과 송상득이 무표정하게 앉아 있었다. 경식은 투덜대며 덮개가 없는 군용 트럭 짐칸에 올라갔다. 그는 거기서도 강봉포, 오대수, 천달중의 차가운 시선을 감내해야 했다. 차량이 줄지어 출발했다.

✙

길게 뻗은 해안도로를 차량 세 대만 달렸다. 달리는 속도만큼 바람도 불어주었다. 차문이 없기에 당연 창문도 없었다. 짠 내음이 바다에서 거침없이 몰려왔다. 학수는 비릿함을 실컷 들이켰다. 마음이 편해졌다. 저 멀리 도시가 보였다.

'어머니!'

그의 심장이 엇박자로 뛰었다. 그는 무형의 탈을 잠시 들어
올려 깊게 숨을 들여 마셨다. 맞은편에서 차량 한 대가 다가왔
다. 덮개가 있었고, 빨간 십자가가 그려져 있었다. 의료 차량인
듯했다. 학수는 차를 유심히 바라보았다. 차가 가까이 다가오
자 조수석에 앉은 여인이 눈에 들어왔다. 그녀는 정면만 바라
보고 있었다. 스쳤다. 바람이 일었다. 그녀의 머리카락이 날렸
다. 볼록한 이마와 하얀 목덜미가 눈부셨다. 탈이 들려진 틈새
로 그녀가 쑥 들어왔다. 학수는 얼른 탈을 고쳐 썼으나 비뚤어
져 있었다. 지나간 그녀를 뒤돌아보았다. 그의 입꼬리가 움찔
거렸다. 탈에 균열이 이는 듯했다.

순간 커다란 물체가 순식간에 그를 지나쳤다. 도로 옆, 포신
이 날아간 채 전복된 전차였다. 곧이어 좀 전보다 큰 물체가 그
를 스쳤다. 격추된 미군 프로펠러 전투기 콜세어였다. 프로펠
러가 떨어져 나갔고 왼쪽 날개의 반도 보이지 않았다.

학수는 바로 앉았다. 저기에 타고 있던 사람들은 어디로 갔
을까. 학수의 마음이 무거워졌다. 탈은 다시 제자리로 돌아갔
다. 자세히 보면 전쟁의 상흔이 주위에 널렸다. 바다만이 전쟁
을 몰랐다. 이제 바다가 제아무리 자신의 내음을 날려도 학수
는 더 이상 느끼지 못했다. 기성이 그를 힐끔 쳐다보았지만 그
는 눈을 마주치지 않았다.

✣

인천 시내로 차량 세 대가 줄지어 들어왔다. 도로 양편 전봇대를 이은 붉은 현수막이 그들을 맞이했다.

'우리의 땅을 피로 지키자!'

'미제를 몰아내고 한라산에 공화 국기를 꽂자!'

'전 인민의 전쟁 승리를 위하여!'

도시 외형은 크게 변하지 않았다. 다만 예전과 달리 붉은색이 많아졌을 뿐이다. 하지만 도시 속의 사람들은 분명 변했다. 지나가는 사람들 중 웃는 이가 단 한명도 눈에 띄지 않았다. 인민군은 전쟁 발발 9일이 지난 7월 4일 인천을 장악했다. 그 즉시 동마다 인민위원회를 설치했다. 비율 차이야 있지만 민주주의와 공산주의, 삼팔선을 기준으로 남·북인들이 뒤섞여 있었기에 도심 곳곳에 피비린내가 진동했다.

기성은 지프 뒷좌석에서 들썩거리면서도 두리번거렸다. 뭔가를 찾는 심산이었다. 그의 시선은 계속 떨렸다. 조수석의 장춘이 뒤돌아보았다.

"조금만 가시문 시청이 나옵네다. 그 시청…… 동무는 와 그리 눈알을 굴리고 있습메?"

기성은 선뜻 대답하지 못하고 그저 학수만 바라보았다.

"류장춘 동무랬소? 신경 쓰디 마라우. 이 동무래 어제부터 속이 안 좋다 했슴메. 안내나 잘 하기오."

기성은 못마땅한 표정을 숨기지 않았다. 그는 화풀이로 운전병 뒤통수를 날렸다.

"운전 똑바로하라우."

계급이 깡패다. 애꿎은 운전병의 뒤통수만 성할 날이 없었다.

시청에 다다랐다. 시청 건물 상단에 커다란 인공기가 붙어 있었다. 그 왼쪽으로는 스탈린, 오른쪽으로는 김일성의 얼굴이 크게 자리 잡았다. 그 밑으로 역시 붉은색 현수막이 바람 따라 흔들거렸다.

'인천 인민은 해방되었다!'

⚓

어둑어둑한 실내, 슬라이드 환등기에서 내뿜은 빛이 한쪽 벽면에 환한 직사각형을 만들었다. 환등기 뒤로 학수와 그 일행이 의자에 앉아 있었다. 발자국 소리가 들렸다. 일제히 소리 나는 방향으로 고개를 돌렸다. 림계진이었다. 모두 기립해 경례를 붙였다. 계진은 화답하지 않고 곧장 학수에게로 가 손을 내밀어 악수를 청했다. 학수는 손을 내리고, 그의 손을 잡았다.

"반갑슴메. 림계진이오. 낙동강 전선은 어드케 돌아가고 있슴메?"

"피바다입네다. 경비사령관 동지."

계진은 말없이 고개만 끄덕거렸다. 자리에 앉아 장춘에게 손짓했다.

"시작하라우."

'딸깍.'

환등기가 일정한 간격을 두고 계속 딸깍거렸다. 소리에 따라 스크린을 대신한 하얀 벽면에 인민군 배치 현황 슬라이드 사진들이 나타났다. 사진과 사진 사이, 찰칵거림의 사이사이에 장춘의 음성이 끼어들었다.

"우선 여기 인천항에 제64 해안연대, 인천항 남쪽의 서해안 방어는 제106 경비연대, 그리고 월미도에 제226 육전대 소속의 1개 대대 및 포병 중대가 있습네다. 해안가에는 918 해안포연대, 제2b포병대대가 주둔하고 있고, 위쪽 서울에는 78 독립연대, 기카구 제42 전차연대……."

"닥치라우! 여기서 와 서울 경비를 말하네? 서울은 빼기요."

순간 얄미운 서울 경비사령관의 얼굴이 스쳤다. 계진은 부러 담배를 말며 마음을 진정시켰다. 장춘은 다소 주눅 든 모습으로 계속 말을 이어갔다.

"인천의 지리적 특성상 육로를 통해 적의 병력이 들어올 수 있는 길목은 시흥, 김포, 화성입네다. 여기에 각각 전차연대와 1개 보병대대를 분산 배치해 두었습네다."

"미제 놈들이 바다루 기어들문 어이 막네?"

학수의 질문에 장춘은 피식 웃음을 흘렸다.

"인천항으로 진입이 가능한 수로는 하나밖에 없습네다. 거기서 상륙정 하나만 좌초돼도 진입로가 봉쇄됩네다. 고기서 놈들 발을 묶어두고, 해안에 설치한 76mm 포로 두들겨 모소리 수장시키문 됩네다."

장춘은 자신의 대답이 만족스러웠다. 부하에게 환등기를 끄라고 지시했다.

"잠깐, 이보기오. 류장춘 동무."

환등기가 꺼지지 않았다. 학수의 부름에 장춘은 신경질적으로 쳐다보았다. 계진은 관심 없는 듯 계속 담배를 말았다.

"76mm 포는 아무 쓸모가 없지비. 상륙정들이 쳐들어 오문 끝이란 말임메. 들어오기 전에 해상에서 막아야디 않갔어? 긴데 와 기뢰 얘긴 없네?"

장춘은 계진의 눈치를 보며 머뭇거렸다. 계진은 담배에 불을 붙였다.

"기거이……."

"와 기뢰를 아니 띄웠습메? 아님, 아예 없습메?"

학수의 비아냥거림에 계진은 길게 내뿜은 담배 연기로 답했다. 연기가 학수의 얼굴을 감쌌다.

"기뢰는 뱃길마다 잘 깔아놨디."

학수는 계진의 말을 외면하고 장춘에게 말했다.

"동무, 기카문 지도에 잘 표시해놨겠디? 기뢰 부설 해도 갖고 오라우!"

장춘이 대답할 틈도 없이 계진이 끼어들었다.

"박남철 동무, 고거는 내래 최고사령관 동지께 직접 보고하도록 돼 있습메."

학수와 계진은 서로를 가만히 응시했다. 덩달아 각각의 수하들끼리도 노려보았다. 장춘이 실수로 환등기를 딸깍거렸다. 모든 시선이 그에게 쏠렸다. 그는 환등기를 끄며 학수에게 물었다.

"현장 검열은 언제부터 하시갔네까?"

"내일 공칠시부터 하갔소."

계진이 자리에서 벌떡 일어나더니 담배꽁초를 바닥에 던졌다. 군화로 비비며 학수와 그 일행을 한 번 쭉 훑었다.

"거 너무 앞장치지 맙세."

계진은 뚜벅뚜벅 나가버렸다. 학수는 그를 끝까지 지켜보았다.

이몽(異夢)

　장춘이 학수 일행을 사령부 별관 숙소로 안내했다. 학수는 이동하며 인천 방어지구 사령부구조를 유심히 관찰했다. 장춘이 마치 연인처럼 꼭 붙어 다녔기에 정확히 파악하기는 힘들지만, 그는 최선을 다해 초소와 보초병의 위치, 차량의 대수와 무기 등을 머릿속에 스케치했다.

　계진은 집무실 창가에서 그들을 내려다보았다. 창밖에 어스름이 몰려왔다. 곧 통금이 시작 될 시간이었다. 이 시간이 되면 항상 억누르고 있던 감정이 스멀스멀 기어 올라왔다. 가라앉지 못하고 올라오는 것은 당연 좋지 않은 감정이었다. 처음 크기는 자그마한 구슬이었지만 시간이 지날수록 어느새 고찰에 달린 커다란 풍경 크기만 해졌다.

그는 러시아 유학파로서의 자존심이 무척이나 강했다. 강한 자존심만큼 그에 반한 일이 부지기수였다. 또 자기보다 분명 못한 이들이 높은 자리를 차지하고 있는 것에 대한 불만도 구슬을 키우는 데 한몫했다. 계진은 '악감정이 풍경 소리와 함께 날아갔으면 얼마나 좋을까' 생각했다. 하지만 이내 고개를 절레절레 흔들었다. 뭔 짓을 하더라도 사라지지 않을 것이 있기 때문이다. 자책감! 십 수 년이 흘러도 사라지지 않았다. 이런, 다시 떠오르고 말았다. 딴 생각을 하려했으나 소용없었다. 그 일의 자초지종이 머릿속에서 작동되었다. 이제 외길이었다. 목덜미가 뻐근해지고 눈알이 충혈 되었다.

'따르릉! 따르릉!'

전화벨이 계진을 살렸다. 몇 번의 시도 끝에 손과 발이 움직였다. 수화기를 들었다. 전화 교환수였다.

"평양 최고사령관실 정선실 비서실장 동지, 연결됐습네다."

계진은 수화기를 더욱 꼭 쥐었다.

"정선실입네다."

"나 림계진이오."

"요즘 자주 뵙습네다. 경비사령관 동지, 무슨 일이십네까?"

"최고사령부에서 파견한 박남철 중좌 아오?"

"네, 압네다. 오늘 거기 인천에 가디 않았습네까?"

"박남철이…… 잘 아네?"

아무 소리도 들리지 않았다. 고장은 아니었다. 계진은 은근히 다그쳤다.

"박남철이 특징이 뭐이네?"

"……박남철 중좌는 오른쪽 목덜미에 흉터가 있는 걸로 압네다."

계진은 정선실의 말에 몸이 뻣뻣해졌다. 가까스로 입을 열었다.

"오른쪽 목덜미?"

"무슨 일 있습네까?"

"오른쪽 목덜미 확실하네?"

"네, 맞습네다."

"……부대 암호명은 뭐이네?"

"붉은 토스토옙스키, 붉은 토스토옙스키입네다."

계진은 인사 없이 수화기를 내리고 다시 창가로 다가섰다.

'에에엥!'

❧

통금 10분 전, 예비 사이렌 소리가 울렸다. 인천은 급속도로 어두워졌다. 빛은 사라지고 소리만이 돌아다녔다. 다양한 가게가 늘어선 도심의 골목도 마찬가지였다. 순서를 기다리듯 가게문 닫는 소리가 차례차례 울렸다.

한 가게의 주인이 커튼을 쳤다. 가게 안은 어둠 그 자체였다. 굳이 커튼까지 칠 필요는 없었지만, 그는 마지막 남은 창문도 꼼꼼하게 가렸다. 그는 좁은 실내 복도를 지나 한쪽 벽 끝에 다다랐다. 커튼이 쳐져 있는데도, 그는 다시 한 번 주위를 살폈다. 열쇠를 꺼내 얼핏 벽으로 보이는 문을 따고 지하로 내려갔다.

지하실엔 대형 축음기 여러 대가 진열되어 있었다. 그 옆에 놓인 테이블엔 부품들이 어지럽게 돌아다녔다. 그는 습관처럼 또다시 주위를 살피다, 뒤쪽에 놓인 축음기 스피커 뚜껑을 떼었다. 그 안으로 커다란 무전기가 보였다. 그는 팔을 들어 낡은 손목시계로 눈길을 보냈다. 8시 통금 사이렌이 울렸다.

✛

'에에엥!'

"서둘러. 교신 10분 전이다."

학수의 말에 숙소 안은 분주했다. 조인국은 창밖 동태를 살폈다. 이상 없다는 손짓을 하자 강봉포는 배낭에서 제법 부피가 있는 무전기를 꺼내 충전 크랭크 핸들을 빠르게 돌렸다. 학수는 희생 제물에게서 입수한 사찰 서류를 꺼내 통신병이자 막내인 봉포에게 무전 내용을 읽어주었다.

"현황 보고 1, 경인 지역 인민군 부대 배치. 현황 보고 2, 월미도 방어 진지."

봉포는 무전을 날리고 회신되는 암호를 해독했다.

"접수 완료. 잠시 대기."

학수는 긴장을 늦추지 않았다.

"잠깐, 봉포야. 지금 이 무전은 어디서 오는 거지?"

"켈로부대 본대에서 바로 오는 건 아닙니다. 안전을 위해 한 다리 건너 교신하고 있습니다. 면도날이라 불리는 중간 연락책인 것 같습니다."

학수는 담배 한 개비를 꺼내 입에 물었다. 담배 연기와 함께 문득 지난 1년 동안 켈로부대 요원으로 수행한 임무들이 피어올랐다. 아무리 생각해봐도 이번 임무가 가장 힘들 것 같았다.

정식 명칭이 KLO(Korea Liaison Office), 미 극동사령부 주한 연락처인 켈로부대는 1948년 대한민국 임시정부 수립 후, 미군이 병력을 철수하면서 북 병력의 증감 및 배치 현황을 파악하기 위해 설립한 북파 공작 첩보부대였다. 적 후방에 침투해 교란작전을 펼쳐야 하기 때문에 요원의 상당수가 이북 출신인 것이 특이했다.

이번 임무 작전명은 X-Ray다. 이번 작전은 그 무게에서 이전과 확연히 달랐다. 국내뿐 아니라 일본에서 훈련 중이던 주력 부대까지 투입된 걸 보니 그 중요성을 짐작할 수 있었다.

인천 상륙작전 개시일은 내부적으로 1950년 9월 15일로 이미 정해졌다. 모든 것을 고려해 볼 때, 가능한 날짜는 그날밖에 없다고 했다. D-day 보름 전, 켈로부대 본대인 1진은 인천항 남서쪽에 자리한 영흥도를 비밀리 점령 후, 거점으로 삼아 진입로 수심 측정과 갯벌 상태 등 정보 수집을 맡았다. 정보의 정확성을 기하기 위해 켈로부대 2진이 출발했다. 정예 멤버는 여덟 명이고, 작전 개시 8일 전이었다. 2진은 적 심장인 인천 방어지구 사령부에 위장 침입해 여러 기밀문서를 빼오는 임무를 맡았다. 학수는 2진의 임무를 자청했기에 지금 이 숙소에서 초조하게 담배를 태우고 있다.

무전이 날아왔는지 봉포의 손이 노트 위를 재빠르게 움직였다. 학수는 그 내용을 흘깃 쳐다보았다.

"기뢰 부설 해도를 찾아라! 기뢰 위치 파악이 우선이다. 무조건 찾아라!"

대장의 말에 대원들이 하나둘 모여들었다. 학수는 연이어 새 담배를 입에 물었다. 양판동이 잽싸게 다가와 지포 라이터를 꺼내 자기 허벅지에 긁었다. 불꽃이 일자 대장의 담배에 불을 붙여주었다.

"기거 미제랍네다. 우리는 손도 못 대봤습네다."

송상득은 고구마를 날로 씹으며 말했다. 양판동은 뿌듯하게 지포 라이터를 주머니에 챙겼다.

"송상득이, 하나 던져보라우"

오대수가 말하고 즉시 날아오는 고구마를 받았다. 허리춤에서 칼을 꺼내 깎기 시작하자 천달중이 기겁하며 달려오더니 오대수에게 귓속말했다.

"도련님, 이딴 건 절 시키시라우요."

"누굴 바보 만들 일 있네? 그리고 자꾸 도련님이라 부르디 말라 기랬디."

오대수 역시 귓속말로 답하며 천달중과 고구마를 가지고 옥신각신했다. 기성은 그들의 모습이 의아했다.

"도대체 둘이 무슨 관계지비? 아무튼 보기 좋습메."

"부대장님, 나이 먹으문 오지랖도 넓어디는 모양입네다?"

오대수가 신경질적으로 반응했다. 기성이 같잖다는 웃음을 흘리며 그에게 다가갔다. 천달중이 둘 사이를 가로막았다. 싸한 분위기를 바꾸고자 조인국이 기침을 하며 끼어들었다.

"담배 좀 밖에서 피우시문 안 되겠습네까? 내래 천식이 있습네다."

"동무가 바깥에 나가기오."

반응이 시답지 않자 인국은 재빨리 화제를 돌렸다.

"두 달 만에 인천이 완전히 빨갱이 도시가 돼버렸구나야!"

"저도 깜짝 놀랐어요. 사람들 눈빛이 다 시뻘게요."

봉포도 무전을 치며 동조했다.

'똑똑!'

숙소 내 모든 대화와 행동이 멈췄다. 다시 한 번 노크 소리가 들렸다. 봉포가 재빨리 무전기를 치우려 했으나 시간이 모자랐다. 학수가 봉포의 어깨를 짚고 계속 무전하라는 신호를 보냈다. 그리고 기성에게도 문을 열라는 신호를 보냈다. 봉포와 기성은 주저했다. 짧은 시간 말없는 문답이 수없이 오고갔다. 그래도 대장인 학수의 뜻대로 정리되었다. 기성이 문손잡이를 돌렸다.

덩치가 들어왔다. 온몸이 돌이라도 된 양 각이 졌다. 하룡이었다. 류장춘이 계진의 왼팔이라면 하룡은 당연 계진의 오른팔이었다. 모든 시선이 그에게 꽂혔다. 그는 당황치 않고 오히려 눈을 부라렸다.

"모두 자디 않고 뭐하십네까?"

"조국 통일만 생각하문 잠이 오디 않슴메."

기성이 물러서지 않고 답했다. 하룡의 견장을 보니 같은 계급이었다. 그는 기성의 말을 무시하고 봉포에게 다가갔다. 모두 숨죽였다. 봉포는 무전을 쳤다. 책상 아래 두 다리는 떨리고 있었다. 하룡이 내려다보았다.

"할머니가 잔칫집에 간다. 이거이 뭔 말이네?"

봉포는 답하지 않고 계속 무전을 날렸다. 땀방울이 귓불을 타고 내려왔다.

"어드메 무전 치는 거네? 말해보라우!"

"평양에 보내는 거임메. 이 시간에 용건이 뭐이가? ……안 들리네?"

하룡은 그제야 학수를 보고 경례를 붙였다.

"인사가 늦었습메다. 경비참모 소좌 하룡입네다. 박남철 중좌 동지, 사령관 동지께서 찾으십네다. 같이 가시디요."

✤

학수를 실은 지프가 밤길을 달렸다. 먼 바다에서 등댓불이 보였다. 학수는 유심히 바라보았다. 등댓불이 원을 그리며 사방을 비췄다. 그 아래 인천 앞바다의 드넓은 갯벌이 보였다.

"하룡 동무, 저거이 팔미도 등대네?"

학수는 무심히 질문을 던졌다.

"맞습네다."

"요즘 물은 얼마나 빠지네?"

"추분 때는 한 7킬로미터 빠집네다. 미제 놈들이 절대 기어들어올 수 없디요."

학수의 눈길도 팔미도 등댓불처럼 원을 그렸다.

지프는 도심의 한적한 골목에 접어들며 곧 어둑한 건물 앞에
멈췄다. 보초병 둘이 입구를 지켰다. 학수는 뭔 일인가 하고 하
룡을 쳐다보았다.

"날래 들어가시디요."

"뭐 하는 데네?"

"잡아먹디 않습네다. 걱정 마시고 들어가시디요."

하룡이 각진 웃음을 날렸다.

하룡이 손잡이를 돌리자 노랫소리가 들려왔다. 그는 비켜서
고 학수가 들어섰다. 단색인 밖과 달리 다양한 불빛이 그에게
쏟아졌다. 커다란 창문을 가린 암막 커튼이 세상의 빛을 봉인
한 듯했다.

이곳의 정체는 이른바 말하는 장교 클럽이었다. 벽에 붙은
스탈린과 레닌의 포스터, 군복 입은 이가 없었다면 그냥 커다
란 바였다. 여기서는 사지가 잘리고 피 튀기는 전장의 모습은
과히 상상할 수 없었다. 술을 마시는 이나 부어주는 이 모두 얼
굴이 밝았다. 이것이 바로 해방된 인민의 모습인가. 학수는 고
개를 저었다. 출동하기 전, 부산에 있는 장교 클럽에서 그 역시
부어주는 술을 기꺼이 자신의 목구멍으로 들이부었었다. 부산

은 북의 관점에서 보면 인민 해방이 안 된 곳이었다. 학수는 낙동강 전선을 경계로 각기 후방인 인천과 부산의 밝은 모습에 혼란스러웠다.

아는 노래가 흘렀다. 학수의 시선이 소리를 쫓았다. 자그마한 무대가 눈에 띄었다. 육감적인 여가수의 입에서 '인터내셔널(L'internationale)'이 흘러나왔다. 19세기 말 노동가들이 작사, 작곡한 인터내셔널가(歌)는 사회주의 성가로 한때 소비에트 사회주의 연방공화국, 즉 소련의 국가이기도 했다. 학수의 눈은 여가수에게로 향했지만 아득한 과거를 바라보았다.

'들어라 최후 결전 투쟁의 외침을. 민중이여 해방의 깃발 아래 서자. 역사의 참된 주인 승리를 위하여……'

어느새 후렴구였다. 학수의 입술이 굼뜨게 움직였다. 재즈풍으로 편곡된 멜로디라 따라 부르기가 어려웠다.

"이쪽입네다."

하룡의 목소리에 학수는 현재로 돌아왔다. 그는 한 테이블로 안내되었다. 무대가 가장 잘 보이는 정면에 위치한 테이블이었다. 계진은 떡하니 중앙에 자리 잡아 노래를 감상하고 있었다. 학수는 그에게 경례를 붙였다. 계진은 가볍게 받았다. 테이블에 동석한 이들은 자리에서 일어나 학수를 맞이했다. 상쾌한 짠 내음이 일었다.

'그녀다!'

해안도로에서 스쳐 지난 그녀가 분명했다. 볼록한 이마에 하
얀 목덜미가 눈부셨던 그녀! 하얀 간호사복을 입은 그녀의 왼
팔에는 빨간 완장이 둘러져 있었다. 학수는 그녀의 이름이 궁
금했지만 차례를 기다려야 했다.

"여기는 인천 시립병원 식구들이네. 양상식 병원장님, 그 옆
으로 ……."

학수의 눈은 계진이 소개하는 순서대로 따라 움직였지만 그
의 귀는 작동하지 않았다. 이윽고 그녀가 소개될 차례였다.

"여긴 한채선 동무."

'한 · 채 · 선.'

학수는 그녀의 이름을 한 자, 한 자 속으로 되뇌었다. 그는 내
색하지 않고 고개만 잠깐 끄덕거렸다.

"병원은 적군도 치료해야 하는 곳이지만 사상까지 받아줘서
참 기쁩네다."

"무엇보다도 인천의 평화가 중요하지 않겠습니까?"

소개를 마친 계진과 소개를 받은 병원장이 덕담을 주고받았
다. 여가수가 노래를 끝내고 곧장 테이블로 왔다. 여유롭게 행
동하는 것이 클럽 마담임을 짐작케 했다.

"경비사령관님, 오늘도 와주셔서 감사합니다."

계진은 고개를 끄덕거리며 학수를 손짓으로 불렀다.

"동무, 이리 앉기오."

계진의 옆자리에 학수가 앉았다.

"중요한 손님이신가 봐요. 오늘 노래는 어떠셨어요?"

"일단 이 동무에게 보드카 한 잔 따라주기오."

마담이 술을 따라주었고, 학수는 덤덤히 받았다.

"그리고 인터나쇼날은 그렇게 부르면 안 되지비. 마담 노래
는 자본주의 냄새가 진동을 함메. 이 노랜 자고로 우렁차게 불
러야 맛이 살디 않갔어? 내 말이 맞디 않소. 박남철 동무."

학수는 대답을 얼버무리며 보드카를 입안에 털어 넣었다. 계
진은 자신의 말에 즉각 동조하지 않는 학수를 노려보았다.

"제가 한 잔 따라드릴까요?"

채선이었다. 그녀는 눈치가 제법 빨랐다. 계진은 눈길을 그
녀에게로 돌렸다.

"고맙소. 이왕이면 저 동무에게도 한 잔 더 주기오."

학수는 마담 잔을 받을 때처럼 자연스럽게 손을 뻗었다. 하
지만 자세히 보면 전혀 그렇지 않았다. 다소 동작이 뻣뻣했으
며 술잔이 살짝 떨리기까지 했다. 잔을 채워주는 채선만 알아
챘다. 그녀는 딱딱한 인상과 다르게 행동하는 그의 모습이 싫
지 않은지 미소를 살짝 보였다.

"채선 동무, 조심하시라요. 저 동무는 최고사령관 동지 직속
상급 검열관임메. 한동안 우릴 감시하니까니 알아서 하시라요."

그녀는 학수의 눈과 마주쳤지만 피하지 않았다. 오히려 학수

가 술을 마시며 시선을 피했다. 계진이 자신의 잔을 학수에게 건네더니 직접 보드카를 따라주었다.

"동무, 간만에 인터나쇼날을 들으니 옛 생각이 나디 않갔어? 내래 모스크바에 있을 때 말이오. 미치코프 교수가 우리의 우상이었슴메."

"나의 우상이기도 했디요. 경비사령관 동지, 혹시…… 모스크바 공산대학 출신입네까?"

"아니오. 내래 프룬제 군사대학을 나왔지비. 우이 됐건 미치코프 교수가 그의 아름다운 여동생 소냐를 권총으로 쏴 죽였을 때, 우리 유학생들은 환호했지비. 그 사건을 아오?"

"압네다. 여동생이 기독교를 믿는다고 머리에 세 발씩이나 쏘았디요."

계진이 채선에게로 갑자기 몸을 돌렸다.

"채선 동무는 어이 생각합네까? 동무 삼촌이 이스라엘 토착 신을 믿는다문 어이 하갔소?"

"……말려야죠."

"말린다? 말려도 말을 듣지 아니하문?"

채선과 계진은 짬 없이 대화를 주고받았다. 채선은 자기 답변 차례에 주저했다.

"그렇다고 어떻게 삼촌을……. 하지만 종교를 믿는 자가 어떻게 당의 이념을 따르겠습니까? 아편과 같은 종교는 뿌리 뽑아야죠."

"박남철 동무는 어이 하갔소?"

질문의 총부리가 학수에게로 향했다. 그 역시 머뭇거리다 답했다.

"기건 개인의 몫이갔디요."

테이블 주위가 싸해졌다. 계진이 학수와 채선을 번갈아 쏘아보았다. 병원 관계자들은 어찌할 바를 몰랐다.

"개인의 몫? 고롬 하나 묻갔소. 신이 어디 있소? 보이네?"

"이미 당은 신이 없다구 했디요."

계진은 학수의 오른쪽 목덜미를 응시했다. 세워진 옷깃이 목덜미를 가렸다. 침묵이 흘렀다. 계진이 갑자기 러시아어로 물었다.

"소속 암호명이 뭐네?"

"기런 거이 함부로 말하문 총살입네다."

학수도 러시아어로 말했다. 계진의 손이 허리춤 총으로 향했다. 주변인들은 러시아어를 알아듣지 못하지만 분위기가 심상치 않음을 본능적으로 알아챘다. 학수는 윗주머니에서 작은 수첩을 꺼냈다. 한 장을 찢어 러시아어로 뭔가를 적더니 쪽지를 계진에게 전했다. 그가 쪽지를 펼쳤다.

'크라스네(붉은) 도스토옙스키!'

계진은 미소 지으며 쪽지를 반으로 접어 학수에게 돌려주었다. 둘은 한동안 말없이 쳐다보았다. 채선은 둘을 힐끔거렸다. 학수와 계진은 각자의 잔을 들어 단숨에 들이켰다.

⚜

불 꺼진 숙소 창가에 학수가 팔짱을 끼고 있었다. 높은 도수의 술이 오히려 잠을 달아나게 했다. 달빛이 제법 밝았다. 그는 품속에서 사진을 두 장 꺼냈다. 한 장은 반으로 찢어져 있었다. 어머니와 아들이 나란히 찍은 사진이지만 반으로 찢어 아들 사진은 어머니가, 어머니 사진은 아들 학수가 갖고 있었다. 그래야 만사형통 무사안일이라고 어머니가 고집을 부렸기 때문이다. 어머니는 용한 무당에게 제법 큰돈을 주고서 들은 비법이라며 한 발도 물러서지 않았었다. 그래도 학수는 어머니와 둘이 환하게 웃으며 제대로 찍은 사진 한 장을 더 들고 있었다. 학수의 눈에 어느덧 눈물이 그렁그렁 돌았다.

'어머니!'

그는 입술을 달싹거렸다. 혼자에게만 들리는 마음의 소리였다. 사진 속 어머니 얼굴이 묘하게 채선과 겹쳐졌다.

"별일 없었습네까?"

기성이 뒤에서 다가왔다. 학수는 재빨리 품안에 사진을 넣으며 응답했다.

"부대장님, 왜 안 주무시고……."

기성은 뜸 들였다. 학수는 그가 무슨 말을 할지 알 것 같았다. 켈로부대 2진 대장이기에 소속 대원의 신상에 대해 어느 정도 알고 있었다.

"자식놈들 좀 보고 오문 안 되겠습네까? 요 며칠 자식 새끼들이 꿈에 나타나 도통 잠을 이룰 수가 없습네다. 혼자 자식 넷을 키우느라 고생하는 마누라 얼굴도 좀 보고 싶습네다."

짐작대로였다. 기성의 고향은 이북이지만 남쪽 부인과 만나 1년 전부터 인천에 살고 있었다.

"마누라가 요 앞 새벽시장에서 나물을 팔고 있답네다. 요서 달리문 정확히 17분 거리입네다."

학수는 말없이 고개를 저었다.

"대장, 안 본디 오래돼서 자식 새끼들 얼굴 헷갈리겠습네다."

"이 작전 성공할 때까지만 기다리세요. 우리 모두 돌아갈 수 있습니다. ……어서 가서 자요."

"……넵! 편안한 밤 되시라요!"

기성은 애써 힘차게 대답했다. 버티기 힘든지 이내 밖으로 나가버렸다. 학수의 마음은 쓰라렸다. 그 역시 마찬가지였다. 굳이 더 위험한 2진 임무를 자청한 이유는 어머니 때문이었다. 그의 어머니도 시장에서 국수를 삶아 파셨다. 여기서 달리면 정확히 17분 거리였다. 좀 더 빨리 달리면 15분이면 족했다. 나라를 위한답시고 2년 가까이 어머니를 뵙지 못했다.

같은 일을 하고, 같은 장소에 있지만 제각각 꿈꾸는 건 달랐다. 혹 같을지라도 말할 수 없는 사정이라는 것도 있었다.

학수는 품속의 사진을 다시 꺼내려다, 창밖에서 인기척이 들려 몸을 숨기며 내다보았다. 불명의 정체는 연병장을 쏜살같이 가로질렀다. 얼굴은 보이지 않았지만 마치 멈출 수 없는, 멈추면 안 되는 긴박한 모양이었다. 근데 그 본새가 낯설지 않았다.

⚜

기성의 얼굴은 땀범벅이었다. 눈을 지그시 감은 것이 뭔가를 해낸 뿌듯한 표정이었다. 그는 잠시 움찔거리다 일어섰다. 바지춤을 추슬렀다. 발 디딘 곳이 삐거덕거렸다. 내려다보니 흉측한 냄새가 구덩이에서 올라왔다. 한 발을 들었다가 내딛자 곧 무너져 내릴 듯했다. 확실히 화장실은 들어가고 나갈 때 다르다더니. 기성은 그 말을 뼈저리게 느꼈다. 그는 조심조심 문을 열고 추락의 위기에서 벗어났다.

기성은 화장실을 나서다 다가오는 하룡을 보았다. 그 뒤로 사령부 본관 앞에서 담배를 피우는 계진도 보았다. 기성은 화장실 뒤편에 몸을 숨겼다. 하룡의 다급한 걸음이 뭘 의미하는지 기성은 잘 알았다. 그는 하필이면 금방 기성이 겨우 탈출한 그 칸으로 들어갔다. 기성은 그가 어떤 모험을 할지 궁금했지만 밤이 너무 깊었고, 몸은 너무 고단했다. 기성은 계진의 눈을 피해 별관 숙소로 돌아갔다.

계진은 수명이 다해가는 담배에서 새 담배로 불을 옮겼다. 하얀 연기가 끊임없이 그의 입과 코에서 시원하게 뿜어져 나오는데 그가 품고 있는 의심은 전혀 몸 밖으로 배출되지 않았다. 담배 연기처럼 잠시 순환이라도 돼야 머리가 덜 지끈거릴 텐데. 계진은 다시 담배 한 모금을 길게 빨았다.

박남철의 정체가 뭘까. 뻔히 정답이 나와 있고 확인도 했건만 계진은 어딘지 구렸다. 계급도 한참 아래인데도 그는 아주 당당했다. 단지 최고사령관 동지 직속 검열관이란 직책이 그를 그렇게 만든 것 같지는 않았다. 더군다나 그는 세상에서 가장 큰 북쪽 나라에 대해서도 잘 알고 있었다. 그와 말이, 더 나아가 마음도 통할 것 같다는 생각이 들었다. 채선이 그에게 관심을 보인 것이 마음에 걸렸지만 계진은 학수에게 묘한 매력을 느꼈다.

호감은 가지만 그래도 의심을 거둘 순 없었다. 계진은 장교 클럽에서 그의 불온한 사상을 감지했다. 게다가 숙소에서 무전을 치고 있었다는 하룡의 보고가 마음에 걸렸다. 평양으로 보내는 무전이라고 했다지만 일반적인 형태는 아니었다. 하룡의 보고는 믿을 만했다.

계진은 장춘보다 하룡을 더 신뢰했다. 비록 답답한 구석은 있지만 의뭉스럽진 않았다. 그러기에 맞담배 상대로 장춘이 아닌 그를 택한 것이다. 근데 잠시 볼일 보고 오겠다는 하룡이 보이지 않았다. 계진은 하룡을 찾았다.

'우당탕!'

하룡은 계진의 심중을 읽었는지 멀리서 커다란 소음으로 응답했다. 계진이 눈으로 소음을 쫓았다. 화장실에서 누군가 나왔다. 하룡이었다. 온갖 똥을 뒤집어쓴 모습도 모습이지만 그 냄새는 어찌 표현할 방법이 없었다. 두 번 다시 맡고 싶지 않은, 맡아서는 안 되는 것이라고 할까. 하룡이 두 팔을 앞으로 뻗은 채 다가왔다. 참으로 기괴한 모습과 냄새였다. 보통 상대에게 공감각적으로 혐오감을 불러일으키는 일은 쉽지 않다. 하룡은 그런 힘든 일을 해내고 말았다. 계진은 자신도 모르게 뒷걸음쳤다. 맞담배 상대를 장춘으로 바꾸기로 한 결정적인 순간이었다.

D-day 7 (1950년 9월 8일)

해가 뜨려면 아직 한참이나 남았다. 맥아더는 집무실 의자에 몸을 묻었다. 테이블 위에는 전날 당직 장교에서 공식 대변인이 된 로우니가 갖다 놓은 전보와 아사히 신문 기사 번역 요약본이 있었다. 전보는 워싱턴 미 합동참모본부에서 날아온 것이었다. 그는 신문 기사를 먼저 훑었다.

'미군, 영천, 포항을 잃다. 북한군 공격 가열.'

그는 헤드라인 기사만 읽고 테이블 구석으로 던져버렸다. 이어 몇 번이나 본 전보를 다시 한 번 꼼꼼히 읽었다.

'모든 문제를 다시 한 번 생각하시오. 동시에 인천 상륙작전이 가져올 유리한 결과가 과연 얼마나 되는지 최종적으로 검토

하시오.'

글 속에 날이 상당히 날카롭게 서 있었다. 맥아더는 그들의 심중을 알아챘다. 그들도 자신 못지않게 초조한 것이었다. 한편으로는 그 같은 반응을 이해할 수 있었다. 그 역시 전보를 받기 전날, 워싱턴으로 뾰족한 창 같은 전보를 보냈었다.

'인천 상륙작전 계획을 변경할 필요가 없다. 계속 진행하겠다.'

맥아더는 잘 다듬어진 연필을 쥐었다. 워싱턴 전보에 대한 회신 초안을 작성할 요량이었다. 이제 더 이상 주거니 받거니 할 시간이 없었다. 워싱턴에서 날린 표창을 일단 막고 결정타를 날려야 했다. 그는 연필에 힘에 주었다.

'나는 인천 상륙에 대해 조금도 불안하지 않다. 그 가능성은 충분하고, 이 작전이야말로 전쟁의 주도권을 장악할 수 있는 유일한 방법이라 생각한다. 상륙을 위한 제10군단은 이미 조직되어 있다. 만약 다른 곳에 상륙한다면 북한군의 보급로를 차단할 수 없다. 인천을 탈환하면 적의 전력이 분산될 것은 자명하다.

워싱턴이 걱정하는 낙동강 전선의 방어는 절대 위험하지 않다. 인천 탈환 뒤 북방으로부터 포위해 들어가면 그들의 공세는 와해될 것이다. 아울러 유엔군이 낙동강 전선을 뚫을 수도 있을 것이다. 북으로부터의 제10군단과 남으로부터의 유엔군

상호 협공이야말로 인천 상륙작전의 주목적이다.

또 당신들이 걱정하는 상륙군이 격파당하는 일은 결코 일어나지 않을 것이다. 우리는 압도적인 제공, 제해권을 가지고 있다. 따라서 적절한 선제공격으로 적 공격 및 방어를 조기에 분쇄할 것이다.

이러한 연유로 워싱턴에 대한 나의 답변은 충분하리라 생각한다.

마지막으로 말한다. 5000대 1의 도박이라는 점을 인식하고 있지만 나를 비롯한 나의 부하는 인천 상륙작전에 대한 성공을 확신한다. 우리는 인천에 상륙할 것이고, 전쟁의 국면을 곧 전환시킬 것이다.'

연필심이 제법 많이 닳았다. 쉼 없이 써 내려간 회신이 과연 워싱턴 사람들의 정치적 견해를 뒤엎을 수 있을지 맥아더는 의문스러웠다.

첫 햇살이 서서히 창문을 넘어섰다.

✢

날이 밝았다. 인천 방어지구 사령부 본관 외벽에 달린 수십 개의 스피커가 울렸다. 제대로 된 인터내셔널 노래가 우렁찼다.

학수는 겉옷을 걸치며 창가로 다가갔다. 어제와 달리 부대

안의 정황들이 한눈에 들어왔다. 오와 열을 맞춘 인민군이 연병장에 박힌 듯 서 있었다. 끝 한 줄이 방향을 바꿔 사령부 정문으로 뛰어갔다. 오와 열이 흐트러지지 않았다. 실타래를 쭉 뽑는 것처럼 너무나 자연스러웠다. 누가 봐도 군기가 빠짝 들어 보였다. 그들은 사령부 정문 양옆에 모래주머니로 설치된 벙커로 들어갔다. 말단 보초병의 눈매도 사나웠다. 이들을 훈련시킨 림계진의 존재가 불쑥 다가서는 듯했다.

"저 보시라요."

어느새 학수 옆에 선 기성이 손짓했다. 학수는 그 방향으로 고개를 돌렸다. 연병장 한쪽 끝에 트럭이 빼곡하게 정렬되어 있었다. 그 옆에 장갑차와 오토바이 사이드카도 여러 대 보였다. 학수는 기뢰 부설 해도를 빼돌려도 탈출이 만만치 않을 것이라 직감했다. 그의 표정이 어두워졌다.

"림계진은 어디 있어요?"

기성은 학수의 질문에 눈을 동그랗게 떴다.

"그걸 와 나한테 물어봅네까? 우리 계속 같이 있지 않았습네까?"

학수는 달리 할 말이 없었다.

✤

시내 곳곳에 설치된 스피커에서 인터내셔널 노래가 계속 들렸다. 노랫가락 한 자락이 이발소 안으로 들어갔다. 계진이 뒤로 힘껏 젖힌 의자에 누워 있었다. 최석중이 면도날을 손가락에 끼우고 다가왔다. 그는 림계진의 전용 이발사였다. 50대로 몸집은 작았으나 이목구비가 뚜렷하니 사람 좋아 보였다.

그는 뜨거운 수건을 계진의 얼굴에 잠시 올렸다. 온기가 피부로 전해졌다. 계진은 이 느낌이 너무 좋았다. 물수건은 사라지고 마른 수건이 그의 눈을 가렸다. 이어 비누 거품을 잔뜩 머금은 면도솔이 얼굴과 목을 누볐다. 살짝 간지러운 것이, 이 느낌 또한 계진은 좋아했다. 석중이 면도날을 들었다. 이제 절정의 시간이 다가왔다.

'사각사각!'

잔털이 면도날에 묻어날 때 나는 소리다. 수염이 좀 더 길었으면 어땠을까. 전쟁 전방에서 소외된 느낌마저 수염과 함께 사라졌다. 이런 호사라도 없었으면 계진은 견디지 못했을 것이다. 후방에서의 밤낮 없는 몸부림도 전방에서 권총 방아쇠에 손가락 거는 행위만 못할 것이라 계진은 생각했다.

"머리가 많이 기셨습니다. 좀 다듬겠습니다."

"좋소."

계진은 하룡에게 손짓했다. 하룡은 품속에서 작은 상자를 꺼내 그에게 다가갔다. 계진은 기겁하며 한 손으로 코를 막고는 남은 한 손으로 석중을 가리켰다. 하룡의 몸에선 아직 못쓸 향기가 가시지 않았다. 하룡은 무안해하며 석중에게 다가가 상자를 건넸다. 상자를 받아 든 그는 어쩔 줄 몰랐다.

"받기오. 선물입네다."

석중이 상자를 열어 안에 든 걸 꺼냈다. 김일성 이름이 적힌 시계였다.

"이걸 왜 저한테……. 제가 뭐 한 게 있다고."

"한채선 동무에게 전해주시라요."

"아, 네. 잘 알겠습니다."

계진이 큰 소리로 웃었다.

"농담입네다."

농담이라 했지만 채선에게 전해주라는 말에 진심도 조금은 섞이지 않았을까 스스로에게 물어보았다. 계진은 서둘러 말을 이었다.

"날래 차보시기요."

석중이 조심스럽게 시계를 찼다. 그런 모습이 계진을 흐뭇하게 했다. 하룡이 열렬히 박수를 쳤다. 저주받은 향기가 퍼져 나왔다.

"동무는 나가 있으라우!"

싸늘한 계진의 말투에 하룡은 잰걸음으로 물러났다.

✤

경비정이 바다 위를 달렸다. 오전이라도 여름이 막 지나갔기에 연기가 스멀스멀 내려왔다. 바람은 비록 미지근했지만 학수의 짧은 머리카락을 헝클어뜨리며 제 역할을 해냈다. 학수는 쌍안경을 꺼내 눈을 갖다 대었다. 바다에는 파도만 넘실거렸다. 자신의 품속에 든 기뢰를 드러낼 일은 만무할 것이다. 중심이 흔들려 어지러웠다.

학수는 쌍안경을 해안가로 돌렸다. 부두 암벽의 높이를 재고 있는 양판동, 송상득과 조인국이 눈에 들어왔다. 옆에서 인민군들이 도왔다. 그들은 켈로부대원들을 검열단 소속이라 여겼기에 협조에 적극적이었다.

속이 울렁거렸다. 쌍안경을 내리고 그새 더 데워진 바람을 맞았다. 갑판에선 기성과 봉포가 손에 차트를 들고 경비정 인민군과 대화를 나눴다. 그 모습이 그럴싸해 보였다.

"이제 돌아가시디요."

장춘이 불쑥 말을 걸었다. 학수는 대답하지 않았다.

"해가 중천에 뜨문 미제 놈들 폭격기가 날아다닙네다. 그만 돌아기시디요."

학수는 그제야 고개를 끄덕였다. 속이 편치 않아 눈길을 먼 바다로 돌렸다. 저 멀리서 자그마한 고깃배가 다가왔다.

"저거이 뭐네?"

학수는 말과 동시에 쌍안경을 치켜들었다. 고기를 잡는 늙은 어부들이 그물을 당기는 중이었다.

"야, 리경식이 저기 저거이 뭐이가? 저쪽으로 나가디 말라고 전달하기는 했네?"

"노인네들, 말을 잘 안 듣습네다."

리경식의 말대답이 어정쩡했다. 장춘이 노려보았다.

'펑!'

거대한 폭음이 진동했다. 하얀 물기둥이 하늘 높이 솟아올랐다. 좀 전까지 배를 구성하고 있던 나무 판때기들이 순차적으로 바다에 흩뿌려졌다.

학수는 깜짝 놀라 잠시 떼었던 쌍안경을 다시 눈으로 가져갔다. 폭파된 그 지점만 파란 주위와 다르게 하얀 물보라가 넘실댔다. 잠시 빨간 색감도 보였다. 아마 늙은 어부의 피였으리라. 학수는 쌍안경의 배율을 높였다. 절단된 다리가 판때기 위에 걸쳐져 있었다. 욕지기가 흘러나올 뻔했다. 뻘건 다리 밑으로 햇빛에 반사돼 반짝거리는 것이 보였다. 기뢰였다.

"기뢰?"

기성이 능청스럽게 물었다.

"보문 모르간?"

"고걸 몰라서 묻갔습메? 그쪽으로 와 고깃배들이 다니네?"

"먹고살갔다고 기를 쓰고 나가는데 내 어이 막갔소."

장춘이 퉁명스럽게 대답했다.

"배 돌리라우."

낮고 친울한 목소리였다. 아무도 반응하지 못했다.

"날래 배 돌리라우!"

학수의 격한 음성에 경비정 앞머리가 방향을 틀었다.

✛

문이 벌컥 열렸다. 학수가 빠른 걸음으로 들어왔다. 뒤따라 들어온 기성이 소리쳤다.

"긴급 검열이다. 모두 작업 중지하라우!"

탄을 나르고 쌓던 인민군들이 당황하며 하던 일을 멈췄다. 학수는 앞 선의 몇 명을 제치며 주위를 둘러보았다. 족히 200평은 돼 보이는, 천장이 높다란 무기 창고였다. 공간의 절반은 기뢰가 차지하고 있었다. 쌓인 모습이 정확히 직육면체였다. 학수는 그 광경에 적잖이 놀랐다. 그 옆으로 76mm 포, 37mm 포, 고사포에 들어갈 탄이 줄지어 있었다. 한쪽 벽면엔 커다란 방수포로 덮인 더미가 보였다. 그는 거기에 눈길을 한참 동안 두었으나 지금은 기뢰가 우선이었다. 창고 끝에 임시로 만든 사무실이 보였다. 학수가 눈짓하자 대원들이 뛰어 들어갔다. 그는 천천히 그 뒤를 따랐다.

먼저 들어간 대원들이 출입문을 친절히 열어두었다. 인천 앞바다를 확대한 커다란 지도가 문 맞은편 벽면을 장식했다. 테이블 위에는 둘둘 말린 지도와 문서가 높다랗게 쌓여 있었다. 딱 보니 사무실의 정체는 무기 공급 작전 상황실이었다. 학수가 손짓하자 대원들이 흩어졌다. 본격적으로 상황실을 뒤지기 시작했다. 일부는 테이블 위에 지도와 문서를 펼쳐 꼼꼼히 살펴보았다. 나머지 대원들은 서랍장 속에 든 문서철을 뒤지기 시작했다. 학수는 지도가 붙은 벽면에 다가갔다. 뭔가 어지럽게 썼다가 지운 흔적이 여기저기 보였다. 그는 얼굴을 지도에 바짝 들이밀었다.

"뭐하십네까?"

학수가 소리 나는 쪽으로 돌아보았다. 장춘이 상황실 입구에 서서 씩씩거렸다. 기성은 그런 그를 무시하고 지나치더니 학수에게 보고했다.

"기뢰 현황 장부는 있는데 부설 해도는 보이디 않습네다."

"아무리 검열단이라 하디만 절차를 따라야 하디 않갔습네까?"

장춘은 흥분했는지 침을 튀기며 소리쳤다.

"경비사령관 동지는 지금 어딨네?"

학수의 덤덤한 말투에 장춘은 어처구니없었다.

'탕!'

맥아더 이마에 구멍이 났다. 과녁에 그려진 맥아더 그림이었다. 계진은 탄창을 갈아 끼웠다. 토카레프 권총이었다. 원형 모델과 달리 안전장치가 달린 수출용이었다.

'탕!'

이번에는 맥아더의 왼쪽 눈동자가 날아가버렸다. 사격 훈련장에 메아리가 연이어 울렸다. 계진은 전방에 나서지 못하는 자기 신세를 사격으로 달래곤 했다. 다시 한 번 탄창을 갈고 총구를 들었다. 맥아더 그림은 수많은 총알구멍으로 그 형체가 남아 있지 않았다.

계진은 총구 방향을 그 옆 사로로 옮겼다. '괴뢰 수괴 리승만'이라는 선전 문구 위로 이승만 대통령의 그림이 과녁판에 그려져 있었다. 그는 한쪽 눈을 감고 신중히 방아쇠에 힘을 주기 시작했다. 이윽고 당기는 순간, 지프가 브레이크를 급하게 밟는 소리가 들렸다. 총알은 과녁을 한참이나 벗어났다.

계진은 신경질적으로 토카레프를 지프 쪽으로 돌렸다. 장춘의 안내로 학수가 다가왔다. 학수가 경례를 붙였다. 계진은 화답한 뒤 몸을 돌렸다. 사격을 마저 할 모양이었다.

'탕!'

이승만의 이마에도 총알이 박혔다. 남은 여섯 발을 쉼 없이 쐈다.

"경비사령관 동지."

학수는 총알 수를 세었는지 정확하게 탄창이 빌 때 끼어들었다. 계진은 반응하지 않았다. 그는 토카레프 권총을 두고 구식 권총인 나강 리볼버를 들었다. 총알을 실린더에 한발 한발 장전하기 시작했다. 학수는 다 장전될 때까지 기다릴 인내심이 없었다. 서류를 부러 힘차게 펼쳤다.

"이거이 나한테 올라온 보고서입네다. 기뢰 숫자가 하나도 맞디 않습네다. 수로마다 제대로 심었는디 내래 직접 확인하갔습네다. ……기뢰 부설 해도 주시라요."

계진은 총알을 천천히 장전하며 말했다.

"이보라우, 와 기뢰에 그리 관심이 많네? 어이 그르케 집착함메?"

"내래 여기 온 목적이 그런 거 파악하는 거이 아니겠습네까?"

둘의 눈길이 정확하게 마주쳤다. 어느 누구도 피하지 않았다. 계진은 눈길을 거두지 않고 말했다.

"동무, 말하디 않았네? 기거는 내래 직접 평양으로 보고한다 하디 않았슴메. ……기래도 보고 싶네?"

"경비사령관 동지. 뭐 실수한 거이 있습네까? 어이 기뢰 얘기만 나오문 꽁무니를 빼십네까?"

계진의 눈은 학수를 쳐다봤고, 입은 가만히 있었다. 그 아래로 잠시 목울대가 움찔했고, 손은 마지막 남은 한 발을 장전했다. 계진이 권총을 들어 총구 가늠쇠로 학수의 옷깃을 옆으로 벌렸다. 오른쪽 목덜미에 난 커다란 흉터가 선명하게 드러났다. 그는 총구로 흉터를 톡톡 건드렸다.

"꽤 심한 일을 당했나 보오?"

학수는 그를 노려보며 천천히 손을 들어올려 총구를 옆으로 살짝 밀어냈다. 계진은 총을 총집에 집어넣었다.

"미안하게 됐슴메. 동무도 알다시피, 요즘 남조선 첩자들이 곳곳에 깔려 있지비. 이해하기오."

"괜찮슴네다. 하디만 이 일은 잊디 않겠슴네다!"

계진은 잠시 노려보다 호탕하게 웃었다. 학수도 잠시나마 미소를 보였다. 계진은 학수의 밑도 끝도 없는 이런 당당함이 좋았다. 최고사령관 동지도 반 수 접어주고 자신을 대해주는데 계급도 한참이나 아래인 놈이 당돌하기는.

그리운 이가 계진에게 불쑥 떠올랐다. 그도 예전에 이와 비슷한 행동을 했다. 계진은 고개를 세차게 흔들어 다가오는 이를 떨쳤다. 대신 학수를 바라보았다. 좀 더 가까워졌으면 하는 생각이 갑자기 일었다. 하지만 시간이 많지 않고 장소도 마땅치 않았다. 순간 위험할지 몰라도 꽤 재밌는 거리가 떠올랐다.

"동무, 나랑 같이 좀 갑세다. 나들이할 짬은 어디 좀 있갔디?"

학수는 잠시 생각하다 고개를 끄덕였다.

"길티. 역시 맘에 드는구나야. 장춘 동무 시동 걸라우."

✛

'인천 부두 안벽을 따라 설치된 참호에 북한군 1개 중대가 있다. 월미도로 접근이 용이치 않다. 조사 중이다. 정보는 곧 보내겠다.'

무전 보낼 내용을 확인한 서진철은 후덥지근한 막사에서 나갔다. 밖에는 그런 대로 바람이 불었다. 눈을 감고 고개를 뒤로 젖혔다. 시끄러운 소리가 하늘에서 내려왔다. 눈을 뜨니 콜세어 단발 프로펠러 전투기 4대가 영흥도 상공을 선회했다. 그는 곧 바다 쪽으로 사라지는 콜세어 편대를 한참 동안 바라보았다.

진철은 켈로부대 1진 대장으로 인천에 대한 정보 수집 임무를 총괄하고 있었다. 인천항에서 남서 방향으로 25킬로미터 떨어진 이 섬, 영흥도를 점령하는 것이 그의 첫 임무였다. 다행히 인민군이 섬에 들어오지 않아 무혈입성했다. 벌써 일주일 전이다.

켈로부대 본대인 1진은 영흥도 면장에게 협조를 얻어 14세에서 18세까지의 섬 소년들을 모아 청년단을 조직했다. 납작모자를 항상 쓰고 다니는 형제도 있었다. 이들은 어부나 장사치로 변장한 부대원과 함께 수심과 조류 측정, 인민군 부대 위치와 규모 등 상륙작전에 필요한 정보를 수집하는 데 많은 도움을 주었다. 하지만 모든 일이 계획대로 진행되지 않았다. 그만 변수가 불쑥 튀어나와 버렸다. 우선 생각보다 기뢰 위치 파악이 힘들었다. 자칫 잘못하면 바로 목숨을 잃기에 소극적일 수밖에 없었다. 또 하나는 월미도에 민간인 출입이 금지되어 아예 접근조차 하지 못하는 것이었다.

결국 뒤늦게 2진이 참여했다. 2진은 기뢰 부설 해도를 빼돌리고 월미도에 있는 적의 상황을 파악하는 임무를 맡았다. 같은 켈로부대 소속이라도 외부 첩보 활동이 대부분이라 같은 팀이 아니고서는 서로 알 길이 없었다. 진철은 비록 일면식은 없지만 자신보다 훨씬 위험한 임무를 맡은 2진에 대해 애틋한 마음을 가졌다. 다행히 2진을 이끄는 대장이 장학수라는 사실이 다소 위안이 되었다. 진철 역시 그를 직접 보진 못했지만 그에 대한 소문이 자자해 익히 알고 있다. 그는 지금까지 그에게 주어진 모든 임무를 완수했다고 전해졌다. 개중에는 불가능한 임무도 제법 있었다고 했다. 진철은 이번 기회에 그를 꼭 한 번 만나보리라 다짐했다.

지프가 인천과 월미도를 잇는 600미터 길이의 방파제 도로를 달렸다. 그 길의 끝에는 월미도가 보였다. 계진 옆에 앉은 학수의 눈에 월미도 진지가 서서히 드러났다. 학수는 월미도로 잠입하려는 임무가 이렇게 쉽게 풀릴 줄 몰랐다. 다행이긴 하지만 계진의 꿍꿍이를 모르기에 마음을 놓을 수 없었다.

　　저 멀리 언덕 위로 구릿빛 갈대밭이 보였다. 자세히 보면 그 중간에 위장망이 그야말로 잘 위장돼 있었다. 무엇인지 알아채기가 힘들었다. 진지에 다가갔지만 학수의 눈길은 자꾸 갈대밭으로 향했다.

　　해안포 진지의 위용이 완전히 드러났다. 곡사포와 박격포들이 일렬로 배치되었다. 그 뒤로 토치카 진지가 공사 중이었다. 학수는 거대한 해안포 진지의 규모에 놀랐지만 내색하지 않으려 애썼다.

　　"동무, 자, 어드케 보았습메?"

　　계진이 거만한 표정으로 미소를 지었다.

　　"다 완성되기만 하문 웅장하갔습네다. 대단하십네다. 사령관 동지."

　　학수가 장단을 맞춰주자 계진이 좀 더 흥을 내었다.

　　"길티. 토치카만 완공되문 천하 요새가 되디 않갔어?……그런데 문제는 따로 있습메."

　　"도대체 뭡네까?"

추임새와 함께 눈을 동그랗게 뜬 학수는 리액션 타이밍을 기가 막히게 잡았다.

"돌대가리디. 평양에 있는 그 돌대가리들이 원산입네, 군산입네 떠드는데, 내래 아무리 생각해봐도 맥아더가 상륙할 장소는 인천이라우. 인천! 병력과 무기를 더 보강해야디. 무조건."

"맞습네다. 듣고 보니끼니 다 옳은 말씀입네다."

"길티, 길티……."

계진은 잠시 울컥했다. 상급 검열관이 이렇게 자신의 말을 경청하고 호응할지 전혀 예상 못 했다. 평양의 돌대가리들은 자기를 미운 오리 새끼 취급하고 아무도 자기 말을 들어주지 않았다. 아무래도 계파 싸움에서 밀린 탓이리라. 계진은 학수를 따뜻하게 바라보았다. 학수는 이를 알고도 모른 척했다.

✤

"용납할 수 없고, 참을 수 없소. 이건 모욕이야! 프랑스에 당장 병력을 더 요청하게. 될 때까지 요청해! 그래도 안 되면 내가 그쪽 대통령과 직접 통화하겠다."

맥아더는 파이프를 다소 거칠게 빨아댔다. 부관을 다그치는 모습도 오늘은 달랐다. 아무래도 오전 일찍 워싱턴에 보낸 전보 탓이었다. 최후통첩을 날렸기에 내일 그쪽에서도 뭔가 제스

처를 취할 것이다. 결과를 기다리기만 하는 것은 그의 성미에 맞지 않았다.

"호주에서는 아직 연락이 없나? 항공모함을 보내겠다는 거야, 안 보내겠다는 거야. 어?

휘트니 부관, 당장 알아보게! 보낸다는 말을 듣기 전까지 나한테 보고할 생각 하지 말게!"

"네, 장군."

휘트니는 딱히 다른 대답이 떠오르지 않았다. 그는 전화기 쪽으로 달려갔다.

맥아더는 숨을 고르고 유엔 연합군 작전 상황실을 둘러보았다. 벽면 한쪽을 차지한 인천 앞바다 지도, 그중 월미도 지도는 따로 확대 복사되어 옆에 붙어 있었다. 인천항 지도 위에는 인민군 부대 배치 현황이 제법 자세히 표시되어 있었다. 하지만 월미도 지도 위는 깨끗했다. 그 옆 바닷길에도 기뢰 표시는 부실했다. 맥아더는 한숨을 쉬었다.

"조금 전 켈로부대에서 교신이 왔습니다."

로우니 중령이었다. 맥아더는 턱을 치켜들며 보고를 재촉했다.

"인천 월미도에 방어 진지 구축 공사가 진행 중이라는 보고입니다. 우선 확인된 것만 말씀드리면 76mm 포 3문, 고사포 6문, 37mm 포 2문이 배치되었고, 토치카는 현재 30여 개가 곧

완성된다고 합니다."

"신경 쓸 정도는 아니군. 아직 공사 중이라 했나? 로우니, 평양에서 병력이나 무기 지원은 없나?"

"네, 아직 움직임이 포착되지 않았습니다."

"그럼, 걱정거리는 하나 덜었군그래."

"그런데 장군, 방어지구 구축은 사실상 평양이 아니라 림계진이라는 경비사령관 주도로 진행되고 있습니다."

"림계진?"

"네, 모스크바 프룬제 군사대학 출신으로 김일성과 같이 입북한 소련계입니다. 실무 능력이 특출해 초창기 김일성의 총애를 받았으나 연안계와 만주계의 집중적인 견제로 권력층에서 다소 밀려나 있는 상태라고 합니다."

"그렇다면 평양의 지원에 상관없이 스스로 대비한다는 말인데……. 골치 아픈 인물일세. 소련계면 나름 그쪽과도 루트가 있겠군."

"현재 조사 중입니다만, 비밀리에 대량의 무기가 들어갔다는 첩보가 있었습니다."

"가족 관계는 어떻게 되나? 세력이 형성되겠나?"

"조실부모하고 동생이 한 명 있다는 소문이 돌았지만 확실치 않습니다. 자신 있게 말씀드릴 수 있는 건, 지금 림계진은 혼자라는 사실입니다."

"……기뢰는 어떤가?"

로우니는 좀 전처럼 시원하게 보고하지 못했다. 맥아더의 불호령이 떨어지기 전, 휘트니가 무전 내용이 적힌 종이를 들고 뛰어왔다.

"켈로부대에서 온 연락입니다. 기뢰 부설 해도를 아직 획득하지 못했고, 시간이 더 필요하다고 합니다."

만족스럽지 못한 보고였다. 맥아더는 파이프를 집어 들었다.

✛

'에에엥!'

통금 사이렌이 여지없이 울렸다. 숙소에 켈로부대 전원이 모였다. 인국은 평소대로 망을 보고, 봉포는 무전을 받았다. 봉포의 표정이 어두워졌다. 대원들은 무전 내용이 궁금해 주위로 몰려들었다.

"뭐이라 하네?"

"모레까지……."

봉포는 기성의 질문에 끝까지 대답하지 못하고 대장을 바라보았다. 학수는 고개를 끄덕이며 무전 내용 공개를 허락했다.

"모레까지 기뢰 부설 해도를 무조건 탈취해라."

"오데서 보낸 거이네? 켈로 본대네? 아님, 미 정보국이네? 그냥 말만 하문 척척 다 되는 줄 아는 모양이다."

기성이 격분했다. 다른 대원들도 동요했다. 개중에 송상득이
한 마디 던졌다.

"참 야단들입네다. 기뢰 부선 해도 없어도 되디 않갔슴네까?
그냥 기뢰 제거하는 소해정으로 기뢰를 쾅쾅 터뜨리문서 가문
안 됩네까?"

"야, 위아래로 길이가 얼만데, 오덴 줄 알고 다 터트리네?"

기성은 말도 안 되는 소릴 하는 상득을 타박했다. 이제 대장
이 나서야 할 차례였다.

"해도 없이는 불가능하다. 상륙정은 속도가 생명이야. 어떻
게든 해도를 구해야 한다."

"무기 창고에도 없고 기뢰 작전 상황실에도 해도가 없디 않
았슴네까?"

기성이 답답해하며 한마디 했다. 조인국이 모처럼 대화에 끼
어들었다.

"이제 남은 곳은 갸들 집무실밖에 없슴네다. 보니끼니 열쇠
없이는 절대로 따고 들어갈 수 없는 문입네다."

인국의 말에 학수는 커튼을 살짝 걷어 맞은편 사령부 본관을
관찰했다. 보초병들이 정기적으로 순찰을 돌았다. 학수는 커튼
을 다시 닫고는 잠시 생각에 잠기다, 입을 뗐다.

"주목! 작전 명령을 하달하겠다. 우린 낮에 침투해 해도를 찾

는다. 강봉포, 지금부터 밤낮으로 경계 보초 인원과 교대 시간을 정확하게 확인하라. 송상득·양판동은 무기를 더 확보하고, 오대수와 천달중은 차량을 확보해 대기 장소와 도주 루트를 물색한다. 창문을 통한 침투는 조인국이 맡는다. 남기성 부대장은 조인국과 짝을 이루시고, 나는 림계진과 류장춘을 유인하겠다. 이상."

"작전은 언제 실행합네까?"

기성이 조심스레 질문했다.

"일단 준비를 끝내고, 늦어도 모레는 실행하겠습니다."

대원들은 다소 긴장했지만 눈빛은 날카로웠다.

"저……무전 내용이 더 있습니다."

봉포의 말에 모두 그를 주목했다.

"면도날과 접선해 도움을 요청하라."

"면도날?"

학수의 이마에 주름이 일었다.

D-day 6(1950년 9월 9일)

아침 햇살과 함께 문이 덜컹 열렸다. 학수가 이발소로 들어섰다. 이발소는 비어 있었다. 학수가 주위를 둘러보았다.

"어서 오십시오."

사근사근한 인사말에 학수가 옆을 보니 어느새 이발소 주인 석중이 서 있었다. 그 뒤로 어둑하고 길쭉한 복도가 보였다. 학수는 주변을 경계하다 인사를 늦게 받았다.

"네, 월미도는 언제 육지로 변하겠습네까?"

웬 말도 안 되는 인사말에 석중의 표정이 신중해졌다.

"15년은 걸리지 않을까요?"

학수는 한동안 석중을 지켜보다 입을 열었다.

"안녕하십니까. 켈로 2진 대장 장학수입니다."

"최석중입니다. 장학수 대장 말씀은 많이 들었습니다만 오늘에야 뵙네요."

둘은 잠시 눈으로 대화를 나눴다. 석중은 바깥을 한 번 내다보고는 말했다.

"이리 앉으시죠."

석중은 혹시나 누가 들어올까 하는 염려에 학수를 손님 대하듯 행동했다. 학수가 이발소 의자에 앉자 석중은 의자를 뒤로 젖혔다. 그는 뜨거운 수건을 학수의 얼굴에 잠시 올렸다. 그사이 거울 앞으로 가 면도 도구를 들고 왔다. 비누 거품을 정성스럽게 내고 면도솔을 푹 담갔다. 수건을 벗겨내고 면도솔로 얼굴을 하얗게 칠했다. 석중이 면도날을 들어 목 가까이 대자 학수의 손이 갑자기 날아와 면도날을 든 석중의 손을 낚아챘다. 면도날은 그만 땅에 떨어지고 말았다.

"아, 이거 죄송합니다. 저도 모르게 습관적으로……."

"아닙니다. 잠시라도 마음 편하게 있으세요."

석중은 땅에 떨어진 면도날을 주웠다. 저 사내의 삶, 참으로 녹록지 않았으리란 생각이 들자 그가 안쓰러웠다. 학수는 여전히 긴장을 풀지 않았다.

"이전 작전은……."

"잠시만, 면도 다 끝내고 말씀 듣겠습니다."

"아니, 그래도……."

'사각사각.'

수염 깎는 면도날이 대신 대답했다. 그제야 학수는 입을 다물고 편하게 눈을 감았다.

'사각사각.'

면도날이 그의 목덜미 흉터에서 머뭇대며 잠시 숨을 골랐다가 다시 움직였다.

"다 됐습니다."

학수는 몸을 벌떡 일으켰다. 잠시 존 모양이었다.

"편하게 앉으세요."

"초면에 부산한 모습을 보여 부끄럽습니다. 참, 오늘에야 면도날 정체를 알게 됐습니다. 전혀 날카롭지 않은데요."

순간 인기척에 둘 다 출입문을 바라보았다. 인민군 한 명이 유리문을 통해 이발소 안을 들여다보았다. 그는 인민군 장교복을 입은 학수와 눈이 마주치자 깜짝 놀라며 경례를 붙였다. 학수는 손짓으로 그를 보냈다. 둘은 다시 이발사와 손님으로, 다시 켈로부대원으로 돌아왔다.

"뭘 도와드릴까요? 장학수 대장님."

석중은 싱긋 웃으며 말했다.

"내일 무슨 수를 쓰더라도 해도를 가지고 오갔으니 운반책을 마련해주십시오."

"알겠습니다. 서진철 1진 대장에게 연결하겠습니다. 임무 완수 후, 영흥도에 있는 폐교로 집결하세요. 배편을 마련해 놓겠습니다. ……조심하세요. 림계진은 아주 집요한 사람입니다. 우선 신임을 확실히 얻으세요. 그리고……."

"삼촌, 나 왔어요."

문 열리는 소리와 동시에 맑은 음성이 울렸다. 학수가 고개를 돌렸다.

'한채선?'

반가웠다. 그의 얼굴에 살짝 온기가 돌았다.

"왔어?"

석중이 조카를 맞았다. 채선은 아직 학수를 알아보지 못했다. 그는 자리에서 일어나 수건으로 얼굴을 몇 번이나 닦고 채선을 바라보았다. 이번엔 채선도 그를 알아보았다. 그녀 역시 반가워하는 얼굴이었다.

"어, 박남철 상급 검열관 동지! 안녕하세요."

학수는 제 이름이 아닌 다른 이름으로 불리자 어리둥절했다. 석중이 그를 쳐다보았다.

"알아요?"

"아, 네. 한 번, 아니 두 번 잠시 뵌 적이 있습……네다. 사장님 조카이십네까?"

학수는 박남철로 돌아갔다. 석중은 서로 아는 체하는 둘을 번갈아보며 고개를 끄덕였다.

'두 번?'

채선은 왜 그가 두 번이라 말했는지 곰곰이 생각했지만 알 수 없었다.

"사장님, 조카분께서 삼촌을 무척이나 아낍데다. 앞으로 총 맞을 일은 없갔습네다."

채선은 이틀 전 장교 클럽에서 오간 대화임을 눈치채고 미소를 지었다.

"삼촌, 빨리 준비하세요."

"오늘은 못 가."

"왜요? 오늘은 꼭 집회에 가기로 했잖아요."

"그게 ……, 아무튼 다음에 꼭 갈게."

"삼촌은 만날 다음다음 하면서 꼭 안 가더라. 누구 같이 갈 사람 없나."

석중은 학수를 쳐다보았다. 학수는 눈만 멀뚱멀뚱했다.

✤

학수와 채선이 나란히 길을 걸었다. 둘 사이 간격은 좀처럼 좁혀지지 않았다. 답답했는지 채선이 먼저 입을 떼었다.

"우리 삼촌도 저처럼 열혈 당원이에요. 요즘은 당 집회에 잘 안 나가려고 해서 그렇지, 당에 대한 충성심을 오해하지는 마세요."

"오해 안 합네다. 이념도 선택이라 생각합네다. 존중해주시라요."

채선은 그의 뜻밖에 대답에 자리에서 멈춰 섰다.

'인민군 장교가 저리 말해도 되나?'

혼자 앞서가는 학수의 뒷모습에 그녀는 고개를 갸웃거렸다. 학수는 걸음을 늦췄다. 그녀와 거리를 좁히기 위해서다. 그녀가 다시 걷자 보폭을 줄이며 그녀를 맞이했다.

둘은 다시 말없이 나란히 걸었다. 학수는 가끔 그녀를 힐끔힐끔 훔쳐보았다. 그녀와 있으니 시간 가는 줄 몰랐고 어디로 가는지도 몰랐다. 문득 그의 발끝에 채소 한 단이 걸렸다. 고개를 들어보니 시장이었다. 학수가 걸음을 멈췄다.

'어머니!'

순간 울컥했다. 학수는 뒤돌아섰다. 가야 하지만 가지 말아야 할 곳에 당도했다. 바로 앞에 어머니가 계시지만 이대로 어머니를 만날 수는 없었다. 어머니 생사를 확인하고 만나기 위해 임무를 수락했지만 지금은 그 임무가 우선이었다.

"왜 그러세요?"

그녀는 갑자기 멈춰 선 학수를 의아하게 쳐다보았다. 그는 말이 없지만 자신에게 관심을 툭툭 던졌고, 그녀 또한 그의 관심을 감사히 받아들이는 중이었다.

"왜 그러세요?"

그녀는 재차 물었지만 그는 대답하지 않았다. 그렇다고 그냥
물러서기에 그녀는 너무 젊었다.

"집회에 가기 싫으시면 앞에까지만 데려다주실 수 있어요?"

학수는 거절하기 힘들었다. 그는 군모를 푹 눌러썼다. 둘은
또다시 나란히 걸었다. 군모 챙에 가린 그의 눈동자는 끊임없
이 좌우를 살폈다. 그러다 어느 한 지점에 멈췄다. 걸음도 멈췄
다. 낯익은 가마솥이었다. 하얀 수증기가 닫아놓은 솥뚜껑 틈
새로 끊임없이 올라왔다. 수증기 사이로 보이는 솥뚜껑 손잡이
끝은 깨져 있었다. 예전에 자신이 어머니를 도우려다 그만 바
닥에 떨어뜨려 깨뜨린 바로 그 솥뚜껑이었다. 학수는 모든 걸
내려놓는 대신 고개를 들었다. 다 필요 없었다. 단지 어머니 얼
굴을 보고 싶었다. 하지만 어머니는 보이지 않았다. 그는 계속
두리번거렸다.

"다 왔어요. 저기예요."

그녀의 말에 학수는 정신이 번뜩 들었다. 채선을 바라보았
다. 그녀는 손을 들어 어느 한 지점을 가리켰다. 거기에 조그만
공터가 있었다. 말이 공터지 사람들이 원처럼 빙 둘러 앉아 가
운데 부분만 텅 비어 있었다. 그는 그녀를 따라 걸음을 옮겼다.
몇 번이나 뒤돌아보았지만 어머니는 보이지 않았다. 그는 포기

하고 힘없이 걸어갔다. 그때 솥뚜껑이 열렸다. 곱게 늙은 노인이 국수를 삶고 있었다. 눈이 매운지 노인은 고개를 옆으로 돌렸다. 그러자 저 멀리 걸어가는 한 사내가 눈에 들어왔다. 걷는 모습이 어디서 많이 본 듯했다. 노인은 자리에서 일어났다.

"할머니, 할머니."

내려다보니 사내애와 어린 여자애 둘이 가마솥에 넋을 놓고 있었다. 끓는 물속에서는 국수가 춤추었다. 노인은 사내가 걸어간 쪽을 다시 쳐다보았지만 사라지고 없었다. 혹시 아들일까 싶어 눈을 떼지 못했다. 노인은 그만 고개를 절레절레 흔들었다. 아들일 리가 없었다. 그 사내는 인민군 복장을 하고 있었다. 노인은 풀썩 자리에 주저앉았다.

✛

학수는 채선을 홀로 두고 자리를 뜨지 못했다. 가야지 마음먹으면서도 발이 쉽사리 떨어지지 않았다. 그는 그만 공터를 채우고 있는 원의 한 점이 되고 말았다.

"분위기가 심상찮은데요. 집회가 아니라 인민재판을 할 것 같아요."

학수의 표정이 사나워졌다. 인민군은 점령지에서 법령이 정하는 바에 따른 인민재판을 진행했다. 말이 법령이지 그 절차는 무시되는 경우가 허다했다. 지주와 경찰, 공무원이 인민재판의 대상이었다. 재판이 아니라 숙청이라 하는 게 더 어울렸다.

채선이 말한 집회는 대대적인 정치선전을 하는 것을 의미했다. 인민군들은 북쪽 공화국의 정통성을 선전하고 전쟁의 정당성을 주장했다. 실질적 목적은 전쟁 총알받이인 의용군을 모집하는 것이었다. 그는 그녀의 심중이 궁금했다.

"한채선 동무는 인민재판을 어드케 생각하십네까?"

그녀는 그의 질문에 당황했다. 모처럼 한 말치곤 정나미가 느껴지지 않았다.

"남을 착취하거나 괴롭힌 사람은 벌을 받아야 하지 않을까요?"

"그 기준이 뭡네까?"

채선은 대답하려다 가만히 있었다.

"그 벌이라는 거이 꼭 절차를 무시한 총살이어야 합네까?"

학수는 다그치듯 말했다.

"이러다 남조선 갸들이 요길 점령하문 그땐 어드케 하실 겁네까?"

채선은 더는 참을 수 없다는 듯 고개를 빳빳이 들었다.

"검열관 동지, 지금 날 사상 검증하시는 거예요? ……뭘 물어보시는지 잘 모르겠지만 잘못된 부분은 고쳐야 하지 않을까요?"

그녀는 갑자기 그의 귀에다 대고 속삭였다.

"저도 절차를 무시한 부분이나 그 폭력성에 대해선 이해 못 하겠지만요."

그녀는 그에게서 떨어지며 다시 목소리를 높였다.

"더 나은 세상을 위해 감수할 부분일 수도 있겠다, 생각해요."

"누구를 위한 세상? 무엇을 위한 세상⋯⋯."

학수는 말을 멈췄다. 뒤에서 누가 자신의 어깨를 툭툭 쳤다. 뒤를 돌아보니 하룡이었다.

"한참 찾았습네다. 검열관 동지."

그는 손짓으로 지프를 가리켰다. 학수는 지프와 채선을 번갈아 보았다.

"한채선 동무, 다음에 토론하자우요. 그럼 이만."

채선은 아쉬운지 고개를 천천히 끄덕였다. 학수는 지프 앞좌석에 올라탔다.

"검열관 동지, 저랑 뒤에 타시디요."

학수가 하룡을 노려보며 딱 부러지게 말했다.

"하룡 동무 몸에서 이상한 냄새가⋯⋯. 뒤에 타기오."

하룡은 자기 몸 여기저기를 킁킁거렸다.

⚜

계진이 보드카를 잔에 꼭꼭 눌러 부었다. 두 손으로 잔을 받아 든 학수는 담담했다. 결국 술이 넘치고 말았다. 학수는 술잔을 단숨에 비운 후 알코올이 묻은 손을 옷에 슥슥 비벼 닦았다.

"사령관 동지의 분에 넘치는 사랑에 내래 어드케 행동해야 할디 모르갔습네다."

계진은 키드득거렸다. 며칠 전만 해도 자신이 이렇게 웃을 줄 상상도 못 했다. 계진은 학수의 농이 싫지 않았다.

"동무는 맥아더가 오데로 올 것 같소? 내래 어제도 말했디만 무조건 인천이지비. 평양 돌대가리들을 설득하려문 한 방이 필요한데 그거이 없슴메. 동무는 뭐 들은 거 없소? 소련이나 중국에서……."

"평양에서는 인천이 아니라고 생각하디요?"

계진은 머리를 아래위로 흔들며 다음 한 수를 기대했다.

"맥아더는 인천으로 올 겜네다."

확고한 학수의 말에 오히려 계진이 놀랐다. .

"미제 놈들이 점치는 성공 확률이 얼만 줄 아시디요?"

"오천분의 일!."

학수는 부러 짬을 두고 보드카를 따라주었다. 계진은 몸이 후끈 달아올랐다.

"즉 미국 말로 미션 임파서블. 즉 불가능하다는 말이디요. ……기래서 올 겜네다. 긴데 성공 확률이 낮은 인천으로 와 오려고 할 거 같습네까? 맥아더 그 늙은 너구리는 바로 그 점을 노렸갔디요. 아무도 예상하디 못한 장소니끼니."

"동무 말이 맞소. 맥아더는 영웅이 되고 싶은 거디. 아님 미국에서 대통령이라도 할 심산인지."

계진은 웃으며 술잔을 천천히 들었다.

✛

해가 지평선 너머로 조금씩 모습을 감추었다. 맥아더는 집무실에서 콘 파이프 재를 제거했다. 노크 소리가 들렸다. 맥아더는 그 소리가 리드미컬한 게 나쁜 소식은 아닐 거라 생각했다. 문이 열리고 로우니가 들어왔다. 그의 표정이 밝았다. 손에는 전문이 적힌 종이를 들고 있었다. 그는 맥아더가 보기 편하게 종이를 테이블 위에 펼쳤다.

'우리는 귀하의 계획을 승인한다. 대통령에게도 보고되었다.'

미 합동참모본부에서 보낸 전문치고는 유례가 없을 정도로 짧은 글이었다. 맥아더는 주먹을 불끈 쥐었다.

D-day 5 (1950년 9월 10일)

　전날 해는 전날에 졌다. 오늘 해는 아직 떠오르지 않았다. 사실 지하에서는 해의 유무가 아무 상관 없었다. 김일성은 평양 지하 방공호 작전 상황실에 홀로 있었다. 그는 미 전투기의 폭격에 넌더리가 났다. 어제도 B-29 전폭기가 경의선·경원선을 폭격했고, 미 해병 콜세어 전투기가 개성 근처를 지나가는 열차를 폭격했다는 보고가 올라왔었다. 6월 29일 평양비행장을 폭격당한 이후로 그는 이제 불안 증세에 잠도 오지 않았다.

　노크 소리가 지하의 일부분을 잠 깨웠다.

　"들어오라우."

　김일성은 짐짓 태연하게 말했다. 야간 당직인 여비서가 타이

핑한 전문을 들고 들어왔다.

"뭐이네?"

"최고사령관 동지, 일본 첩보단장 이와무라 측근에게서 온 연락입네다."

"측근? 아니 이와무라 본인이 연락해야디 와 측근이네?"

"저……"

여비서는 차마 말을 못 하고 다른 전문을 하나 내밀었다. 김일성은 받아 읽었다.

"9월 8일 밤에 이와무라는 일본 고베에서 체포되었다?"

"네, 최고사령관 동지. 이와무라 동무는 체포되기 직전 첩보단원들에게 기밀문서 일부를 보냈다고 합네다. 좀 전에야 확인되었다고 합네다."

"그럼, 이 앞 전보가 기밀문서이네?"

김일성은 전보를 바꿔 읽어보았다. 내용은 미군 한 연대의 상륙작전에 대한 계획서였다. 장소는 뜻밖에 인천이었다. 정보가 아주 상세하고 구체적이었다. 그래서 더 의심스러웠다.

"이거이 참말이네? 연막이네?"

김일성은 고개를 갸웃거렸다.

⚜

인천 경비사령부 별관 숙소엔 긴장감이 돌았다. 학수를 비롯한 전 켈로부대원들은 손목시계를 맞추고 확인했다. 모두 말이 없었다. 학수는 대원 한명 한명과 눈을 마주쳤다. 그가 비장한 표정으로 천천히 입을 열었다.

"자, 이제 갑시다."

근사한 말을 할 줄 알았던 대원들은 시시한 대장의 말에 피식 웃음을 흘렸다. 학수가 한 마디 덧붙였다.

"살아서 만납시다."

대원들의 얼굴에선 웃음기가 가셨다. 짧지만 대장의 진심이 느껴지기에 하나둘 희미한 미소를 머금기 시작했다.

✛

해가 떨어지려면 한참이나 남은 시각, 커튼을 친 장교 클럽 안은 이미 다양한 빛이 흘러넘쳤다. 술 따르는 소리, 춤추며 내딛는 발자국 소리, 노랫소리, 거기에 반주로 쓰이는 아코디언 소리 등 덤인 줄 알았던 온갖 소리가 빛을 압도했다.

계진과 학수는 보드카로 건배했다. 둘만 구석에 있는 테이블에서 독대했다. 학수는 잔을 내려놓으며 클럽 안의 대원들을 훑어보았다. 양판동, 송상득, 오대수, 천달중. 이들은 계진을 제외한 인민군 장교의 발을 클럽에 묶어놓는 임무를 맡았다. 물론 계진은 학수의 몫이었다. 대원들은 송별회를 빌미로 서로 번갈아가며 특히 장춘과 하룡에게 술을 권했다. 하룡은 받는 족족 들이켰으나 장춘은 입술만 축이고 내려놓았다. 그는 심지어 멀찌감치 떨어진 학수를 관찰하기까지 했다.

"이보라우, 평양 가서 잘 말해두기요. 나두 조만간 평양에 올라가 그 돌대가리 새끼들 다 까부시고 오갔소. 내래 요즘 동무 덕분에 살맛이 좀 났디.⋯⋯받으라우."

계진은 별일 아니라는 듯 상자 하나를 가볍게 내밀었다. 작지만 고급스럽게 포장되어 있었다. 학수가 머뭇거리자 계진이 턱 끝을 치켜들며 뜯어보라 보챘다. 상자를 열었다. 금장 권총과 금장 총알 하나가 떡하니 자리 잡고 있었다.

"이거이 뭐입네까?"

"동무한테 주는 선물이디."

학수는 금을 드는지 권총을 드는지 헷갈렸지만 일단 눈높이까지 조심스럽게 들어보았다. 계진은 흐뭇한 표정으로 지켜보았다. 학수는 이리저리 살피다 금장 총알을 금장 권총에 장전했다.

"경비사령관 동지, 이거이 발사는 됩네까?"

"야아, 이 동무래 분위기 까부시고 있구나야. 고거이 내래 최고사령관 동지께 받은 것이디. 긴데 총알이 나가는 거이 내래 우이 알갔네?.⋯⋯안 쏴봤으니끼니. 푸하하하⋯⋯."

계진이 시원한 웃음을 터뜨렸다.

"도로 넣어두시라요. 이 귀한 걸 어이 받갔습네까?"

학수는 한사코 거절하며 장전된 금장 권총을 내밀었다. 계진은 그런 학수의 손등을 살포시 잡고는 그의 눈을 쳐다보지 않고 독백하듯 조용히 말했다.

"내래 동생이 생각나서……"

계진은 꼭 잡고 있는 손을 급하게 금장 권총으로 옮겨 학수 앞으로 다시 한 번 밀었다.

"10여 년 전에 죽은 동생이 있었지비. 따지고 보문 나 때문에 죽은 거디. ……내래 동무를 보문 그 아새끼가 불쑥 떠올라……아무튼 앞으로 금장 총은 항상 몸에 지니기오."

"명심하갔습네다. 사령관 동지."

둘은 한동안 말이 없었다. 계진이 민망했는지 화제를 돌렸다.

"동무, 모스크바 공산대학 나왔지비? 졸업은 했네?"

학수는 선뜻 대답을 못 하고 우물쭈물했다. 계진이 의아하게 쳐다보았다.

"내 동생도 거기 잠시 있었지비. 림용진이라고……. 잘 모르갔디? 갸는 메칠 다니다 그만…… 동무, 동무! 오데 몸이 좋디 않네?"

학수의 동공이 흔들렸다. 이어 손이 떨리기 시작했다. 진정시키기 위해 보드카를 들이켰지만 소용없었다. 빈 잔을 내려놓다 그만 떨어져 깨지고 말았다.

"죄송합네다, 사령관 동지. 좀 급하게 마신 모양입네다. 잠시 가서 씻고 오갔습네다."

계진은 대수롭지 않게 가보라는 손짓을 했다. 학수는 자리에서 힘들게 일어나 화장실로 향했다. 뒤통수를 때리는 따가운 시선에 그는 뒤돌아보았다. 장춘이 그를 노려보고 있었다. 그는 장춘을 무시하고 화장실로 곧장 들어갔다. 켈로부대원들은 은밀히 시선을 주고받으며 주위를 경계했다.

✣

경비사령부는 겉으로 보기에는 여느 때와 다르지 않았다. 보초병들의 걸음걸이만 다소 여유가 있어 보일 뿐 머리에 해당하는 장교들은 거의 검열단 송별회에 참석했다. 발바닥에 해당되는 보초병들만 투덜대며 제자리를 맴돌았다.

지프 한 대가 막 사령부 본관 건물 앞에 다다랐다. 봉포가 운전했고, 기성과 인국은 뒷좌석에 자리 잡았다. 사령부 기지 출입은 두고 온 물건이 있다 하여 쉽게 통과되었지만 본관 건물은 달랐다. 입구에서조차 보초병 둘이 못 박힌 것처럼 우뚝 서 있다. 기성이 지프에서 내리며 수군거렸다.

"작전대로 합세. 쫄디 말고. 좀 있다 봅세다."

기성을 내린 지프는 건물 뒤편으로 이동했다. 기성은 잠시 바라보다 건물 입구로 향했다. 보초병들은 기성을 쭉 지켜보고 있었다. 그가 가까이 오자 경례를 붙였다.

"고생들 많구나야."

인사하며 건물 안으로 들어가려는 기성을 보초 한 명이 막아섰다.

"뭔 일이십네까? 저흰 따로 연락받은 일이 없습네다만."

기성은 부러 인상을 쓰다 안 되겠는지 작전을 달리했다.

"니들 이거이 본 적 있네?"

기성은 품속에서 야한 핀업 걸 사진을 꺼냈다. 보초병들의 눈이 점점 커졌다.

조인국은 기성이 보초병들의 시선을 끄는 틈을 타 건물 뒤편 외벽을 타기 시작했다. 동작은 날렵했고 우아하기까지 했다. 금세 2층에 있는 계진의 집무실 창가에 도착했다. 평소라면 절대 그럴 수 없는 방향인, 발아래로 인기척이 느껴졌다. 내려다보니 보초병 한 명이 담배를 몰래 피우려 했다. 인국은 벽에 찰싹 달라붙었다. 보초병이 고개만 뒤로 젖히면 모든 게 끝장이었다. 문제는 또 있었다. 벽에 붙어서 양손을 쓸 수 없고, 거리도 가까워 담배 연기를 고스란히 코로 보내야 했다. 천식 환자인 인국은 죽을 지경이었다. 담배 연기가 올라오자 코는 벌렁거렸

고, 입술은 마구 떨렸다. 기침이 나오기 직전이었다. 피가 날 정
도로 혀를 깨물며 가까스로 고비를 넘겼다. 보초병이 담배를
벽에 비벼 껐다. 인국은 마음속으로 가슴을 쓸어내렸다.

"동무!"

인국의 심장은 밖으로 튀어나올 지경이었다.

"담배 한 가치 줘보기오."

보초 교대병이 인국 아래로 다가왔다. 보초병이 교대병에게
담배 한 개비를 건넸다. 연기 한 줄기가 다시 올라왔다.

"동무두 한 대 더 빨라우."

"그라디."

두 줄기 담배 연기가 인국의 두 콧구멍 속으로 빨려 들어갔
다. 인국의 흰자위가 많아지기 시작했다. 더 이상 버틸 재간이
없었다.

"이 종간나 새끼들. 근무는 안 서고 뭐하네?"

구세주 기성이었다. 입구를 무사히 통과한 그는 인국의 상황
을 보고 1층 통로 창문을 열고 소리친 것이었다. 보초병들은 급
하게 경례를 붙이고 사라졌다. 기성은 인국에게 집무실에서 보
자는 신호를 보내고 2층으로 올라갔다. 인국의 흰자위가 점점
작아졌다.

✤

계진은 연거푸 보트카를 마셨다. 학수는 마시는 속도를 늦추며 간간이 손목시계를 훔쳐보았다. 고개를 돌려보면 장춘과 계속 눈이 마주쳤다. 학수의 마음속에 불안이 싹트기 시작했다. 느낌이 좋지 않았다. 오랜 경험이 그에게 경고를 보냈다. 뭐라도 대책을 세워야 했다. 장춘이 다가왔다. 한발 늦고 말았다.

⚜

계진과 장춘의 집무실은 2층 복도 끝에 나란히 이웃해 있었다. 그 앞으로 여섯이나 보초를 섰다. 기성은 심호흡을 길게 여러 번 했다. 결심이 선 듯 복도로 발을 내딛으려다 다시 2층 계단으로 돌아왔다. 그의 호흡이 또다시 가빠졌다.

"검열관 동지, 요서 뭐하십네까?"

기성은 깜짝 놀라 올려다보았다. 보초 중 한 명이었다. 기성은 심호흡을 길게 한 번 하더니 정신을 차렸다.

"동무, 상급자에게 경례는 안 하네?"

"실례했습네다. 용서하시라요."

그는 절도 있게 오른발을 들어 소리가 크게 나도록 왼발 뒤를 치며 손바닥이 보이도록 경례를 했다.

"다시 하라우"

보초병은 영문을 몰라 어리둥절했다.

"이 종간나 새끼! 이리 따라오라우."

기성은 보초병 귀를 잡아당기며 집무실 입구로 갔다. 보초병들은 분위기가 심상치 않자 알아서 큰 동작으로 경례를 동시에 붙였다.

"경례 자세가 그게 뭐이가? 모자가, 눈깔이 삐뚤어져 있으니끼니 경례도 삐뚤하디 않네. 눈깔 중심 잡으라우."

기성이 한 보초병의 옷을 잡아당기며 호통쳤다.

"이 옷 주름 각 제대로 잡으라우!"

이번엔 그 보초병의 사타구니를 손으로 만지며 소리쳤다.

"물건이 와 오른쪽에 와 있네? 좌로 옮기라우. 우리는 무조건 좌임메! 자, 나 보라우. 어디 있네."

"왼쪽입네다."

보초병들이 입을 모아 대답했다.

"그 보라우. 왼쪽이잖네! 10초 주갔어. 날래 제대로 자리 잡으라우! 내래 사령관 동지 심부름 하갔어. 문 열라우!"

✦

"사령관 동지, 평양에 보고할 거이 많아서 이만 돌아가 보갔습네다."

장춘의 말에 계진은 고개만 끄덕거렸다. 장춘은 학수와 금장 권총을 잠시 노려보다 자리를 떴다. 학수는 당혹스러웠다. 다른 대원 역시 불안한 눈치였다. 손목시계에 절로 눈이 갔다. 아직 시간이 더 필요했다. 기성을 믿어보는 것 외엔 달리 방안이 없었다.

✚

문이 열리고 기성이 들어왔다. 보초병 하나가 뒤따라 들어왔다.

"동무, 지금 뭐함메? 나가서 보초 안 서네?"

기성이 눈을 부라렸다. 보초병은 움찔하며 나갔다. 문을 닫자 그 뒤에 숨어 있던 인국이 나타났다. 기성은 깜짝 놀라 소리를 질렀다.

"무슨 일이십네까?"

바깥에서 보초병의 걱정스러운 목소리가 들렸다.

"괜찮습메. 고만 신경 끄라우."

기성과 인국은 조용해지자 집무실을 뒤지기 시작했다. 시간이 꽤 지나도 해도는커녕 그림이라 불릴 수 있는 것조차 보이지 않았다. 둘의 표정은 너나없이 어두웠다. 초조함은 피곤함과 폭력을 불렀다. 기성이 벽에 기댄 채 신경질적으로 군화 뒷굽으로 벽을 찼다. 딱딱한 돌 소리가 아니라 나무 깨지는 소리가 들렸다. 벽과 같은 색으로 칠해진 문이었다. 계진과 장춘의 집무실을 이어주는 내문이었다.

"갸들 무슨 사이 아니네? 이런 요사스러운 문도 만들어놓고 말이디."

기성은 여유를 되찾았다. 내문을 열고 장춘의 사무실로 들어가자 커다란 금고가 그들을 맞이했다. 기뢰 부설 해도가 어디에 있는지 둘은 즉시 깨달았다. 이제 문제는 금고 문을 따야하는 것이었다. 인국은 자신의 주특기대로 금고 문에 찰싹 들러붙었다. 기성은 보초병을 맡기 위해 계진 집무실로 건너가 복도로 나갔다.

건물 뒤편에 주차된 지프 안에서 대기 중인 강봉포 역시 초조했다. 손목시계를 들여다보았다. 초침이 막 약속 시각을 지나쳤다. 봉포가 일단 시동을 걸었다. 차량이 탈탈거려서인지 우선 다리가 떨렸고 이어 핸들을 잡은 손마저 떨렸다. 단지 차량 탓으로 돌리기엔 심장이 너무 빨리 뛰었다. 이 정도 심장박동수라면 추억을 되살리기에 충분했다. 한때 6개월 내내 지금과 비슷한 심장박동수를 기록했었다.

봉포는 켈로 부대원치고는 드물게 서울 출신이었다. 그는 일본 유학 중 강제징집을 당해 만주 관동군에 배속받았다. 배치 첫날 밤, 친구를 따라나섰다가 뒤늦게 그게 탈출인 걸 알게 됐다. 더군다나 장장 6개월 동안 2000킬로미터를 훌쩍 넘게 걸으리라곤 상상도 못 했다. 임시정부를 찾아 만주에서 상하이까지 걸었다. 수많은 위기 속에서 심약한 마음과 몸은 자연 단련되었다. 드디어 상하이에 도착했다. 그날이 1945년 8월 15일이었다. 그는 상해 임시정부에서 만두를 대접받았다. 그게 다였다. 다행인지 불행인지 거기서 장학수 대장을 만났다.

'끼이익!'

브레이크 소리가 추억을 밟았다. 사령부 기지 입구에 지프 한 대가 멈춰 섰다. 별다른 검문 없이 바로 통과되는 걸 봐서는 사령부 관계자였다. 누굴까? 지프가 점점 다가왔다. 다행히 지프는 본관 앞쪽 입구에 멈췄다. 한 사내가 내렸다. 류장춘이었다. 봉포는 잠시 다행이라 생각한 자신이 한심스러웠다. 장춘은 곧장 본관 안으로 들어가 버렸다.

봉포는 어떻게든 위급 상황을 이층에 있는 동료에게 알려주어야 했다. 순간 기지가 떠올랐다. 지프에서 내려 사이드미러를 있는 힘껏 발로 찼다. 봉포는 사이드미러를 들어 햇빛을 반사시켰다. 반사된 빛은 건물 외벽을 따라 집무실 창문으로 옮겨갔다.

인국은 금고에 왼쪽 귀를 대고 다이얼을 이리저리 돌렸다. 딸깍 소리에 얼굴이 밝아졌다. 금고 손잡이를 돌렸지만 열리지 않았다. 목이 아픈지 머리를 여러 번 돌리다 이번엔 오른쪽 귀를 금고에 갖다 붙였다. 하필이면 뒤통수가 창문을 바라보게 되었다. 봉포가 쏘아 올린 빛은 창문을 통과해 집무실 여기저기를 비췄다. 인국은 알아채지 못했다. 심지어 빛이 자기 뒤통수를 비추는데도.

"동무들 내래 독립운동할 때 말이다……."

복도에서 보초병들 혼을 빼놓던 기성이 갑자기 입을 닫았다. 복도 모퉁이를 돈 장춘이 곧장 자기 쪽으로 걸어왔다. 기성은 당황했다. 변수라고 여기지도 않은 일이 일어나고 말았다. 기성은 몸 밖으로 나가는 혼을 가까스로 붙잡았다. 문득 금고에 정신 팔린 인국이 생각났다.

"류장춘 동무! 여긴 어인 일임메?"

기성은 인국이 들으라는 심산으로 부러 목소릴 높였다. 장춘은 기성에게 아주 잠깐 눈길만 줄 뿐 보초병들에게 다가갔다.

"뭐이가? 자기 위치 지키라우!"

장춘의 한마디에 보초병들은 자기 자리로 달려갔다.

"뭐이가? 인사도 받디 않고. 날 무시하네?"

"동무는 요서 뭐함메?"

기성의 시비조 말투에도 장춘은 별 반응을 보이지 않았다. 기성은 작전을 바꿨다.

"내래 동무하고 긴히 할 말이 있지비. 잠시 밖으로 나가자우요."

장춘은 팔을 잡아끄는 기성의 손길을 뿌리치고는 집무실 문손잡이에 손을 얹었다.

"알갔슴메. 잠시만 기다립세다."

기성이 말리려 했지만 소용없었다. 장춘은 문손잡이를 돌리면서 문을 밀었다. 한 발을 급하게 들이밀었다. 남은 한 발은 복도에 두고 의심스러운 눈초리로 안을 살폈다.

"이보라우. 날래 한 명 튀어오기오."

장춘은 보초병을 불렀다. 가까이 있던 보초병 한 명이 뛰어왔다.

"동무, 안에 함 들어가 보기오. 총 들고."

장춘이 문을 끝까지 밀었다. 보초병은 명령에 따라 총구를 앞으로 하고 집무실 안으로 들어갔다. 장춘은 들어가지 않은 채 권총을 꺼냈다. 기성도 권총을 꺼내며 마른침을 삼켰다. 보초병이 중앙에서 경계하며 천천히 한 바퀴, 두 바퀴 돌았다. 장춘과 눈이 마주쳤다.

"이상없습네다."

"알갔어. 나가보기오."

기성은 가슴을 쓸어내렸다. 보초병이 제자리로 돌아갔다.

"동무는 와 총을 꺼낸 거네?"

장춘이 뒤돌아 기성을 보며 물었다. 기성은 대답하려다 숨이 턱 막혔다. 거울에 반사된 빛이 집무실 안을 여기저기 돌아다녔다. 건물 밖에서 봉포가 계속 햇빛을 반사시키고 있는 것이었다. 장춘은 권총을 총집에 넣으며 돌아섰다. 완전히 집무실 안으로 들어갔다. 기성은 보초병들에게 웃음을 지어 보이며 뒤따라 들어갔다. 장춘도 그만 돌아다니는 빛을 발견했다.

"저거이 뭐이가?"

기성이 발뒤꿈치로 문을 닫으며 권총을 장춘의 뒤통수에 들이댔다.

"조용히 하라우, 장춘 동무."

"이건 또 뭐이가?"

"천천히 뒤돌아서기오."

장춘이 천천히 뒤돌아서다 화들짝 놀랐다. 마주 보던 기성도 덩달아 놀랐다. 그는 장춘의 시선이 자기 옆을 향하기에 눈만 살짝 돌려보니 뭔가 얼핏 보였다. 등 뒤로 소리가 들렸다.

"손 들라우."

장춘이 양손을 들었다. 덩달아 기성도 손을 번쩍 들었다. 문 뒤에 숨어 있던 인국이 총을 겨눴다. 인국은 손을 들고 있는 기성을 한 번 쓱 쳐다보다 장춘에게로 갔다. 기성은 다시 한 번 가슴을 쓸어내렸다. 무안한지 얼른 손을 내리며 말했다.

"날래 금고 열라우!"

장춘은 의외로 포기가 빨랐다. 시키는 대로 다이얼을 돌려 금세 금고 문을 열었다. 인국이 금고 안을 살폈다. 서류가 많이 쌓여 있었다.

"어느 거이 해도입네까?"

기성은 총구를 장춘에게 향한 채 슬쩍 금고 안을 보았다.

"적혀 있디 않네? 맨 위에 있는 게 기뢰 부설 해도……."

기성이 눈을 잠시 떼는 찰나에 장춘은 책상 아래쪽으로 몸을 굴렸다. 기성이 방아쇠를 당겼다. 총알이 날아와 장춘의 허벅지에 구멍을 냈다. 그 구멍으로 피가 울컥거렸다. 문이 열렸다. 보초병이 앞다퉈 들어왔다. 인국의 좋은 먹잇감이었다. 머리에 정확히 한 발씩 날렸다. 하지만 무리 중 머리 좋은 놈 한둘은 늘 끼어 있는 법. 머리 좋은 보초병이 반쯤 열린 문을 향해 흔히 따발총으로 불리는 PPSH-41 기관단총을 갈겼다. 한 발이 인국의 옆구리에 박혔다. 기성은 머리 좋은 놈의 머리를 날려버렸다. 보초병은 모두 쓰러졌다. 하지만 복도 위를 달리는 군화 소리가 들렸다.

"철수하라우. 철수!"

기성의 다급한 소리에 인국은 금고 안 해도에 손을 뻗었다. 기성과 인국은 장춘의 존재를 잠시 잊고 있었다. 그는 심지에 불꽃인 인 지포 라이터를 금고 안으로 던졌다. 서류에 불이 옮아갔다. 기성이 장춘에게 총을 쏘았지만 총알이 용케 그를 비켜갔다.

창문 아래로 급제동하는 지프 소리가 들렸다.

'강봉포다!'

기성은 인국에게 신호를 보내고 창문을 향해 몸을 날렸다. 당연히 총 맞는 것보단 다리 부러지는 게 나을 테니. 다행히 별 탈 없이 땅에 안착했다. 차에 올라타며 이층을 바라보았다. 인국도 살짝 불붙은 해도를 손에 쥐고 기성이 뚫어놓은 창문을 향해 몸을 날렸다. 순식간에 실내에서 실외로 나왔다. 더운 날씨지만 시원한 바람이 얼굴을 스쳤다. 짧은 순간이지만 걱정스럽게 올려다보는 동료도 보였다. 입가에 살짝 미소가 떠올랐다. 하지만 반 박자 느렸다. 무리 중 머리 좋은 놈뿐만 아니라 유달리 재빠른 놈도 있는 모양이었다. 출입구에 도착한 재빠른 병사가 공중을 나는 인국을 향해 따발총을 당겼다. 드럼 탄창에 들어간 총알 71발 중 몇 발이나 쏟아져 나왔을까. 인국은 그중 절반은 맞은 듯했다. 그냥 물건처럼 '쿵' 떨어졌다. 이미 생명은 공중에서 빠져나갔다. 그래도 그의 손에 쥔 해도는 빠져나가지 못하고 타고 있었다.

기성은 미친 듯 지프에 장착된 기관총으로 이층 창문을 향해 쏘아댔다. 사령부에 주둔한 인민군들이 건물 뒤편으로 달려왔다.

"남조선 첩자들임메. 사격하라우!"

기성의 절규에 가까운 명령에 그들도 이층을 향해 총알을 퍼부었다. 기성은 봉포에게 소리쳤다.

"출발하라우!"

봉포는 땅바닥에 쓰러진 인국을 쳐다보았다.

"출발!"

봉포는 입술을 깨물며 기어를 올렸다. 인민군이 더 몰려왔다. 바주카포를 들고 뛰는 이들도 보였다. 지프 한 대가 그 사이로 유유히 빠져나갔다.

✛

학수는 불안한 마음에 금장 권총을 자꾸 만지작거렸다. 계진은 남의 속도 모르면서 흐뭇한 미소를 연신 보냈다.

"마음에 드네?"

"잡힘이 좋습네다. 아주 잘빠졌습네다."

"길티. 조선 반도에 하나밖에 없지비. 다시 한 번 말하지만 품속에 늘 지니라우."

"명심하갔습네다. 감사합네다."

"긴데 아까 말이 끊겼디비.……날 보라우."

학수는 최대한 무표정하게 계진을 쳐다보았다. 그는 좀 전과 사뭇 달랐다.

"동무래 모스크바 공산대학 나왔지비?"

"맞습네다."

"아까는 와 속 시원히 말하디 않았네?"

"사령관 동지 동생분 얘길 들으니끼니……맘이 좋디 않았습네다."

계진은 눈을 감고 한참을 있었다. 그러고는 눈을 뜨지 않고 말을 꺼냈다.

"우린 고아였디. 내 동생 용진이래 속정이 참 많고 착했디. 내 말이문 무조건 들었지비. 내래 그림 그리고 싶다는 놈을 억지로 모스코바 공산대학에 넣었디."

계진은 눈을 뜨고 한 잔 들이켰다.

"긴데 죽고 말았디. 웬 종간나 새끼가……. 이해하기오. 내래 오늘 술 좀 했습메."

"괜찮습네다."

학수가 잔을 채웠다.

"내래 솔직히 말하문 박남철 동무를 처음 봤을 때 아주 놀랐습메. 동무 목덜미 상처 있잖네?"

학수는 무의식중에 손으로 상처를 가렸다.

"내 동생 용진이를……."

"사령관 동지."

하룡이 계진의 허락도 받지 않고 말을 끊었다. 계진이 총을 꺼내 하룡의 목에 갖다 댔다.

"이 종간나 새끼, 내래 말하고 있는데 감히 오데서."

"사령관 동지, 잠시만."

계진은 하룡을 잘 알고 있었다. 지금껏 자신의 말을 끊은 적이 한 번도 없었거니와 그럴 생각조차 하지 않는 인간이었다.

"잠시 실례하갔어."

계진은 몸을 비틀거리며 바 쪽으로 걸어갔다. 학수는 그의 뒷모습을 쫓다 대원들을 살펴보았다. 송상득이 손목시계를 가리켰다. 작전이 실패하리란 직감이 들었다. 시간이 지나도 한참 지났다.

계진은 수화기를 들었다.

"류장춘입네다."

"와? 목소리가 와 기래?"

"가짜입네다."

"뭔 소리네?"

"갸들 다 가짜입네다. 남조선 첩자란 말입네다!"

계진은 미처 대답하지 못하고 수화기만 붙들었다.

"당장 나오시라우요! 지금 우리 병력 거기로 다 보냈습네다."

장춘의 다급한 소리에 수화기는 심하게 떨렸다. 계진은 테이블에 앉은 학수를 쳐다보았다. 그는 손목시계를 계속 들여다보고 있었다. 그래, 장춘이 거짓말할 리 없다. 계진은 수화기를 내려놓고 심호흡을 크게 한 번 했다.

계진이 웃으며 다가왔다. 학수는 인사만 하고 일어서리라 마음먹었다. 그는 중간 정도 와서는 갑자기 인터내셔널 노래를 불렀다. 그 주위에 있던 이들도 눈치를 보며 노래를 부르기 시작했다. 곧 클럽 내 인민군 전체가 노래를 불렀다. 학수도 자리에서 일어나 따라 불렀다. 노래는 1절만 부르고 끝났다. 계진이 테이블에 앉으며 손을 들어 그만하라는 신호를 보냈기 때문이다. 그는 웃으며 학수에게 물었다.

"박남철 동무, 내래 궁금한 거이 하나 있는데."

학수는 그의 시선을 피하며 술잔을 집었다.

"동무 흉터는 어이 생겼네?"

"……고게 그렇게 궁금합네까?"

두 눈길이 부딪쳤다. 계진은 시선을 거두지 않고 말했다.

"아까 하던 말 계속하디. 동무를 보고 놀란 이유 말이네. …… 내 동생 용진이가 그냥 죽디는 않았지비. 암, 누구 동생인데. 그 사건 생존자에게 내래 들었지비. 용진이가 죽기 전에 그놈에게 총을 쐈다고. 그놈 목덜미를 맞췄다고. 그놈이 피를 철철 흘렸다고……"

학수는 술잔을 드는 척하며 대원들에게 수신호를 보냈다. 대원들은 각자 개인 화기에 손을 살짝 올렸다. 양판동은 좌우를 살피다 밖으로 천천히 이동했다.

"흉터 난 자리가 어이 똑같을 수 있네? 고기다 소련 말도 잘 하디. ……긴데 동무는 박남철이디. ……고롬, 그냥 우연인 게 디. 우연!"

"동생분은 총을 와 맞았습네까?"

학수는 계진의 마음속에 불을 지르고 말았다. 아니, 지르고 싶었다.

"소련 유학파 중 어떤 놈이 있었는데 갸 아바이가 악질 부르 주아였디. 기래서 옆에 있던 동무래 갸 아바이를 쏴 죽였디. 그 미친놈은 눈깔이 뒤집혀 거기에 있던 동지들에게 총을 쐈다. 내 동생 용진이는 고기 있었고. 결국 그놈은 중국으로 도망갔다."

학수는 손을 테이블 밑으로 내렸다. 계진은 이를 봤지만 못 본 척하며 말을 이었다.

"긴데 내래 그놈 이름을 까먹었습메. 동무래 혹시 그놈 이름 아네?"

"……장학수!"

학수는 담담히 말했다. 계진의 눈은 충혈되어 점점 발개졌다.

"맞디 맞아. 장학수! ……장학수, 니 여기 어이 왔네?"

계진은 총을 꺼내 학수에게 겨누었다. 동시에 학수도 그를 향해 겨누었다.

"대답하라우! 장학수!"

대원들이 개인 화기를 들고 학수 뒤를 에워쌌다. 하룡을 비롯한 인민군들도 사방에서 총을 겨누었다. 너무 가까운 거리라 서로 쉽사리 방아쇠를 당기지 못했다. 적막이 흘렀다. 숨 막히는 대치 상황이나 중과부적이었다. 이때 불이 나갔다. 작전 2안으로 클럽 내 대치 시, 양판동이 실내 전기를 끊기로 계획했다.

출입구에 들어선 그는 어두워지기 전 위치를 파악했기에 아군이 없는 공간을 향해 따발총을 갈겼다. 인민군 장교 여럿이 나가떨어졌다. 그들은 어두워 총을 함부로 쏠 수 없었다. 습관적으로 땅바닥에 납작 엎드렸다. 이에 반해 켈로부대원들은 이미 약속한 대로 행동했다. 횡으로 산개해 사격하며 출구 쪽으로 뒷걸음질 쳤다. 총알이 발사될 때, 총구와 총열의 빛만이 어두운 클럽 안을 밝혔다. 인민군들은 산발적으로 번쩍이는 빛을 향해 총을 쐈다.

"사령관 동지, 이쪽으로."

무대 아래에 몸을 숨기고 있던 마담이 계진을 불렀다. 그가 쳐다보자 그녀는 무대 뒤편으로 나가는 좁은 통로를 가리켰다. 마담이 앞장서고, 계진이 뒤따르려 했다. 양판동이 둘을 발견하고 계진을 향해 총을 쐈다. 계진은 마담을 잡아채 방패막으로 삼았다. 마담은 머리에 총을 맞고 즉사했다. 그래도 계진이 그녀를 계속 앞세웠기에 총알이 그녀의 몸에 계속 박혔다. 판동은 그의 악랄함에 치를 떨었으나 어쩔 도리가 없었다. 총구 방향을 다른 쪽으로 돌렸다.

"오라우! 이 종간나 새끼들, 내래 그동안 말 한 마디도 안 했습메. 다 덤비라우!"

뒷걸음치던 대원들이 하나둘 출구에 다다랐다. 학수는 엄호하던 판동의 어깨를 토닥였다. 판동과 가장 늦게 도착한 오대수는 학수와 대원들이 밖으로 나가도록 엄호했다. 그들이 나가는 동시에 클럽 안에 불이 들어왔다. 바깥에서 전기를 복구한 모양이었다. 판동과 대수는 위치가 노출되어 좀 전처럼 여유롭게 대처하지 못했다. 인민군의 반격이 시작되었다.

밖으로 나온 학수 일행에게로 인민군 대여섯 명이 사격 자세를 취하며 달려왔다. 학수는 태연하게 명령했다.

"사령관 동지가 위험하다! 빨리 들어가 보라우!"

인민군들은 학수의 연기에 감쪽같이 속았다. 그들은 학수를 지나쳐 클럽 안으로 들어갔다. 학수와 대원들은 뒤돌아 그들에게 총을 난사했다. 줄줄이 쓰러지는 인민군 병사들. 하지만 쓰러진 병사 수의 배가 되는 인민군들이 그들에게 총격을 가하며 다가왔다. 학수 일행은 클럽 입구 쪽으로 몸을 숨겼다.

판동과 대수는 테이블 뒤에 숨어 계속 응사했다. 조금만 뛰면 밖으로 나갈 수 있을 거리인데 움직일 수가 없었다. 총알도 다 떨어져갔다. 인민군은 하룡의 지휘 아래 쪽수로 밀어붙였다. 판동은 앞섶에 매달린 수류탄을 들었다. 안전핀을 뽑고 던지려 몸을 세웠다. 하룡이 기다렸다는 듯 총을 쏘았다. 판동은 가슴에 총을 맞고 무릎을 꿇었다. 그 즉시 이번 생은 끝났다는 생각이 들었다. 안전핀을 뽑았다. 이를 악물고 테이블을 박차고 돌진했다. 무수한 총알이 날아들었다. 판동은 더 이상 전진하지 못하고 그 자리에서 춤을 추듯 총알의 속도만큼 흐느적거리다 앞으로 꼬꾸라졌다.

'쾅!'

수류탄이 터졌다. 판동은 사라져버렸다. 파편이 클럽을 한 번 휘몰아쳤다.

학수와 천달중이 출입구에 총을 쏘며 들어섰다. 늦어도 한참이나 늦었다. 그들은 보지 못했지만 판동의 죽음을 직감적으로 느꼈다. 대수도 테이블 뒤에서 가까스로 버텼다. 달중이 다급하게 소리쳤다.

"도련님, 잠시만 기다리시라요. 내래 엄호하갔시요."

"뭔 소리네?"

이 와중에도 달중은 대수를 도련님이라 불렀고, 대수는 그 호칭에 불같이 화를 냈다.

그들의 관계는 의외로 간단했다. 대수는 뼈대 있는 양반 가문의 후손이었고, 달중은 뼈대만 굵은 노비의 후손이었다. 일제강점기에 접어들면서 대수의 부친은 아랫사람들을 수평적으로 대했고 거기에 감명받아 끝까지 신의를 저버리지 않은 이가 달중의 아버지였다. 대수는 부친의 교육 방침에 따라 달중을 수평적으로 대했다. 달중 역시 아버지의 주입식 교육으로 비록 대수보다 나이가 여섯 살이나 많았지만 도련님이라 부르고 거기에 걸맞게 행동했다.

그러다 1946년 김일성이 위원장인 북조선 임시인민위원회가 38선 위쪽으로 토지개혁을 실시했다.

'토지는 밭갈이하는 농민에게!'

농민에게 골고루 땅을 나눠주려면 일단 땅을 다 몰수해야 했다. 그 순위는 일본인 관련 땅, 월남한 이들의 땅, 마지막으로 대수의 부친이 해당되는 지주의 땅이었다. 아무리 평판이 좋다 하나 넓은 땅을 가진 죄는 공산당 기준에선 용서될 수 없는 모양이었다. 대수 집안은 땅만 몰수당한 게 아니라 다른 지역으로 강제 이주까지 당했다. 대수의 부친은 화병으로 세상을 등졌다. 왜 그런지 몰라도 달중의 아버지도 같은 날 세상을 떴다. 그들의 한은 바로 아랫대인 대수와 달중에게로 넘어왔다. 대수가 공산당에 대한 한풀이 일환으로 켈로부대에 지원했고 달중이 뒤따랐다. 이번 임무도 대수가 지원하자 달중도 지원했다.

"다 덤벼! 다 죽어버리라우!"

대수는 총을 쏘며 악다구니를 퍼부었다. 달중은 출입문 뒤에서 10킬로그램이나 되는 데그차레프 경기관총을 들어 올렸다.

제법 큰 불꽃을 뿜으며 총알이 쏟아졌다. 기관총치고는 가벼워도 그 화력이 엄청났다. 계진과 하룡은 다시 땅바닥에 납작 엎드려야 했다.

'탕!'

건물 출입구 옆 창문에서 한 발의 총성이 울렸다. 인민군 병사 하나가 픽 쓰러졌다. 또다시 한 발의 총성에 인민군 한 명이 나가떨어졌다. 총알이 아니라 총성이 사람을 죽이는 것처럼 보였다. 인민군 시체가 벌써 대여섯 명이나 땅바닥에 널브러졌다. 인민군들은 감히 클럽 안으로 들어가지 못하고 엄폐물을 찾아 몸을 숨기기 바빴다.

창문 옆 벽에 엉덩이를 붙인 송상득은 총알을 모신나강 소총에 장전했다. 모신나강 소총은 242명을 저격하는데 243발을 쏘았다는 전설의 저격수 바실리 자이체프의 총이었다. 혹한에도 작동이 잘되기에 상득이 만주에서 독립운동할 때부터 애용했었다. 다행히 인민군 주력 소총이기에 이번 작전에도 가져올 수 있었다.

'탕!'

또 한 명의 목숨을 앗았다. 그는 자신의 총구가 일본인이 아닌 같은 동포로 향할 줄은 꿈에도 생각지 못했다. 이 총으로 과연 몇 명이나 죽였을까? 일본인이 물러난 뒤부터는 그 수를 세지 않았다. 상득은 머리를 세차게 흔들어 잡념을 날려버렸다. 같은 나라 사람이든 백의민족이든 지금은 적일 뿐이라고 억지로 생각했다.

집중했다. 지금껏 잘 버티고 있지만 한꺼번에 몰려오면 막아낼 방법이 없었다. 창문 틈으로 보니 벌써 눈치채고 여러 명이 돌진할 모양이었다. 역시 다섯 명이 튀어나왔다. '탕!' 우선 중앙에 한 명. 오른쪽으로 갈까, 왼쪽으로 갈까? '탕!' 오른쪽 한 명, '탕!' 그 옆으로 또 한 명. 이제 왼쪽으로 총구를 돌려야 하지만 시간이 촉박했다. 포기하는 게 마음 편했다. 상득은 그냥 눈을 질끈 감아버렸다. 기관단총 소리가 들렸다. 총소리가 이승에서 마지막 듣는 소린 줄 알았는데 그게 아니었다.

"송상득이, 눈 감고 뭐하네?"

상득은 눈을 떴다. 맏형 기성이었다. 봉포가 지프를 입구 앞에 세웠다.

"날래 안에 들어가 다 데리고 나오라우! 날래!"

기성은 지프 위에 탑재된 기관총의 방아쇠를 당겼다. 상득이 클럽 안으로 들어가려다 나오는 학수 대장과 마주쳤다.

"상득아, 탄약은?"

학수의 총알이 떨어졌다. 상득은 장전된 원통 탄창을 전해주려다 멈췄다.

"대장, 먼저 차에 올라탑세다. 내래 데리고 나오갔습네다."

상득이 승낙도 받지 않고 클럽 안으로 뛰어 들어갔다. 학수는 지프로 향했다.

"봉포야, 탄창 좀 던져. 어서!"

조수석으로 건너와 총을 쏘고 있는 봉포는 학수의 소릴 듣지 못했다. 학수는 결국 지프에 올라탔다.

달중이 클럽 출입문 옆에서 숨을 헐떡였다. 그 옆으로 탄피가 바닥을 뒤덮었다. 상득이 달중의 맞은편에 자리 잡았다. 대수는 아직 클럽 내 테이블 뒤에서 옴짝달싹 못 했다. 셋 다 어떻게 해야 할지 몰랐다.

'쾅!'

굉음과 함께 지프가 건물 안으로 들어왔다. 운전자는 학수였다.

"천달중, 먼저 타라!"

달중은 머뭇거리다 오히려 경기관총을 쏘며 클럽 안으로 달렸다.

"도련님!"

놀란 상득은 몸을 노출시켜 달중을 엄호했다. 기성도 지프 위에서 총을 갈겼다. 달중이 대수의 목덜미를 잡고 나왔다. 동시에 상득이 그만 허벅지에 총을 맞고 말았다. 달중은 아랑곳없이 대수를 들어 올려 지프에 탑승시켰다. 학수는 총을 들고 상득 곁으로 다가갔다.

"대장, 먼저 타시라요! 여긴 내래 맡갔습네다."

"먼저 타! 어서!"

"……그럼 같이 갑세다."

학수와 상득은 몸을 일으켜 지프로 달렸다. 지프에 탑승한 대원들은 일제히 엄호했다. 상득은 성한 다리에 또 한 방 맞고 바닥에 철퍼덕 엎어졌다. 학수는 뒤늦게 알아챘지만 인민군 총알 세례에 접근을 못 했다.

"가라우! 그냥 가란 말이네!"

상득은 울부짖으며 누워서 총을 쏘았다.

"대장! 대장!"

기성도 보챘으나 차마 빨리 타란 말을 입 밖에 내뱉지 못했다. 학수와 상득이 잠시 눈길을 주고받았다.

"가시라요! 대……."

클럽 안에서 쏜 따발총 빗발에 상득은 차마 말을 끝맺지 못하고 숨졌다. 기성이 멍해 있는 학수를 낚아채 억지로 지프에 태웠다. 봉포는 급발진했다. 지프는 사방으로 총알을 퍼부으며 건물 바깥으로 나갔다.

림계진이 뛰쳐나왔다. 총을 겨눴으나 지프는 골목길을 돌아 사라졌다. 하룡은 그래도 계속 총을 쏘아댔다. 계진이 그의 총질을 멈추게 했다. 주위를 둘러보았다. 얼핏 봐도 10여 명의 부하가 쓰러져 있었다. 클럽 안에도 10명 이상의 사상자가 나왔다. 계진은 피가 나도록 입술을 깨물었다. 장춘이 병력을 실은 트럭과 함께 클럽 입구에 도착했다. 그는 오른발을 절뚝거리며 다가왔다.

"바로 수색 시작하갔습네다. 어디 다치신 데 없습네까? ……사령관 동지?"

계진은 장춘의 물음이 들리지 않았다. 눈앞에서 부하들의 원수, 객사한 동생의 원수를 놓친 사실이 믿기지 않았다. 계진은 권총을 하늘로 향해 들어 올리며 방아쇠를 당겼다. '탕, 탕, 철컥, 철컥, 철컥.' 총알이 떨어지자 권총을 던졌다. 분이 풀리지 않는지 입에 거품을 물며 부들부들 떨었다. 장춘이 조심스레 물었다.

"사령관 동지, 손이……."

계진의 왼손에 피가 흘러내렸다. 하룡이 손수건을 꺼내 상처 부위를 감았다. 계진의 손은 분노로 여전히 떨리고 있었다. 손수건은 이내 빨갛게 물들었다.

⚜

석중은 축음기 스피커 뚜껑을 열었다. 안에 든 커다란 무전기를 꺼냈다. '쿵쿵' 발 구르는 소리가 들렸다. 그는 무전기를 원

래 위치에 두고 스피커 뚜껑을 닫았다. '쿵쿵!' 소리가 더 거세
졌다. 석중은 총을 꺼냈다. 지하실에서 지상으로 올라갔다. 출
입문이 흔들렸다. 발 구르는 소리가 아니라 문을 다급하게 두
드리는 소리였다.

"누구세요?"

"접니다. 장학수."

석중은 재빠르게 문을 열었다. 손님이 많았다. 학수 일행이
이발소 안으로 다 들어가자 석중은 열 때보다 더 빠르게 문을
닫았다.

"왜 여기로……. 해도는?"

학수는 달중 앞으로 다가서서 주먹으로 턱을 날렸다. 달중이
나가떨어졌다. 학수는 달중의 멱살을 쥐고 일으켰다. 다시 주
먹을 날렸다. 대원들은 멍하게 쳐다볼 뿐 대장의 행동을 저지
하지 않았다. 학수는 입술이 터진 달중을 일으켰다.

"임무 수행 중, 대장의 명령은 절대적이다! 무조건이다!"

학수는 주먹을 다시 뒤로 뺐다, 앞으로 내지르려는데 대수가
붙잡았다. 학수는 멱살을 푼 손으로 권총을 꺼냈다. 대수의 이
마에 들이댔다. 달중은 학수의 바짓가랑이를 붙들고 흐느꼈다.
적막이 흘렀다. 아무도 움직이지 않았다. 달중의 흐느낌만 들
렸다. 학수는 총을 치우고 뒤돌아 벽을 치며 화를 삼켰다. 기성
과 봉포는 고개를 돌렸다. 침통한 표정이었다.

"여긴 위험하니 일단 이동합시다."

석중이 사태를 종식시켰다.

✢

계진은 사령부 본관 복도를 힘차게 걸었다. 살아남은 보초병들은 죄인처럼 일렬로 늘어서 그를 맞았다. 그는 집무실 앞에 섰다. 출입문은 닫혀 있었다. 왠지 문짝 아귀가 맞지 않는 것 같았다. 문손잡이에 손을 올렸다. 보초병들은 못 볼 것 봤다는 듯이 다들 고개를 돌렸다. 그 이유는 금방 알 수 있었다. 문을 밀었는데 옆으로 돌아가지 않고 그냥 직각으로 떨어졌다. 계진은 참았다. 땅바닥에 떨어진 문짝을 딛고 안으로 들어섰다. 시원한 바람이 날아들었다. 평소보다 많은 양의 바람이 불었다. 그 이유 역시 금방 알 수 있었다. 창문이 있던 자리는 그냥 허공이었다. 창문뿐만 아니라 아예 실내와 실외를 구분하는 외벽 자체가 사라져버렸다. 혹시나 하는 마음에 왼쪽을 돌아보았다. 역시나 이 방, 저 방을 구분하던 내벽도 반쯤 사라졌다. 한때 류장춘 집무실이라 불리던 곳에는 금고가 입을 쩍 벌리고 있었다. 어이가 없었다. 계진은 화를 단전 아래로 가라앉히며 조곤조곤 말했다.

"남조선 아새끼들이 대포를 들고 왔네?"

보초병들은 대답하길 주저했으나 개중에 재빠른 병사가 뛰어 들어와 답했다.

"아닙네다."

"뭐임메? 내가 모르는 무기도 있네?"

"실은……우리 편 병사들이 바주카포로 벽을 날려버렸습네다."

"우, 우리 편?"

계진은 가까스로 잡고 있던 정신 줄을 시원하게 놓았다. 그는 권총을 꺼내 성실히 말대답을 한 병사의 머리를 재빠르게 날렸다. 통로로 나와 오른편에 가장 가까이 있는 보초병의 머리도 날려버렸다. 양동이로 퍼붓는 것처럼 피가 세차게 얼굴을 적셨다. 그는 방향을 틀어 다른 먹잇감을 찾았다. 그의 눈에 자신의 심복인 리경식이 눈에 들어왔다. 옆에 애송이 두 명을 붙잡고 있었다. 둘 다 도리우찌라 불리는 납작 모자를 쓰고 있었고, 닮은 모습이 누가 봐도 형제로 보였다. 놀랄 만한 일이 일어났다. 호기심이 분노를 이긴 것이었다.

"뭐이가?"

"수색 중 이놈들이 사령부 주위를 기웃거려 잡아왔습네다."

계진이 이해가 안 간다는 표정을 짓자 경식은 주머니에서 뭔가를 꺼냈다. 소형 카메라였다.

"미제 놈들 겁네다. 아무래도……."

'탕!'

계진은 납작 모자 형제 중 형을 쏴버렸다. 납작 모자 중 하나 남은 동생은 입만 벌리고 소리를 지르지 못했다. 대신 눈물이 비명처럼 터져 나왔다.

"뭐이든 말해보라우."

납작 모자는 부들부들 떨기만 할 뿐 아무런 답을 못 했다. 계진은 총구를 그의 이마에 겨누었다.

"뉘래 카메라를 주었네? 오데서 받았네? 말하라우."

총구로 이마를 짓눌렀다.

"말하겠어요. 죽이지만 마세요."

계진이 총을 거두었다. 납작 모자는 쉼 없이 지껄이기 시작했다.

"시장통 자전거 가게 옆에 돌담이 있어요. 중간에 벽돌 몇 개를 뺐다 끼웠다 할 수 있는 데가 있어요. 거기서 아저씨가 물건이나 쪽지를 넣어놓아요. 그런데……."

"아저씨? 아저씨가 누구네?"

납작 모자는 입을 막으려 했지만 경험 미숙이었다. 모든 게 후회되었다. 영흥도에 멋진 군복을 입은 아저씨들이 남쪽에서 왔다고 했을 때부터, 시키는 대로 정보를 알아오면 쌀을 준다고 했을 때부터, 형이 오늘은 일찍 들어가자고 했는데 사진 한 방만 더 찍자고 고집 부렸을 때부터.

"어떤 아저씨요?"

납작 모자는 생각과 달리 자꾸 진실을 입 밖으로 내보냈다.

"아저씨가 많은 모양이디? 음, 가장 최근에 본 아저씨가 누구네?"

"그냥 아저씬데 나이가 많았어요. 눈이 크고, 그리고……잘 생각이 안 나요."

계진은 총구를 까딱거렸다. 납작 모자는 머리를 쥐어뜯으며 기억해내려 했다.

"나이가 제일 많았어요. 눈이 크고, 키는 작고, 그리고……그래, 시계! 김일성 시계를 찼어요! 김일성 얼굴이……"

'탕!'

총성이 복도에 울렸다. 계진은 납작 모자를 날려버렸다. 그런 다음 생각을 정리하기로 했다. 김일성 동지 얼굴이라. 당에 대한 충성이 최고인 당원? 아님 고급 장교? 아니면…….

D-day 4 (1950년 9월 11일)

　자정을 넘어서고 얼마 되지 않아 수송 트럭 한 대가 밤길을 달렸다. 남매인 김화영과 김화균이 각각 조수석과 운전석에 자리했다. 그 남매 사이에 최석중이 끼어 앉았다. 화균은 밤길에 큰 트럭을 여유롭게 운전했다. 화영이 몸을 들썩거리며 석중에게 물었다.

　"집결 장소가 영흥도 폐교 아니았시요?"

　"작전 실패야. 해도를 못 빼왔어. 역시 무리였나?"

　"지금 오데로 모십네까?"

　"일단 우리 집으로 가자고."

　화영은 운전석과 연결된 부분의 천막을 제치며 짐칸을 바라보았다. 살아남은 켈로부대원들은 고개를 푹 숙이고 있었다. 보지 않아도 침울한 표정임을 알 수 있었다.

"요기 대장님이 누구야요?"

화영의 카랑한 목소리에 학수가 절로 고개를 들었다.

"밥 안 먹었시요? 기래가지고 어드케 총이라도 들갔소?"

학수는 대답할 힘도, 마음도 없었다. 석중이 몸을 돌리며 자신의 좌우에 앉은 이들을 소개했다.

"켈로부대 현지 지원팀입니다. 이분들께서 인민군 부식 담당이라 통행이 다소 자유롭습니다."

"김화영입네다. 기카고 운전하는 야는 내 친동생 김화균입네다."

화균이 뒤돌아 꾸벅 인사하다 핸들이 휙 돌았다. 차가 크게 한 번 휘청했다. 짐칸의 부대원들은 정신이 번쩍 들었는지 눈이 초롱초롱해졌다. 환하게 웃는 남매에게 화를 낼 수는 없었다. 부대원들의 표정이 풀어졌다. 서로 눈인사를 나눴다. 화영은 인사가 끝났는지 천막을 다시 치고 바로 앉았다.

짐칸의 손님들은 당황했다. 트럭 짐칸은 다시 어두워졌다. 아무도 말을 꺼내지 않았다.

'딸깍, 팅. 딸깍, 팅……..'

일정한 주기를 가진 소리가 들렸다.

"뭐이가?"

기성이 참지 못하고 역정을 냈다.

'칙!'

부싯돌 긁는 소리와 함께 불꽃이 일었다.

"양판동 라이터 아니네?"

"맞아요."

기성의 질문에 봉포가 힘없이 대답했다.

"판동이가 애지중지하던 거이 아니네. 강포 뉘래 와 들고 있네?"

"며칠 전부터 제가 밤낮으로 달라고 졸랐어요. ……근데 좀 전에 봤더니 제 주머니 안에 들어가 있었습니다."

봉포의 눈시울이 뜨거워졌다. 학수가 손을 내뻗었다. 그의 손에 라이터가 쥐어졌다.

'팅, 딸깍, 칙.'

불꽃이 여지없이 올라왔다. 담배를 입에 물고 뻐끔거렸다. 담배 연기가 향처럼 올라갔다.

⚜

학수 일행을 태운 트럭은 전조등을 켜지 않은 채 한적한 주택가로 접어들었다. 화균은 브레이크를 천천히 밟으며 멈춰 섰다. 짐칸의 부대원들은 긴장했다. 운전석과 연결된 천막이 예고 없이 열렸다.

"도착했습네다. 신호 보내면 날래 저 서양식 집 안으로 들어 갑세다."

천막이 다시 닫혔다. 화영의 돌발적인 언행에 부대원들은 깜짝 놀랐다. 그들은 서로 얼굴만 쳐다보다 헛웃음을 흘렸다. 화영의 지나친 쾌활함은 평상시라면 불쾌감을 주고도 남았겠지만 지극히 위험한 임무를 수행하는, 당일 동료를 잃은 사람들에겐 오히려 평온함을 안겨주었다.

트럭 후미 쪽의 천막이 열렸다. 긴장감이 엄습했다.

"조금만 기다리시라요. 내 금방 치우겠습네다."

이번엔 화영의 동생 화균이었다. 성격도 핏줄 따라가는 모양이었다. 그는 짐칸의 채소 더미를 한쪽으로 밀며 길을 내었다. 봉포, 대수, 달중, 기성, 마지막으로 학수가 내렸다. 학수는 더 이상 내릴 대원이 없는지 짐칸을 살폈다. 아차! 씁쓸함이, 서늘함이 몰아쳤다. 짧은 시간에 양판동, 송상득, 조인국의 모습이 스쳤다. 인국과 판동의 최후는 보지도 못했다. 화균이 손을 잡아끌었다. 학수를 제외한 대원들은 이미 한 서양식 건물로 달려가고 있었다. 석중이 출입문을 열어놓았다.

"고맙습니다. 이 은혜 잊지 않겠습니다."

화균은 별소릴 다 듣겠다는 표정을 지으며 운전석으로 향했다. 그는 다리를 심하게 절었다.

"뭐합네까?"

기성이 집 입구에서 애타게 불렀다. 학수는 건물 안으로 사라졌다. 동시에 트럭도 헤드라이트를 켜지 않은 채 사라졌다.

⁜

켈로부대 1진 대장 서진철은 어두운 동쪽 바다를 한참이나 바라보았다. 자그만 불빛이라도 놓칠세라 눈 깜박이는 것도 잊을 정도였다. 그의 시선 끝에는 대부도가 자리 잡았다. 1진이 캠프를 차린 영흥도와 달리 대부도에는 인민군이 주둔하고 있었다. 4일 전, 인민군이 켈로부대의 첩보 활동을 눈치챘는지 영흥도 남쪽으로 동력선을 타고 진입해 들어왔었다. 진철은 부대원과 함께 그들을 바다에서 침몰시켰었다. 언제 다시 침입해올지 몰라 부대원들은 돌아가며 경계를 서고 있던 중이었다.

진철이 막사 안으로 들어섰다. 교신하고 있던 무전병의 손놀림이 빠르게 움직였다. 그의 표정이 점점 굳어갔다.

"무슨 일이야?"

"기뢰 부설 해도 작전이 실패했답네다."

"……부대원들의 생사는?"

진철은 다급하게 물었다.

"일부는 생존하여 연락책 면도날의 안내로 임시 아지트에 몸을 숨겼답네다."

진철은 눈을 감고 한숨을 내쉬었다.

"긴데 대장님을 만나 뵙고 싶답네다."

진철은 눈을 뜨고 무전병에게로 몸을 숙였디.

"무슨 말이지? 누가?"

"2진 대장님의 말이랍네다."

"장학수가?"

⚜

"말씀하신 대로 부대 1진에게 연락했습니다."

최석중이 어두운 통로에서 나왔다. 학수는 아마 저 통로 끝 어딘가에 무전기가 숨겨져 있을 거라 생각했다. 주위를 둘러보았다. 통로를 제외한 벽면에 고서화들이 촘촘히 걸려 있었다. 거실 중앙엔 책이 빽빽이 들어선 대형 책꽂이가 여러 개 서 있어 마치 지역 유지가 기증한 작은 박물관 같았다.

"삼촌? 삼촌이에요?"

이층으로 올라가는 계단 중간에서 여자 목소리를 들렸다. 창문을 통해 들어오는 달빛의 한계점 위, 어둠 속에 그녀가 있었다. 학수를 비롯한 대원들이 어두운 계단을 향해 총을 겨누었다. 석중이 손을 들어 대원들을 진정시켰다.

"그래, 나다. 손님이 좀 오셨단다."

파자마 차림의 여자가 계단에서 한 칸 내려섰다. 달빛에 하얀 발목이 보였다. 뒤꿈치 위로 양옆이 보조개처럼 적당한 깊이로 파였고 그 가운데로 날이 제대로 섰다. 다시 한 칸. 미끈한 종아리가 보였다. 가늘지만 제법 근육이 붙은 것이 보기에 좋았다. 순식간에 대여섯 칸을 빠르게 내려왔다. 바로 얼굴이 보였다. 한채선이었다.

대원들은 누군지 몰라서 놀랐지만 학수는 누군지 알았기에 더욱 놀랐다. 채선도 놀라기는 마찬가지였다. 뜻하지 않은 곳에서 학수를 만나 당황스러웠지만 반갑기도 했다. 그래도 왠지 분위기가 전하곤 달랐다. 그녀는 삼촌 석중의 뒤에 몸을 숨겼다.

"채선 씨가 여기 어떻게……?"

학수가 채선에게 물었지만 그를 바라보는 건 대원들이었다. 뭔 연유인지 알 리 없는 대원들은 둘 사이의 관계가 궁금했다.

"제 집이니깐 여기 있죠. 검열관 동지는 여기 어떻게……."

석중은 채선의 손목을 낚아채어 말문을 막았다. 그녀가 쳐다보자 그는 검지로 입술을 가리며 아무 말 말라고 했다. 석중은 별 설명 없이 복도 끝 내실로 그녀를 데리고 갔다. 대원들도 따랐다. 그는 내실 한쪽 벽에 세워진 자개 장롱의 문을 열었다. 봉에 걸린 옷가지들을 제친 다음, 벽면을 힘껏 밀었다. 옆으로 젖히자 지하로 내려가는 계단이 나왔다. 채선이 깜짝 놀라며 물었다.

"삼촌, 이게 뭐예요?"

삼촌은 채선의 말을 무시하고 지하실로 내려갔다. 손목을 잡힌 그녀도 딸려 내려갔다.

"친삼촌 맞네? 좀 야박하게 굴디 않네?"

기성이 그들의 촌수를 의심했다.

"일단 내려가보죠."

학수는 대장 된 입장에서 달리 할 말이 없었다. 지하로 내려가는 계단에 발을 디뎠다. 시큼한 냄새가 올라왔다. 곰팡내 외에 역한 냄새가 섞여 있었다. 계단을 한 발자국씩 내려오며 지하실 주위를 살폈다. 어떻게 전기를 끌어왔는지 몇 개 안 되는 전구에 불이 들어와 있었다. 땅바닥에 도착한 학수에게 한쪽 벽면에 크게 붙은 태극기가 훅 다가왔다. 일본 제국주의와 맞섰을 때 느낀 암담함도 덤으로 따라왔다.

그는 격한 감정에서 벗어나고자 머리를 세차게 흔들었다. 그 와중에 신기한 광경을 보게 되었다. 믿을 수 없었다. 삼촌이 조카를 의자에 결박하고 있었다. 뒤따라 내려온 대원들도 놀라기는 마찬가지였다. 석중은 대원들이 물어볼 말을 어떻게 알았는지 미리 대답했다.

"내가 켈로부대 활동하느라 일 년간 집을 비운 적이 있었죠. 그때 채선이가 친구들과 사회주의 모임에 나갔다가 저 지경이

됐네요. 무조건 데리고 다녔어야 했는데."

"삼촌, 왜 이래? 이게 뭐하는 거야? 저 사람들은 누구야?"

석중은 채선이 묻는 말을 무시하고 다음 예상 질문에 미리 응답했다.

"여긴 일제강점기대 때 독립투사들이 숨었던 곳입니다. 채선이의 아빠, 엄마가 만든 곳이죠."

채선의 눈이 휘둥그레졌다. 그녀도 처음 듣는 이야기였다. 석중은 그녀의 반응에 안타까워하면서도 할 말은 했다.

"여기서 해 뜰 때까지 잠시 대기합시다. 본부와 연락을 다시 취해야겠습니다."

"삼촌, 저 사람들 앞잡이야? 설마 남조선 괴뢰군이야?"

채선은 학수 일행을 노려보았다.

"채선아, 지금부터 내 얘기 잘 들어."

"삼촌 미쳤어? 이러면 우리 다 죽어!"

채선이 소리를 크게 내질렀다. 석중은 한숨을 쉬며 어쩔 수 없다는 표정을 지으며 헝겊으로 그녀의 입을 막았다.

채선은 신음하며 발버둥 쳤다. 아파서가 아니었다. 그동안 천사, 보살 같기만 하던 삼촌의 지금 모습이 너무도 낯설고 무서웠기 때문이다. 삼촌의 입에서 부모님 이야기가 언급된 것도 따지고 보면 오랜만이었다. 물어봐도 일본 놈들 손에 돌아가셨다는 말 외에는 일절 말하지 않았다. 조카를 위한 배려라기보다는 자신을 위한 행동 같았다. 삼촌 입장에서 보면, 역시 부모를 일찍 여의었기에 형과의 우애가 남달랐을 것이다. 게다가 따뜻하게 대하는 살가운 형수까지. 그분들을 떠올리는 횟수나 시간만큼이나 삼촌에게는 아픔이 곱절로 다가왔으리라.

하지만 삼촌은 알지 못했다. 자신에게는 그 고통이 곱에 곱절이었음을. 그래도 삼촌의 애정이 따사로웠기에 견뎠다. 그러다 삼촌이 일 때문이라며 일 년 동안 인천을 떠났었다. 집에 돈이 그렇게 부족하지도 않았거니와 머리 깎는 일이 뭐 얼마나 중대하다고 일 년씩이나 떠났어야 했는지 도무지 이해가 안 갔다.

그 시절 누구나 그랬겠지만 아픔이 없는 사람들은 없었다. 허전한 가슴은 친구들이 채워주었다. 간호학을 같이 배운 동기들이었다. 그들과 함께 어울리다 한 모임에 나갔고 거기서 공산주의를 접하게 되었다. 체제의 모순을 타파하고 모두에게 평등한 사회를 만들자는 말이 그럴싸했다. 그 그럴듯함은 모임에 나가는 빈도수에 따라 점차 믿음으로 바뀌었다. 삼촌이 일 년 만에 돌아왔을 때는 비록 실행에 옮기지는 못했지만, 어느 자리에서도 공산주의자라 떳떳이 밝힐 정도는 되었다.

"미안하다, 채선아. 새벽까지만 조용히 있자꾸나."

채선은 분노를 입 대신 몸으로 씩씩거렸다. 그런 조카의 모습을 보는 석중의 눈시울은 붉어졌다. 또 한숨을 내쉬며 벽 쪽으로 다가갔다. 의자에 올라서 위쪽의 한 지점을 어루만지다 벽에

서 벽돌 하나를 빼냈다. 내려오며 학수를 향해 몸을 돌렸다.

"여기가 반지하라 이 구멍을 통해 바깥을 볼 수 있습니다."

학수는 벽으로 다가가 그 구멍으로 밖을 내다보며 고개를 끄덕였다. 석중은 반대편으로 가 벽을 가린 천을 걷어내었다. 쇠문이 나타나자 석중이 쇠문을 열었다.

"여긴 지하 통로입니다. 옆집과 연결되었고 그 집은 빈집입니다. 혹 비상 사태가 생길 시 이용하십시오."

대원들이 입구에 모여 뻥 뚫린 지하 통로를 유심히 바라보았다. 저 통로를 이용 안 했으면 하는 바람이 얼굴에 나타났다.

"저는 이발소로 가서 필요한 걸 좀 가져오겠습니다."

"위험할 수 있습니다. 저와 함께 가시죠?"

학수가 따라나서려 하자 석중은 손사래 쳤다.

"혼자가 편합니다. 문이나 잘 닫으세요."

석중은 의자에 묶인 조카를 슬프게 바라보다 지하 통로로 들어갔다. 지하실에 남은 이들은 어두운 통로를 한참이나 쳐다보았다. 학수가 손짓하자 봉포가 쇠문을 닫았다.

⚜

어둡고 텅 빈 거리, 멀리서 눈치 없는 개가 짖어대는 소리만 들렸다. 석중은 열쇠로 이발소 문을 열었다. 자기 업장이건만 남의 집인 것처럼 조심스러웠다. 문을 닫았다. 어둠이 오히려 안도감을 주었다. 복도를 지나 지하실로 내려갔다. 위험해도 굳이 이발소로 온 이유는 아무래도 큰 무전기가 필요하리라 생각이 들어서였다.

어두웠지만 익숙했기에 천장에 매달린 전구의 스위치를 돌릴 필요도 없었다. 곧장 한쪽 벽의 축음기 더미로 향했다. 그 뒤쪽의 축음기 뚜껑을 열어 손을 들이밀었다. ……아무것도 잡히지 않았다. 손을 더 깊이 넣어보았다.

'탁!'

성냥을 긋는 소리가 들렸다. 이어 낮고 감정을 억지로 누른 소리가 퍼졌다.

"뭐합네까?"

석중은 생각할 거리도 없었다. 허리춤에서 총을 빼려는데 손목이 잡혔다. 꼼짝할 수 없었다. 하룡이 어느새 그의 뒤에 나타났다. 성냥불에 일렁이는 계진의 얼굴도 드러났다. 그는 태연히 담배에 불을 붙이고 한 모금 깊게 빨았다.

'딸깍!'

석중이 고개를 돌렸다. 전구 스위치가 돌아간 거였고, 필라멘트에 온기가 들어오고 불이 켜졌다. 눈이 부셔 잠시 눈을 감았다 떠보니 인민군 10여 명이 벽 쪽에 달라붙어 있었다.

"이보라우. 동무 조카도 이러고 다니는 거 압네까?"

대답 없는 석중의 배에 하룡의 주먹이 꽂혔다. 그는 배를 부여잡고 힘없이 무릎을 꿇었다. 계진이 속에 들였던 담배 연기를 천천히 내뿜었다. 표정이 바뀌었다.

　"장학수래 어디 있네?"

　말투도 바뀌었다.

　"무슨 말씀을 하시는지……."

　일단은 버티고 볼 요량이었지만 소용없었다. 하룡의 발이 석중의 옆구리를 냅다 찔렀다. 석중은 숨을 쉴 수가 없었다. 그냥 이대로 숨을 쉬지 않았으면 했다.

✢

　대원들은 생고구마로 배를 채웠다. 학수는 한입 베어 먹으려다 채선과 눈이 마주쳤다. 그녀는 아직 의자에 묶인 채였다. 몸부림치다 지쳤는지 눈빛이 많이 순해졌다. 그는 차마 혼자 먹을 수는 없었다. 둘을 지켜보던 기성이 한마디 했다.

　"아가씨, 미안합네다. 남의 집에 와서리, 주인을 묶어놓고 우리끼리만 먹으려 하니까니 정말 미안합네다."

　말과 달리 그는 크게 한입 베어 물었다.

　"기래도 배고프니끼니…… 우리 원래 이런 사람들 아닙네다. 오해 마시라요."

학수는 물 대접을 들고 채선에게 다가가 그녀의 입을 묶고 있던 헝겊을 풀었다. 대접을 그녀 입에 갖다 대었지만 그녀는 고개를 야무지게 돌리며 거부했다. 학수는 고개 돌린 방향으로 다시 대접을 갖다 대었다. 채신은 그의 손가락을 꽉 물었다. 이 자국이 움푹 패었다. 고통이 밀려왔지만 학수는 참았다. 그녀는 그를 한 번 노려보다 더욱더 힘을 주었다. 피가 배어져 나왔다. 학수는 잠시 인상을 쓰다 담담하게 말했다.

"내래 고향이 인천입네다."

채선은 여전히 손가락을 문 채 질문했다.

"근데 말투가 왜 그래요?"

"아, 죄송해요. 습관이 돼서 그만. ……제 고향은 인천입니다."

채선은 그제야 손가락을 놓아주었다. 피가 흐르는 것이 제법 상처가 났다. 살짝 미안한 마음이 들었다.

"이름은 장학수라고 합니다. 나도 한때는 공산주의자였습니다. '뿌리는 썩고 있는데, 열매는 열리는가?' 그때 좋아하는 문구가 하나……."

"듣기 싫어요. 이거 당장 풀어주세요. 가만있지 않을 거예요."

학수가 가만히 있자 그녀는 갑자기 소리를 크게 내질렀다.

"거기 누구 없어요? 여기 반동들이 있……."

기성이 달려와 헝겊으로 그녀의 입을 뚤뚤 막아버렸다. 채선이 몸부림쳤으나 부질없었다. 학수는 다시 말을 담담히 이었다. 그는 자기 속, 가장 깊은 곳에 있는 이야기를 모처럼 꺼냈는지 멈출 수가 없었다.

"모스크바 공산대학에 막 입학했을 때였습니다. 무척이나 추웠고 환경도 열악했어요. ……전 '조선민족연구회'라는 대학생 모임에 가입하려고 했었죠. 그런데 거기도 파벌이 있는 거예요. 어처구니가 없더군요. 분명 공산주의 사상에 입각해 독립 쟁취를 목표로 모인 거고, 사실 인원이 몇 명이나 된다고 거기서 또 나뉘고……."

학수의 눈은 초점을 잃고 먼 곳을 바라보았다.

"동지들이 악질 부르주아 한 명을 잡아왔어요. 검은 천으로 머리를 씌우고 있어서 누군지 알 수는 없었죠. 동지들이 총을 내 손에 쥐어주며 쏴 죽이라고 하더군요. 일종의 사상검증이었던 거죠. 난 싫었어요. 사람을 죽이라니. 난 사람들이랑 잘 살아보기 위해 공산주의를 믿고 배운 거지, 내 손으로 사람을 죽여야 하리라고는 상상도 못 했습니다. 순진했었죠. 그래도 거기 있던 여학생 한 명은 말리더군요."

채선은 그의 말에 관심이 가는지 더 이상 몸부림치지 않았다. 대원들도 대장의 과거를 처음 들었다. 그들 역시 무관심한 척하며 귀를 쫑긋 세웠다.

"느낌이 이상했어요. 일단 제 손으로 검은 천을 벗겼어요. ……아버지였습니다!"

채선은 비록 말을 못 하지만 눈을 동그랗게 뜨며 누구 아버지냐고 묻는 것 같았다.

"제 아버지였습니다! 다행히 아버지는 저를 못 알아보셨어요."

채선은 눈을 질끈 감았다. 대원들도 일제히 시선을 대장에게 돌렸다.

"동지들이 재차 쏘라고 했습니다. 개중에는 수만이라는 제 고향 친구도 있었어요. 내가 머뭇거리자 옆에 있던 용진이란 새끼가 총을 빼앗더니 아버지를 ……쐈습니다."

채선을 비롯한 대원들은 충격에 숨을 멈췄다.

"난 아버지의 죽음을 막지 못했어요. 총을 쏜 용진이가 내 어깨를 치며 말하더군요.

'이념은 피보다 진하다!'

고향 친구 수만이도 고개를 끄덕이더군요. 그때 난 이성을 잃었어요. 그 새끼한테 총을 빼앗아 그놈들 머리를 날려버렸죠. 머리를 쏜 이유는 남은 총알 개수와 거기 있던 사람 수가 똑같았거든요. 한 발이 남았고, 말리던 여학생 한 명이 남았죠. 계산할 때 그만 저를 빼먹은 거죠. 전 총구를 내 관자놀이에 대고 방아쇠를 당겼어요. 동시에 여학생이 제 팔을 잡아당겼어요."

학수는 무의식중에 오른쪽 목덜미 상처를 어루만졌다.

"죽지 못했어요. ……지금도 가끔 그때를 생각해요."

학수는 더는 말을 잇지 못했다. 어느 누구도 말이 없었다. 무슨 말을 해야 할지 몰랐다. 한동안 정적이 흘렀다.

별안간 트럭 소리가 긴 침묵을 깼다. 봉포가 의자에 올라가 벽돌을 빼내고 눈을 갖다 댔다. 트럭 두 대가 보였다. 그냥 지나가는 건 아니었다. 곧장 집 앞으로 왔다. 자세히 보이진 않지만 트럭에 인민군이 겹겹이 타고 있을 거란 생각이 들었다. 그는 한 손을 들어 조용히 하라는 신호를 보냈다. 순간 채선이 몸부림치며 소리를 지르려 하자 기성이 그녀의 입을 막으며 진정시켰다.

봉포를 뺀 부대원들은 모든 신경을 귀로 모았다. 트럭이 순차적으로 멈춰 서는 소리가 들렸다. 이어 짐칸에서 뛰어내린 인민군들의 군화 소리가 들렸다. '쾅' 문이 부서지는 소리, 책장이 넘어가는 소리, 벽에 붙은 장식물들이 나뒹구는 소리. 부대원들은 어느새 소리만 들어도 그림을 그릴 수 있는 지경에 이르렀다. 인민군들이 머리 위를 지나갔다. 역시 그림이 머리에 그려졌다. 원치 않는 능력이었다. 소름이 돋았다. 부대원들은 모두 개인 화기를 꺼냈다. 긴장한 달중이 벽에 박혀 있는 쇠문을 열려 했다. 학수가 조용히 하라는 신호를 보냈다. 지상의 소리가 들리지 않자 불안했다. 갑자기 조용해졌다는 것은 뭔가를 발견했다는 뜻이었다.

하룡이 자개장 양 문을 활짝 열었다. 옷이 가지런히 걸려 있다. 느낌이 왔다. 총부리로 옷을 하나씩 한쪽으로 젖혔다. 이윽고 장롱 뒷벽이 나타났다. 하룡은 총부리로 벽을 살짝 한 번 찔렀다. 꼼짝하지 않았다. 조금 더 힘을 주어 밀어보았다. 역시 별 반응이 없다. 이번엔 개머리판으로 힘껏 내리칠 요량으로 총을 뒤로 힘껏 돌렸다. 앞으로 내지르려는 순간 차가운 음성이 들렸다.

"하룡 동무, 이리 와보라우."

하룡은 총을 뒤로 젖힌 동작에서 머뭇거리다 자세를 풀었다. 아쉬운지 개머리판으로 자개장 문을 세게 닫았다. 그는 빠른 걸음으로 계진에게 다가갔다.

"샅샅이 뒤져봤네?"

"네, 아무것도 없습네다."

"한채선 동무는?"

"석중 동무 말대로 일하는 모양입네다. 집에 없습네다."

계진이 옆으로 고개를 돌렸다. 피투성이인 채로 결박된 석중이 보였다.

"종간나 새끼!"

계진의 목소리는 분노로 가득 찼다. 만나면 마음 편하고 내심 믿은 이발사였는데. 좋아하는지 아직 모르는, 앞으로 좋아하게 될 확률이 높은 여인의 피붙이였는데. 이런 작자가 배신자라니. 계진은 분노로 이를 심하게 악물었다. 종일 온갖 분노를 느꼈기에 이가 아릴 지경이었다. 그는 석중의 허벅지에 움폭 파인 상처를 군화 코로 찍어 눌렀다. 석중의 비명이 터졌다. 지하까지 울렸다. 확실히 피가 무엇보다도 진했다. 채선은 삼촌의 울부짖음에 울음으로 답하려 하나 작은 천 조각이 그 사이를 가로막았다.

"밖으로 끌고 나가라우. 온 동네를 다 깨우라우!"

하룡이 석중을 끌고 나갔다. 계진은 실내를 한 번 쭉 훑다 몸을 획 돌려 나갔다. 마치 알고도 속아 넘어가 준다는 눈치였다.

하룡이 석중을 길 옆 오동나무 아래에 꿇어앉혔다. 석중이 힘들게 눈을 떴다. 얄궂게 자신이 태어나고 자란 집이 떡하니 보였다. 둘러보니 인민군들은 흔히 동네라 말하는 무형의 구역을 집집이 방문해 모든 사람을 불러 모았다. 거동이 불편한 늙은이도, 젖먹이도 예외 없이 석중 주위에 둘러앉게 했다. 그들이 부르짖는 평등을 소박하게나마 실현시켰다.

동네 사람들은 일단 탐탁해하지 않았다. 늦은 밤이라 해야 할지, 이른 새벽이라 해야 할지, 그 시간대도 문제이거니와 눈앞에 만신창이가 된 이가 동네 토박이였다. 이제껏 입에 오르내린 적이 없는, 행실이 바른 이였다. 뭔 일인가 호기심도 일었으나 두려움이 앞섰다. 근 두어 달 못 볼 걸 너무 많이 봐왔기 때문이다.

사람들이 어느 정도 자리 잡자 하룡은 석중을 일으켜 오동나무에 결박했다. 하필 그 오동나무는 조카 채선이 태어난 날, 형과 함께 심은 것이었다. 석중은 모든 걸 포기했다. 기운이 다한 듯 매달리다시피 고개를 축 늘어뜨렸다. 하룡의 손짓에 인민군두 명이 석중에게 다가와 표지판이 달린 줄을 그에게 걸었다. 표지판에는 붉은 글씨가 적혀 있었다. 고개 숙인 그의 눈에 언뜻 표지판이 들어왔다. 그는 오랜 습관처럼 글씨는 무조건 읽고 봤다. 머릿속으로 읽는다는 게 그만 입 밖으로 새어나왔다.

"나는 미국 앞잡이입니다. 인민의 재판을 달게 받겠습니다?"

붉은 글씨치고는 문구가 그리 세지 않았다. 석중은 웃었다. 웃음소리는 점점 커졌다. 림계진은 의아했다. 그에게로 다가갔다.

"림계진이, 니가 뭔데 날 재판해? 이런 개 같은 놈!"

계진의 한쪽 볼이 움찔거렸다. 하룡이 대신 석중의 뺨을 거칠게 내리쳤다. 잠시 굳었던 입술의 상처 딱지가 벌어지며 피가 솟구쳤다. 계진이 지긋지긋한 질문을 또 했다.

"어딨네? 장학수, 어딨네?"

"모른다. 어서 죽여라!"

석중이 의연하게 소리쳤다. 동네 사람들이 웅성거렸다. 하룡이 그들을 한 번 쳐다보았다. 일순간 주위가 조용해졌다. 그는 다시 석중을 난타하기 시작했다.

정확히 벽돌 크기만 한 구멍으로 바깥 소리가 쏟아져 들어왔다. 채선은 그 소리를 통해 구멍 바깥으로 나갔다. 숨이 턱턱 막혔다. 호흡기관을 가로막는 헝겊 때문만은 아니었다. 삼촌의 코, 입으로 역류해 들어오는 핏물이 마치 자신의 얼굴을 뒤덮는 것 같았다. 몸이 축 늘어지고 가쁜 숨소리가 났다. 학수가 달려와 그녀의 입에 두른 헝겊을 벗겼다.

"살려주세요. 제발! 삼촌 좀 살려주세요."

그녀의 목소리가 점점 커졌다. 기성이 그녀의 입을 손으로 막으려 하자 학수가 제지했다.

"지금 삼촌 목소리 안 들려요? 삼촌이 당신을 모른다잖아요. 당신 살리려고 저러시잖아요. 어떻게 좀 해봐요!"

채선의 다급한 말에 학수는 얼른 대답하지 못했다. 그녀는 벽돌이 빠진 벽으로 달려갔다. 구멍에다 소리치려 했으나 기성이 다시 제지했다.

"저러다 삼촌 죽어요. 나가보세요. 아니면 제가 나갈게요. 제가 말하면 사령관 동지도 풀어줄 거예요."

기성은 참다 참다 한마디 던졌다.

"풀어주긴 뭘 풀어주네. 림계진이 저 새끼 하는 짓 못 봤네? 뉘래 삼촌이라고 살려둘 거 같네?"

"들어준다니까요."

그녀는 말하는 대상을 씨도 안 먹히는 기성에게서 학수로 돌렸다.

"대장님, 학수 씨. 들어줄 거예요. 그러니까 제발!"

"대장 안 됩네다. 이년 빨갱이임메. 내보내문 우린 다 뒤집네다."

학수는 갈등했다. 채선은 다급하게 애원했다.

"절대로 당신들 얘긴 안 할게요. 절 믿어주세요. 이대로 삼촌을 죽게 내버려둘 수는 없어요. 제발 삼촌 좀 풀어주세요."

때마침 석중의 비명이 크게 들렸다.

"보고만 있으면 안 되잖아요. 이젠 막아야 하는 거잖아요. 제가 나갈게요. 피붙이라고는 나 하나밖에 없잖아요! 이유가 없잖아요."

학수는 '피붙이'라는 말에 흔들리고 말았다. 부대원들에게 말문을 열었다.

"쇠문 열어라. 나가자."

봉포가 차마 문을 다 열진 못하고 반쯤 열었다. 학수는 채선을 풀어주었다. 채선은 지하 통로 쪽으로 걸어갔다. 대원들은 할 말이 많지만 꾹 참았다. 그냥 쳐다보기만 했다. 채선은 쇠문을 끝까지 열었다. 학수에게 절을 꾸벅하고 지하 통로로 들어섰다.

채선은 지하 통로를 힘껏 달렸다. 어두웠다. 파자마 차림에 맨발이었다. 얼굴은 눈물범벅이었다. 그 어떤 것도 멈춰야 할

사유에 들지 않았다. 통로 끝에 가까스로 도달했다. 아주 잠시 거친 숨을 돌렸다. 옆집 지하 계단을 네 발로 기어 올라갔다. 다시 한 번 숨을 고르고 옷매무새를 살폈다. 뒷문을 열었다. 코너를 돌아 삼촌이 매달린 나무로 곧장 걸어갔다. 걸음이 생각보다 빨랐다. 점점 빨라졌다. 달려가 겹겹이 둘러싼 사람들을 헤치고 삼촌에게로 나아갔다.

켈로부대원들은 짐을 챙겨 지하 통로 입구에 섰다. 시간이 없었다. 그래도 대장 명령 없이 움직일 수는 없었다. 학수는 여전히 빠진 벽돌 구멍에 눈을 맞추고 있었다. 부대원들은 속이 탔다. 한 발은 지하 통로에 걸친 채 대장만 바라보았다.

석중의 몸은 생기를 잃었다. 그 눈빛만 살아 있었다. 온몸이 피투성이였다. 머리에 째진 상처에서 유독 피가 울컥거렸다. 피가 머리카락을 적시고 얼굴을 타고 내려왔다. 계진이 총으로 흐르는 피를 막았다. 정확히 석중의 미간 가운데를 총구로 눌렀다. 석중의 눈길이 위로 향했다. 계진이 내려다보았다. 석중은 올려다보며 비웃었다.

"림계진, 니가 믿고 있는 사상이 말이 된다고 생각하나?"

계진은 총구로 미간을 한 번 밀쳤다. 석중은 뒤로 넘어가지 않고 겨우 중심을 잡았다.

"모두가 평등하길 원한다고? 짐승보다 못한 놈들이 평등 같은 소리 하네. 너희들 하는 짓거리를 한 번 돌아봐라. 사람 위에 사람 있나? 뭘 기준으로 너희가 사람 목숨을 함부로 대하나? 이념이, 사상이 사람 위에 있나? 이 개 같은 것들. 생각이 다르다고 다 죽이나? 이 미친놈들아!"

계진은 방아쇠에 손가락을 걸었다.

"마지막으로 묻갔어. 장학수 어디 있네?"

"삼촌! 잠깐만요. 사령관 동지!"

채선이 마지막 앞줄을 헤치고 무대에 올랐다. 계진과 하룡이 그녀를 보았다. 석중에게는 조카의 모습이 보이지 않았다.

"빨리 쏴라. 어서 쏴! 이 미친놈들아."

계진은 채선을 바라보며 천천히 방아쇠에 힘을 주었다.

"안 돼!"

그제야 조카의 절규가 들렸다. 그 순간, 석중에게는 반가움이 그 어떤 감정보다도 으뜸이었다. 눈빛은 선해지고 입꼬리가 조금 올라갔다.

'탕!'

석중의 머리가 한 번 뒤로 힘차게 젖혔다 천천히 올라왔다. 그의 눈에 절규하는 채선이 들어왔다.

'채선아, 괜찮아. 걱정 마.'

그의 생각은 입 밖으로 나오지 않았다. 그는 뒤로 넘어갔다.

채선은 멍하게 쓰러진 삼촌을 지켜보았다. 입을 벌렸으나 소리가 나오지 않았다. 손이 떨렸다.

'아아아악!'

비명은 한참이나 뒤에 나왔고 한참이나 들렸다. 채선은 계진을 노려보았다. 계진은 고개를 몇 번 좌우로 흔들었다. 어쩔 수 없다는 표현이었다. 원래 표현도 안 하고 할 필요도 없었지만 상대가 채선이기에 나름 호의를 베푼 행동이었다. 그녀가 그에게 달려들었다. 목덜미를 잡기 전 자신이 먼저 하룡에게 머리채를 잡혔다. 계진이 눈짓으로 그녀의 집을 가리켰다.

하룡은 집에 들어서자 곧장 그녀를 벽에 밀쳤다. 그녀는 심하게 부딪혀 쓰러졌지만 표정에는 아무런 감정도 드러나지 않았다. 그는 그녀를 일으켜 목을 졸랐다. 숨이 막혀 인상은 찌푸렸지만 소리는 내지 않았다. 하룡의 존재 가치는 맹목적인 충성과 폭력이었다. 그는 굴하지 않는 그녀에게 점점 흥미를 드러냈다. 폭력의 이유는 이미 잊었다. 그는 조르던 목을 풀고 손바닥으로 뺨을 때렸다. 고개가 휙 돌아가고 입술이 터졌다. 그녀는 용수철처럼 바로 섰다. 역시 표정의 변화는 없었다. 하룡은 주먹을 쥐었다.

"장학수 어딨네? 날래 불라우!"

찌렁찌렁한 하룡의 목소리가 지하실까지 울렸다. 학수는 더 이상 참을 수 없었다. 따발총을 쥐고 계단에 한 발을 내딛었다. 기성이 달려와 그의 허리춤을 양손으로 잡고 낮은 소리로 말했다.

"대장, 이러문 안 됩네다. 조그만 참으시라우요. 대장!"

나머지 부대원들도 눈으로 말렸다. 학수는 입술을 깨물고 계단에 주저앉았다. 귀를 막았다.

"이 간나 새끼! 날래 안 부네? 종간나 새끼들 어딨네?"

하룡은 그녀가 대답할 틈도 주지 않고 다시 주먹을 내질렀다.

채선이 바닥에 나뒹굴었다. 하룡이 그녀를 일으켜 벽에 몰아세우더니 권총을 꺼내 그녀의 관자놀이를 눌렀다.

"동무, 그만하라우."

계진의 말에 하룡의 얼굴이 심하게 일그러졌다. 손가락에 들어간 힘이 빠지지 않았다. 방아쇠가 천천히 당겨졌다. 계진이 그의 어깨를 잡았다. 그는 떨리는 손을 꽉 쥐며 고분고분 뒤로 물러섰다. 눈빛만 보면 벌써 방아쇠를 여러 번 당기고도 남았다.

"돌아가자우."

계진은 그녀를 믿고 싶었다. 사실 심증은 갔지만 물증은 없었다. 평소대로 다그쳐 그가 원하는 걸 얻을까도 잠시 생각해봤지만 그녀를 상대로는 내키지 않았다. 낮에 클럽에서 입은 총상이 쓰라렸다. 잠시 휴식이 필요했다. 뭔가 결정적으로 아귀가 안 맞는 게 느껴졌지만 머리가 돌아가지 않았다. 계진이 그녀를 힐끗 보았다. 곱던 얼굴은 더럽혀져 있었다. 차라리 처음부터 자신이 그녀를 저렇게 만들었다면 아마 끝까지 갔을 것이다. 하지만 지금은 아니었다. 일단 그녀를 믿기로 했다.

그는 돌아서 나갔다. 하룡은 그녀에게서 시선을 거두지 않은 채 남은 인민군들과 함께 나갔다. 문이 닫혔다.

채선은 자리에 풀썩 주저앉았다. 그제야 눈물이 뚝뚝 떨어졌다. 그녀는 눈물을 닦을 기력도 없었지만 입술을 깨물며 억지로 일어섰다. 문을 열었다. 그 많던 동네 사람들은 보이지 않았다. 오동나무가 눈에 들어왔다. 이어 보기 싫었던, 생각조차 하지 않았던 삼촌의 흔적이 눈에 들어왔다. 채선은 삼촌에게로 걸음을 천천히 옮겼다.

✛

따뜻한 햇살을 등지고 맥아더는 고풍스러운 의자에 몸을 묻었다. 커다란 책상 위에는 서류들이 제법 쌓여 있었다. 그동안 이렇게 많은 서류가 있었던 적은 없었다. 책상엔 아예 서랍을 달지 않았다. 그만큼 서류 검토와 결재는 항상 신속했고 자신 있었다. 하지만 이번 크로마이트 작전은 얽히고설킨 게 너무 많았다.

맥아더는 심호흡을 하고 맨 위에 있는 서류를 집어 들었다.

'기뢰 부설 해도 탈취 작전 실패. 대안 마련 중.'

그는 한 손으로 얼굴을 감싸 쥐었다. 한숨을 내쉬며 아무 서류나 하나 집었다.

'월미도 폭격 요망. 콜세어 전투기 대기. 네이팜탄 사용 예정.'

이미 어제 결재한 서류였다. 그나저나 네이팜탄이라…… 반경 30미터 이내는 3000도 고열로 사람을 불태우거나 질식시키는 끔찍한 무기였다. 그는 두 손으로 머리를 감쌌다.

⚜

한낮에 콜세어 전투 편대가 월미도 상공을 날아와 네이팜탄을 떨어뜨리고 유유히 사라졌다. 월미도는 불바다였다. 섬 곳곳에 파놓은 동굴 속의 해안포 연대 병들은 땀을 뻘뻘 흘리며 웅크렸다. 동굴 속 진지에 구축된 포를 보며 그들은 견디었다.

계진은 쌍안경으로 월미도를 보고 있었다. 월미도가 불타는 만큼 그의 분노도 불탔다. 그는 맥아더의 의중을 파악했다고 확신했다. 하루만 더 지켜보고 평양에 보고하기로 마음먹었다. 순간 왼손이 욱신거렸다. 총상을 치료했다고 하지만 쉬이 나아질 기미가 보이지 않았다. 그보다 마음속 상처가 훨씬 아팠다. 동생의 원수에게 잠시나마 마음을 줬다니. 계진은 자신을 용서할 수 없었다. 그들은 어디에 숨었을까. 그리고 아귀가 안 맞는 퍼즐 하나.

'우리에 대해 너무 많은 것을 알고 있다!'

계진의 머리가 지끈거렸으나 오히려 그의 왼손에 피가 배어나왔다.

D-day 3 (1950년 9월 12일)

　반지하실, 학수가 의자 위에 올라섰다. 머리는 지평선 조금
위에, 그 아래 몸은 지하에 둔 꼴이었다. 벽돌을 빼냈다. 구멍 사
이로 이른 햇빛이 쏟아져 들어왔다. 그에게 세상은 멀찌감치
떨어진 직사각 형태였다. 그가 다가갈수록 직사각형의 변과 각
이 흐릿해졌다. 눈을 구멍에 밀착시켰다. 세상은 그의 시야에
들어오는 게 다였다.

　개 짖는 소리만 들릴 뿐 움직임은 없었다. 학수는 세상을 계
속 바라보았다. 조금씩 움직임이 감지됐다. 부지런한 사람 한
둘이 집을 나섰다. 시끄러운 소리와 함께 인민군이 모는 오토
바이 사이드카가 나타났다. 사람들은 고개를 숙이고 길 양편으

로 갈라섰다. 인민군이 지나가자 고개 숙인 자들이 머리를 치켜들었다. 창문을 열고 내다보는 이도 있었다. 아무래도 지금 움직이기는 힘들 것 같았다. 인민군보다 동네 사람들의 눈이 더 무서웠다. 언제 움직일까. 환자도 있는데.

학수는 고개를 돌렸다. 한쪽 구석 요 위에 채선이 누워 있었다. 꼬박 하루를 꼼짝하지 않았다. 반대편 태극기 아래에는 석중의 시신이 흰 천으로 덮여 있었다. 한쪽은 고통스러워하며 숨을 쉬고 있었고, 다른 한쪽은 평온하게 숨을 쉬고 있지 않았다. 학수는 의자에서 내려섰다. 어느 쪽으로 갈지 잠시 머뭇거렸다. 그래도 산 사람이 낫겠지. 그는 채선에게로 다가갔다. 그녀는 눈을 감고 있었다. 학수는 하루를 꼬박 정성스레 그녀의 얼굴을 닦고 열을 식혔다. 그녀는 좀 나아졌지만 마음속 상처는 영원히 아물지 않을 것이다.

'딸깍, 팅. 딸깍, 팅.……'

봉포가 판동의 지포 라이터를 만지작거렸다. 학수는 그가 불안감을 나타내는 표시라 생각했다.

"봉포야, 그만합세."

기성의 목소리는 낮았으나 그 역시 불안감을 숨기지 못했다. 대수는 계단에 앉아 어디서 났는지 생고구마를 들고 깎았다. 옆에 찰싹 붙은 달중이 근심 어린 눈초리로 그를 살피고 있었다. 모두 말은 안 하지만 현 상황이 최악인 건 알고 있었다.

'딸깍, 팅. 딸깍, 팅……'

"이 종간나 새끼, 내 말이 말 같지 않네?"

기성이 폭발했다. 지포 라이터를 뺏으려 손을 내밀었다.

'덜컹!'

모두 동작을 멈췄다. 쇠문이 삐거덕거렸다. 학수가 따발총을 들자 대원들도 부리나케 개인 화기를 집어 들었다. 쇠문이 듣기 싫은 쇳소리를 내며 살짝 열렸다. 모두 방아쇠에 손가락을 확실히 걸었다.

"학수 대장님."

뜻밖에 여자 목소리였다.

"누구네?"

기성이 총을 겨누며 대신 소리쳤다. 그 소리에 채선도 눈을 떴다.

"화영입네다. 김화영. 벌써 목소릴 잊었습네까?"

학수와 대원들은 서로 쳐다보았다. 학수가 손짓하자 대수와 달중이 쇠문을 활짝 열었다. 기성과 봉포는 혹시나 하는 마음에 총을 계속 겨눴다. 화영이 들어서고 그 뒤로 건강한 남정네 네 명이 들어왔다.

"반갑습니다. 켈로부대 1진 대장 서진철입니다."

누가 봐도 무리 중 대장일 것 같은 자가 역시 대장일 것 같은 자에게 손을 내밀어 악수를 청했다. 학수가 그의 손을 굳게 맞잡았다.

"반갑습니다. 장학수라 합니다."

"최석중 대원님 무전 받고 왔습니다. 그런데…….."

진철은 태극기 아래로 눈이 갔다. 학수가 천천히 악수를 풀었다. 진철은 손을 놓고 태극기 아래로 비틀거리며 갔다. 흰 천을 젖히며 석중을 바라보았다. 얼굴의 피를 깨끗이 닦았으나 곳곳에 상처가 워낙 심했다. 특히 미간 중앙에 검은 구멍이 입을 벌리고 있었다. 진철은 눈을 감았다. 죽은 이와 한참이나 밀담을 나눴다. 채선의 눈물이 귓불까지 흘러내렸다. 진철은 호흡을 한 번 길게 내뱉고 일어섰다.

"일단 시신을 여기 가매장합시다. 나중에 양지바른 곳에 묻어드리고요."

채선이 몸을 일으키려 하자 학수가 부축했다. 그녀는 사양하려 했으나 몸에 힘이 들어가지 않았다. 채선이 힘들게 입을 열었다.

"그렇게 해주세요. 정말 고맙습니다."

학수의 만류에도 그녀는 일어나 깊게 머리 숙였다. 그 순간 부대원들은 그녀와의 앙금을 씻어 내렸다. 몇몇은 벌써 삽을 찾아들었다.

✢

"최고사령관 동지께서 지금 전화를 받으실 수 없다 하십네다. 글 남기시문 나중에 연락하시겠답네다."

정선실 비서실장의 목소리가 딱딱했다.

"경비사령관 동지…… 담부터 암호 걸린 무선으로 연락하시라우요."

계진은 수화기를 신경질적으로 내려놓았다. 물론 인사도 없었다. 전날 월미도 폭격에 대해 무전을 날렸으나 응답이 없었다. 계진은 기다리다 결국 도청 위험을 무릅쓰고 유선 통화를 시도했으나 결과는 마찬가지였다.

'분명 맥아더는 인천으로 온다!'

이제 확신을 넘어 신념이 되었다. 계진은 분에 못 이겨 전화기를 벽에 던져버렸다. 책상에 시선을 둔 채 던진 거라지만 부딪치는 소리가 예상보다 좀 늦게 들렸다. 부딪친다기보다 떨어지는 소리에 가까웠다. 그는 어정쩡한 소리가 난 곳으로 고개를 돌렸다. 방을 구분 짓던 벽이 없었다. 이틀 전, 부하들이 바주카포로 자신과 장춘의 집무실을 박살 낸 사실을 깜빡했다. 지금 자신이 있는 곳이 장춘의 집무실이란 것도 잠시 잊어버렸다.

장춘은 허벅지 총상으로 입원 중이었다. 새로운 집무실을 꾸밀 시간이 없었기에 덜 망가진 장춘의 집무실을 임시로 사용했던 것이다. 계진은 엉망이 된 자신의 집무실에 반파된 전화기를 넋 놓고 바라보았다. 고개를 조금 더 돌리니 뻥 뚫린 외벽도 보였다. 시원한 바람이 마구 들어왔다. 계진은 시원하기는커녕 속이 부글부글 끓었다.

계진은 월미도 폭격 보고로 산만했지만 정신을 집중해야 했다. 그의 손에는 타다 만 기뢰 부설 해도가 있었다. 반드시 그들은 해도를 찾으러 다시 올 것이라는 확신이 들었다. 다만 언제, 어떻게라는 문제만 남았다. 엉킨 실타래 끝을 잡았다. 슬슬 정리가 되고 있었다.

계진의 얼굴이 갑자기 어두워졌다. 또 하나 커다란 문제가 남았다. 그들은 자신들에 대해 너무 많은 걸 알고 있었다. 특히 부대원 전체가 어떻게 검열 단으로 변장할 수 있었던 건지 당체 이해가 가지 않았다. 머리를 쥐어짰다. 뭔가 잡힐 듯한데, 촉이 오는 것 같은데……

"사령관 동지."

기가 막힌 타이밍이었다. 실타래는 다시 엉켜버렸다. 계진은 천천히 고개를 들었다. 역시 하룡이었다. 화가 나지도 않았다.

"잠시 나갔다 오갔습네다."

"와?"

"장춘 동무 좀 보고 오갔습네다."

그래도 의리 하면 하룡이었다. 계진은 헛웃음이 나왔다.

"기래? 내래 마저 일 보고, 있다 같이 가봅세."

하룡은 상관의 뜻밖의 너그러움에 당황했다. 곧 생각도 못한 지시가 떨어질 것 같은 예감이 들었다. 그는 상관의 입을 바라보았다. 예감은 틀리지 않았다. 서서히 그의 입이 벌어지고 있었다.

"이발소 밀실에서 압수한 거이 다 들고 따라오기오."

계진은 자리에서 일어나 집무실을 힘차게 나갔다.

⚜

무덤 한 번 근사했다. 석중은 벽면에 달린 큰 태극기 아래 나름 봉긋하게 자리 잡았다. 그럴 자격은 충분했다. 모두 경건한 마음으로 절을 올렸다. 채선의 얼굴은 눈물범벅이었다. 부대원들은 두 번째 절을 올리고 일어나 반배 했으나 채선은 엎드린 채 일어나질 못했다. 학수는 그녀를 부축하려 팔짱을 끼었다. 그녀는 그를 야멸치게 뿌리쳤다. 혼자 일어나 요에 가서 누웠다. 학수는 뭐라 말을 던지지 못했다.

"장학수 대장, 이리 오십시오. 모두 이리 와보세요."

진철이 대원들을 지하실 가운데로 모았다.

"3일 뒤, 9월 15일. 상륙작전이 인천으로 확정됐습니다."

모두 짐작이라도 한 듯 별 반응을 보이지 않았다.

"일단 2진이 해도 탈취를 실패했으니 다른 방법으로 기뢰 위치를 알아야 합니다."

"이보라우 1진 대장, 말이문 다가 아니지비. 어드케 한다는 말임메? 우리 대원들 개죽음 당한 거 모르네?"

기성은 억한 심정에 진철의 멱살을 잡았다. 다른 부대원들이 그를 말렸다. 진철은 떨어지며 말했다.

"우리도 마찬가지 아닙니까? 다 목숨 내놓고 하는 겁니다!"

예민한 상황에서 1진과 2진은 예민하게 반응했다. 밀치고 당기고 하는 게 제법 다투는 모양새였다. 쇠문이 갑자기 열렸다. 모두 동작을 멈췄다. 김화영이었다.

"모두 경건히 맞이해 주시니끼니 몸 둘 바를 모르겠습네다."

화영이 눈을 이리저리 굴리며 말했다. 이어 학수가 한마디 툭 던졌다.

"류장춘을 납치합시다."

1진, 2진 할 것 없이 모두 학수의 입을 노려보았다.

"류장춘이 기뢰 담당이니깐 분명 다 알고 있을 겁니다."

"류장춘은 지금 병원에 있디요."

이번엔 모두 김화영을 쳐다보았다.

"잘됐군요."

학수의 눈빛이 빛났다.

"방법이 있습니까?"

1진 대장이 물었다.

"서 대장님이 좀 도와주셔야겠습니다."

진철은 망설임 없이 격렬한 끄덕임으로 동의했다.

"봉포야, 병원 지도 좀 가져와라."

학수는 봉포가 건네준 지도를 펼쳤다. 지도에는 보초병들의 병력과 위치도 표시되어 있었다.

"화영 씨 정보에 따르면 류장춘은 현재 허벅지에 총상을 입고 입원 중입니다."

학수는 손가락으로 지도 위를 가리키며 천천히 설명했다.

"입원실은 여기, 차는 여기서 대기합니다. 그리고 인민군은 아마 이쪽 방향에서 나올 겁니다."

학수의 말에 대원들의 눈동자가 이리저리 굴러다녔다.

"이쪽으로 유인하고 여기 외길 초입에서 막는 게 제일 중요합니다."

"내래 막겠습네다."

대수는 말을 먼저 하고 손을 뒤늦게 들었다. 학수는 의외라는 듯 대수를 쳐다보았다. 달중도 대수를 힐끗 보며 손을 들었다. 학수는 고개를 끄덕이며 다시 말을 이었다.

"납치 조는 2진이, 대기조는 1진이 맡도록 하겠습니다. 만약 납치 조가 제시간에, 접선 장소에 도착하지 못하면 대기조는 무조건 다음 계획을 실시합니다. 서 대장님 절대로 기다리지 마십시오."

학수와 진철은 눈빛으로 무언의 다짐을 주고받았다.

"자, 여기까지. 질문 있습니까?"

순식간에 학수의 설명이 끝났다. 켈로부대원들은 걱정스러운 표정으로 입을 벌리고 있었다. 이리저리 눈길이 섞였다.

"잠깐!"

진철이 손가락으로 지도의 한 지점을 가리켰다.

"여기 입원실에서 여기 엑스레이까지는 누구 담당입니까?"

역시 1진 대장다운 날카로운 질문이었다. 학수는 잠시 생각하다 말을 꺼냈다.

"도와줄 사람이 있습니다."

학수는 일행에서 떨어져 채선에게로 걸어갔다. 그녀는 어느새 요 위에서 일어나 앉아 있었다. 벽을 보고 등을 돌리고 있었지만 모든 이야기를 들었을 것이다. 학수는 그녀의 뒤에 섰지만 섣불리 말을 건네지 않았다. 침묵이 흘렀다.

"설마, 저보고 하라는 건 아니겠죠?"

채선이 침묵을 깨고 선수를 쳤다.

"도와주십시오."

학수의 담담한 말투에 채선이 몸을 돌렸다.

"어떻게 저한테 도와달라고 할 수 있어요?"

말로만으로는 부족한지 채선은 자리에서 일어서며 그를 노려보았다.

"삼촌은 당신 때문에 돌아가셨어요. 당신 살리려다가 돌아가셨다고요! ……당신도 림계진이랑 다를 게 없어요. 누구한테나 희생만 강요하고…….”

“채선 씨, 삼촌도 많은 사람의 목숨을 위해 일하셨어요. 채선 씨밖에 없습니다. 죄송합니다.”

“우리 삼촌 살려내! 살려내라고!”

결국 채선이 울음을 터뜨렸다. 학수가 그녀에게 다가갔다. 채선은 서럽게 울며 그의 가슴을 마구 쳤다. 학수가 그녀의 양 손을 붙잡았다. 몸부림치는 채선을 그가 꼭 안았다. 그녀는 그의 품에서 오열했다.

“삼촌, 미안해, 미안해. 삼촌, 미안해…….”

학수는 그녀를 더욱더 꼭 안았다. 채선의 울음은 그칠 줄 몰랐다.

무전병들이 부산하게 움직였다. 그들은 이발소에서 가져온 석중의 메모를 분석했다.

“날래 하라우! 암호 해독 전문가 없네?”

계진이 다그쳤다. 무전병들은 이런 상황을 많이 겪었는지 차분하고 빠르게 행동했다. 하룡은 멀찌감치 떨어져 담배에 불을 붙였다.

"한 놈 뒤지문 날래 할 거이네?"

척 봐도 노련해 보이는 무전병이 자리에서 일어나 달려왔다.

"사령관 동지, 시간이 부족합네다. 일단 처음 주신 거래 하는 데까지 해봤습네다."

무전병이 메모를 건넸다. 계진이 심각한 표정으로 메모를 주시했다.

"뭔 소리네? 하나도 모르갔잖네. 다시 하라우."

무전병은 메모를 받아 들고 용수철처럼 제자리로 돌아갔다. 계진은 보지도 않고 하룡에게 손을 내밀었다. 하룡은 담배를 꺼내 건넸다. 계진은 담배 몇 모금을 빠끔거렸다. 석중의 메모에 단서가 숨어 있을 것 같았다. 달리 시도해볼 것도 없었다. 무전병들 뒤태를 노려보았다. 다그쳐봤자 빨리 나올 리 만무했다. 담배를 바닥에 튕기고 군화로 비볐다.

"이보라우, 하룡 동무, 시동 걸라우."

하룡이 뛰쳐나갔다.

"내래 갔다 올 때까지 못하문…… 알디?"

계진은 무전병들이 대답도 하기 전에 나가버렸다.

✠

트럭이 달렸다. 화균은 운전하면서 화영을 힐끔힐끔 쳐다보았다. 평소 지나칠 정도로 활달한 누이가 아무 말이 없는 게 낯설었다. 심지어 팔짱을 낀 채 눈도 감고 있었다. 오늘 임무는 여느 때와 확실히 다르다고 느꼈다. 왠지 모를 불안감이 가득했다. 그러기에 다가오는 웅덩이를 보지 못했다. 트럭이 크게 한번 휘청거렸다. 그래도 누이는 눈을 뜨지 않았다. 또다시 웅덩이에 바퀴가 걸렸다.

짐칸의 요동은 훨씬 심했다. 뒤쪽에 쌓아놓은 배추 몇 개가 떨어졌다. 부대원들 역시 눈을 감고 긴장감을 적정선으로 유지하고 있었다. 오로지 기성만이 덜컹거리는 와중에도 학수를 뚫어져라 쳐다보았다. 학수는 모른 척했다. 부러 눈을 뜨지 않았다. 기성의 저 눈빛은 며칠 전 사령부 별관에서도 봤다. 무형의 손이 눈꺼풀을 까뒤집는 것 같았다. 눈을 떴다. 기성은 여전히 그를 바라보았다. 학수는 크게 한숨을 내쉬고 운전석 천막을 살짝 걷었다.

"조금 빨리 가주세요. 그리고 시장 입구에 잠시 세워주세요."

기성은 학수의 말에 눈물을 글썽거렸다.

"화영 씨 부탁 좀 드리겠습니다."

화영은 눈을 감은 채 고개만 까닥거렸다. 학수는 천막을 도로 치고 눈을 감았다. 안 봐도 기성이 눈물을 훔칠 거란 걸 알았다.

아침 댓바람부터 시장은 북적거렸다. 가끔 보이는 인민군들만 아니면 전쟁은 시장 밖의 일이었다. 갓난아기를 업은 길련은 여남은 소쿠리에 산나물을 옹기종기 담았다. 마수걸이를 여태 못했는지 표정이 어두웠다. 눈앞에 신발이 보였다. 첫 손님이었다. 놓쳐서는 안 됐다.

"옥길련 씨?"

길련은 고개를 들었다. 처음 보는 여자였다.

"첫째 애 이름이 홍이? 자식은 네 명 맞습네까?"

길련은 아닌 밤중에 호구조사를 당했고 얼떨결에 대답했다.

"날 좀 따라오시라우요."

"당에서 나왔나요?"

"아닙네다. 날래 일어서기요."

"전 그냥 나물만 팔고 있는데 제가 뭘 잘못했다고 그러세요?"

화영은 답답한지 크게 손사래 쳤다.

"걱정 말고 날래 따라오시라요. 제발!"

길련은 겁에 질려 어쩔 줄 몰랐다. 화영이 손목시계를 보며 표정을 일그러뜨렸다.

"어르신, 여기 나물 좀 봐주세요."

길련의 부탁에 가마솥을 달구는 나정임이 알겠다는 손짓을 했다. 길련은 애를 단단히 업고 화영을 따라나섰다. 나정임은 걱정스러운 눈빛으로 그들을 쫓았다.

둘은 한적한 시장 입구에 다다랐다. 길련은 다리가 후들거렸지만 화영의 채근에 억지로 걸음을 뗐다. 모퉁이를 돌자 트럭 한 대가 벽에 바짝 주차되어 있었다. 사람 한 명이 근근이 지나갈 정도였다. 화영이 안으로 들어가라고 손짓했다. 길련은 당최 뭔 일인지 알 수 없었지만 시키는 했다. 트럭 중간쯤 왔을 때, 차 천막이 살짝 젖히며 손이 불쑥 나왔다. 깜짝 놀라 비명을 지르려는 길련의 입을 그 손이 막았다.

"나요!"

가뜩이나 놀라 커진 길련의 두 눈이 더 커졌다.

"홍이 아버지?"

길련의 눈에서 이내 눈물이 흘러내렸다. 기성이 손으로 그녀의 눈물을 훔쳤다. 길련은 업고 있던 애를 돌려 기성에게 건넸다. 애를 받아 드는 기성의 손이 무척이나 떨렸다. 경기관총보다 가벼운 무게가 이토록 감당하기 힘들 줄 몰랐다. 애는 아비를 알아보는지 방긋 웃었다. 아기 이마에 기성의 굵은 눈물이 뚝뚝 떨어졌다. 애는 낯선 촉감에 눈을 동그랗게 뜨다, 다시 방긋 웃었다. 길련은 소리를 죽여가며 울었다. 짐칸에 있는 부대원들의 눈시울도 붉어졌다. 기성은 눈물을 닦지도 못한 채 애를 아내에게 돌려주려는데 학수가 슬쩍 아기를 가로채 안았다.

"첫째요?"

"넷쨉네다. 아들 둘, 딸 둘."

"아빠를 닮아 씩씩하네요."

"……딸입네다."

기성은 눈물을 흘리며 학수를 흘겨보았다. 학수는 무안해했다.

"아들 맞아요. ……애들 아버지가 아들, 딸 구별도 못 하고."

길련은 어이없었다. 기성과 학수는 멍하니 서로 쳐다보았다.

"나도 함 안아봅세다."

대수가 아기를 안았다. 얼굴을 한 번 비비고 아무 말 없던 달중에게 건넸다. 달중도 아기를 살포시 안았다. 얼굴에 절로 미소가 번졌다.

"그럼, 저도."

마지막으로 봉포가 아기를 꼭 안았다가 바로 옆에 있는 학수에게 넘겼다. 학수는 탈을 벗어 던지고 싱그러운 미소를 보였다. 이제 애가 아비를 찾아가려는데.

"고기서 뭐함메?"

낯선 목소리에 학수는 아기를 기성에게 건네지 못하고 품속에 안았다.

"오랜만임메. 밥은 먹었네?"

화영은 다가오는 인민군 병사에게 큰 소리로 반가운 척했다. 안면 있는 이라 그나마 다행이었다.

"뱃가죽이 등가죽에 붙었슴메."

병사는 뭔가를 바라며 실실 웃었다.

"잠시만 기다려보라우."

화영은 트럭 뒤 천막을 살짝 젖혔다. 짐칸의 부대원들은 약속이라도 한 듯 숨소리조차 내지 않았다. 벽 쪽에 붙은 길련도 마찬가지였다. 문제는 아기였다. 주변인들의 험한 표정에 울기 일보 직전이었다. 모든 몫은 학수에게로 갔다. 학수는 온갖 우스꽝스러운 표정을 지으며 아기를 달랬다. 그사이 화영은 손으로 더듬거려 고구마 몇 개를 집었다. 얼른 돌아서 고구마를 인민군 병사에게 건넸다.

"아, 고맙슴메. 조심해서 다니라우. 메칠 전부터 남조선 아새끼들이 돌아다니니끼니 알아서 하시라우요. 갑네다."

인민군 병사는 발걸음도 가볍게 돌아섰다.

'응애!'

걸어가려는 병사가 멈췄다. 화영도, 짐칸에 탄 이들도 멈췄다. 병사가 다시 돌아서더니 화영에게 다가갔다. 화영은 침을 꿀꺽 삼켰다.

"동무…… 내래 배가 고파 헛소리가 다 들림메. 좀 더 주기오."

화영은 얼른 짐칸의 고구마를 집어 그의 손에 들려주었다. 병사는 다시 발걸음 가볍게 돌아갔다. 모두 참았던 숨을 내쉬었다. 기성은 애를 받아 길련에게 건넸다. 잠시 머뭇거리다 그녀에게 짧은 입맞춤을 했다. 길련은 다른 이들의 시선에 부끄러워했다.

"좀만 견디기오. 내래 전쟁 끝나문 애 만들러 가겠슴메."

기성은 우는 건지 웃는 건지 모를 말투로 말했다. 길련은 말 없이 울기만 했다. 화영은 손목시계를 보고 트럭에 올랐다. 길 련은 떠나는 트럭에서 한참이나 눈길을 거두지 못했다. 애는 뭘 아는지 엄마 따라 트럭을 멀뚱멀뚱 바라보았다.

✛

채선은 탈의실에서 간호사복으로 갈아입었다. 옷매무새를 살피며 거울을 들여다보았다. 얼굴에 부기는 빠졌으나 상처는 고스란히 남았다. 입술에 난 상처를 살짝 건드렸다. 안 보이던 틈이 생기며 피가 차올랐다. 동시에 악몽이 되살아났다. 머리 를 세차게 흔들어 악몽을 잠시나마 봉인시켰다.

채선은 지하실에서 혼자 묻고 대답하기를 수없이 반복했다. 그 결과 삼촌의 사상과 심중을 다 이해할 수는 없지만 일단 존 중하기로 마음먹었다. 자신이 택한 죽음에 그 의의가 분명 있 을 것이라 믿었다.

문이 열렸다. 동료 간호사 두 명이 들어왔다. 동료에 앞서 친 구라 불리던 존재였다. 그 둘 뒤로 많은 간호사가 들어왔다.

'퉤!'

은숙이라는 친구가 거침없이 그녀의 얼굴에 침을 뱉었다. 삼촌 일이 소문난 모양이었다. 다른 간호사들도 뭐라 한 마디 할 기세였지만 은숙의 발 빠른 행동에 쉬이 나서지 못했다. 기순이란 친구는 못 본 척하며 옷을 갈아입었다. 채선은 얼굴에 흘러내리는 침을 닦지도 않고 반응도 보이지 않았다. 둘 중 누가 더 친한 친구인지만 생각했다. 진심이 아니고 일부러 침을 뱉은 거라면 당연 은숙이 더 참다운 친구일 거라 결론 내렸다.

학수가 의사 가운을 걸쳤다. 제법 어울렸다. 엑스레이 촬영 조정실에는 재갈을 물린 의사와 간호사들이 묶여 있었다. 기성과 봉포도 의사 가운을 입었다. 봉포가 기성을 보고 피식 웃었다. 아무리 좋게 봐도 옷과 인물이 도무지 어울리지 않았다.

"와 웃네?"

"아닙니다."

봉포의 웃음이 가늘게 끊어지지 않았다. 학수도 한마디 거들었다.

"부대장님 때문에 금방 들키겠습니다. 얼굴하고 복장하고 영……"

봉포가 키득거렸다. 기성도 지지 않고 받아쳤다.

"아까 대장님 얼굴도 볼 만합데다."

학수는 뭔 말인지 골똘히 생각했다.

"우리 아 달랠 때 표정이…… 대장님 얼굴에 고르케 온갖 표정이 있을디 몰랐습네다."

기성과 봉포가 피식거렸다. 학수는 그제야 알아듣고 헛기침을 했다.

"지금은 작전 중입니다. 그러니……."

기성이 안면을 쓱 바꾸고 문을 열고 나섰다. 봉포도 뒤따랐다. 학수는 콧방귀를 끼며 마스크를 썼다. 나가려는데 기성과 봉포가 다시 들어왔다.

"뭡니까?"

기성이 검지로 입을 가렸다. 학수는 열린 문틈 사이로 내다봤다. 계진이 병원 통로 끝에서 걸어오고 있었다.

채선이 탈의실 문을 닫고 긴 한숨을 쉬었다. 돌아서는데 누군가 앞을 가로막았다.

"원장님."

채선이 놀랐다. 원장은 채선의 어깨를 살포시 만졌다.

"삼촌 일은 들었습니다. 좋은 데 가셨을 겁니다."

"고맙습니다."

채선의 눈가가 촉촉해졌다.

"림계진이 채선 씨 이틀 전 행적을 묻더군요."

채선은 긴장했다.

"내가 부탁해서 채선 씨가 임시 야간 근무 섰다고 말했습니다. 걱정 마세요."

"고맙습니다. 원장님."

인민군들이 다가왔다.

"힘내세요. 그럼."

원장은 채선을 지나쳤다. 채선은 눈물을 꾹 참았다.

장춘은 이동 침대에 등을 기대 창밖을 멍하니 바라보았다. 자신은 정말 총에 안 맞을 줄 알았는데 이제 잘해야 걸을 수 있다 하니 맥이 풀렸다. 조국 통일에 대한 의지도 약해졌다. 다시 모든 걸 되살리는 길은 하나, 자신을 이렇게 만든 놈을 찾아 죽이는 것이라 생각했다. 장춘은 두 주먹을 불끈 쥐었다.

"뭐하세요. 자리에 누우세요."

장춘은 고분고분 자리에 누웠다. 간호사는 언제부터 들어와 있었을까. 자기의 행동을 쭉 지켜봤을까. 슬쩍 간호사를 훔쳐봤다. 그녀는 링거액을 확인하고 있었다. 뒤돌아섰다.

'헉!'

"한채선 동무래 와 요기에……"

"제 직장이잖아요. 오면 안 될 이유라도 있나요?"

장춘은 선뜻 대답을 못 했다.

"조금 졸릴 수도 있어요."

채선이 주사기를 집어 들었다. 바늘 끝에서 주사액이 살짝 뿜어져 나왔다. 장춘이 본능적으로 몸을 움츠렸다. 그녀가 몸을 숙였다. 그의 얼굴에 바짝 얼굴을 들이댔다.

"왜요? 전 간호사예요. 겁먹지 마세요."

"내래 겁은, 무슨……."

장춘은 당당히 팔을 쭉 내밀었다. 그녀는 링거 줄에 주사기를 꽂았다. 천천히 주사액을 끝까지 투여했다. 장춘은 눈을 부라리며 호기롭게 말했다.

"주사 한 대 더 놓기오. 내래 내성이 강해 고걸로는 부족할 검메."

장춘의 눈이 풀리면서 이내 눈을 감았다. 채선은 이동 침대 바퀴의 잠금장치를 풀었다. 동시에 입원실 문이 열렸다.

학수와 부대원들은 엑스레이실에서 옴짝달싹 못 할 지경이었다.

"어떻게 합니까?"

봉포가 발을 동동 굴렀다.

"림계진이 저 새끼래 요기 와 나타났지비?"

기성도 손목시계를 쳐다보며 발을 구르기는 마찬가지였다.

"조금만 더 지체되문 빠져나가기 어렵습네다. 대기조랑 시간이 맞디 않고…… 대장, 그냥 나가서 밀어버립세다."

학수는 통로를 힐끔 보며 쉬이 결정을 내리지 못했다.

"조금만 더 기다려봅시다. 채선 씨를 믿어봅시다."

"한채선 동무?"

계진은 내심 놀랐다. 순간 오만 가지 생각이 들었으나 일단
은 반가웠다.

"잠은 좀 잤소?"

채선은 대답 없이 침대 바퀴를 발로 고정시켰다.

"얼굴이 많이 상했소. 오늘은 그만 들어가시라우요."

"아니에요."

채선은 벽에 걸린 시계를 힐끗 쳐다보았다. 수면제로 잠든
장춘을 내려다보았다. 초조한 듯 침대 기둥을 잡은 손이 미세
하게 떨렸다.

"동무, 최석중 동무는 틀린 길을 택했소. 이번 기회에 동무의
당성을 더 높입세다. 이념은 피보다 진하지 않소?"

계진의 말에 그녀는 입술을 질끈 깨물었다. 눈에 독기를 품
었다. 침대를 움켜쥐고 움직였다. 계진이 그녀의 재빠른 행동
에 길을 내주었다.

"오데 감메?"

"총알 파편이 아직 남았어요. 엑스레이 촬영하러 가야 합니
다."

계진은 슬쩍 침대에 손을 올리고 같이 밀었다. 채선은 당황했다.

"저, 괜찮습니다. 제가 할 수 있어요."

그녀의 목소리가 떨렸다. 계진은 고개를 저으며 막무가내로 침대를 밀었다. 그대로 둘은 침대를 문까지 밀고 갔다. 그녀가 멈춰 섰다.

"사령관 동지, 저…… 긴히 드릴 말씀이 있습니다. 여기서 잠깐 기다려주실 수 있으세요?"

채선의 목소리는 한없이 부드러웠다. 계진은 침대에서 손을 뗐다. 잠시 고민하다 고개를 끄덕였다.

"알았소. 날래 갔다 오기오."

계진은 창가로 가 밖을 내다보았다. 채선은 짧은 한숨을 쉬고 문을 나섰다. 통로에 들어섰다. 천천히 밀고가다 모퉁이를 돌았다. 속도를 내려는데 누군가 침대를 힘차게 밀어주었다. 깜짝 놀라 돌아보니 기성과 봉포였다. 학수는 뒤를 경계하며 그들을 따라왔다.

"얼굴 덮으세요."

'아차!'

채선은 얼른 이불을 장춘의 머리끝까지 올렸다. 침대에 가속도가 붙었다.

창밖을 내다보던 계진이 갑자기 뒤돌더니 뚜벅뚜벅 걸었다. 방향은 출입문이 아니라 거울이 달린 벽 쪽이었다. 그는 모자를 벗고 거울을 보며 손으로 머리를 슥 밀어 올렸다.

침대는 일정한 속력으로 잘도 달렸다. 조금만 가면 병원 출입문이었다. 밝은 빛이 반겼다. 침대를 끄는 이들은 모두 안도의 숨을 쉬었다. 갑자기 장춘이 몸을 벌떡 일으켜 세웠다. 눈을 뜨고 두리번거렸다. 사물이 빠른 속도로 자기를 지나쳤다. 멍하니 아직 정신을 못 차렸다. 학수 일행은 이런 장춘을 뒤늦게 발견했다. 채선은 너무 놀라 침대에서 손을 놓아버렸다. 학수는 역시 베테랑이었다. 잠시 당황했으나 곧장 주먹을 장춘의 턱에 꽂았다. 장춘은 다시 침대에 누웠다. 채선도 뛰어 침대를 다시 붙잡았다. 뭐든 쉬운 일은 없었다. 그만 치료받으러 온 인민군 백산이 장춘을 알아보았다. 허리춤을 만졌으나 총을 차에 두고 왔다. 그는 모퉁이에 몸을 숨기며 소리쳤다.

"서라우! 거기 서라우!"

기성이 그에게 총알을 날렸다. 그 옆 보초에게도 날렸다. 총소리로 건물 입구에 인민군들이 몰리기 시작했다.

"이쪽으로 오세요!"

채선이 다급하게 외쳤다. 그들은 응급실 쪽으로 방향을 틀었다.

거울을 보던 계진의 인상이 험악해졌다. 그는 모자를 쓰고 복도로 뛰쳐나갔다. 총소리가 복도에 울렸다. 그는 출입구 쪽으로 걸었다. 점점 걸음이 빨라졌다. 뒤에 하룡이 따라붙었다. 뒤에서 보고했다.

"한채선 에미나이래 배신했습네다."

계진은 이미 알아챘는지 분노로 핏대가 솟구쳤다.

"모두 사살하라우! 아니, 장학수는 꼭 생포하라우!"

계진의 명령에 하룡이 그를 지나쳐 내달렸다. 계진도 총을 뽑아 들었다. 잠시 생각하다, 하룡이 간 방향과 다른 곳으로 달렸다.

응급실 출입문이 보였다. 기성이 방향을 잡았다.

"그쪽이 아니에요. 건물 옆 비상문으로 가요."

채선이 안내했다. 복도 중간에 나타나는 인민군들은 학수의 몫이었다. 소음기를 달아 소리가 크게 들리지 않았다. 백발백중이었다. 그가 총 쏘는 시늉을 하면 인민군들이 알아서 넘어지는 것 같았다.

비상문에 도달했다. 가쁜 숨을 몰아쉬며 침대로 문을 밀었다. 문은 꼼짝하지 않았다. 장춘의 머리만 침대 기둥에 부딪쳤다..

"봉포야, 뭐하네? 세게 밀라우!"

기성과 봉포는 침대를 뒤로 뺐다가 힘차게 밀었다.

'쿵'

문은 들썩이기만 했다. 장춘의 머리는 더 세게 침대 기둥에 부딪쳤다.

총을 든 계진도 '쿵' 소리를 들었다. 그는 전속력으로 달렸다.

"한 번 더!"

기성이 다급하게 외쳤다.

"잠깐만요!"

채선은 기성을 잠시 흘겨보며 비상문을 옆으로 밀었다. 문이 활짝 열리자 기성은 모른 척 하며 침대를 힘껏 밀었다. 침대가 거의 밖으로 나갔는데 그만 바퀴 하나가 바닥 틈 사이에 끼었다. 학수도 동참해 침대를 들면서 밀었다.

'탕!'

총알이 침대 기둥에 맞고 불꽃을 일으켰다. 계진이 아슬아슬 하게 도착했다. 침대가 완전히 밖으로 빠졌다. 학수가 몸을 돌려 총을 쐈다. 총알이 계진의 옆을 스쳤다. 그는 모퉁이에 몸을 숨겼다. 학수의 정확한 사격에 모퉁이 벽의 파편이 날았다. 계진은 몸을 내밀기가 쉽지 않았다. 때마침 보초병 둘이 뒤에서 뛰어왔다.

"뭔 일입⋯⋯."

계진이 말도 채 못 끝낸 보초병 한 명을 통로로 밀어버렸다. 그는 학수의 총을 맞고 뒤로 나자빠졌다. 그 틈에 계진이 손을 빼내어 연사했다. 학수는 몸을 얼른 밖으로 뺐다. 총알이 문에 달린 유리창을 박살 냈다. 학수가 문을 닫자 기성이 문손잡이를 부셔버렸다.

'끼익!'

처음 본 트럭이 급하게 멈춰 섰다.

"날래 타시라요!"

화영이었다. 어느새 안전을 위해 미리 준비해둔 새 트럭으로 갈아탔던 것이다. 학수 일행은 침대로 밀고 트럭으로 향했다.

'탕!'

반응이 없었다. 계진의 총알도 떨어졌다. 보초병의 따발총을 빼앗아 갈겼다. 그래도 반응이 없었다. 계진은 몸을 드러냈다. 문이 닫혀 있었다. 계진은 잽싸게 달려 문손잡이를 잡았다. 힘껏 젖혔으나 문손잡이만 떨어져 나갔다. 문 위에 달린 유리창을 통해 밖을 내다보았다. 목덜미를 잡힌 장춘이 짐칸에 올려졌다. 마지막으로 올라타려는 학수가 보였다. 깨진 유리창 사이로 총을 내밀어 사격했지만 어림없었다. 학수가 짐칸으로 사라지기 전 계진을 잠시 노려보았다. 트럭이 출발했다. 계진은 입술을 깨물고 다른 출구를 향해 달렸다.

화영의 눈에 병원 정문 출입구가 들어왔다. 아래로 내린 손에는 따발총이 들려 있었다. 별일 없이 정문을 통과해야 했다. 앞좌석에 앉은 남매는 동시에 모자를 푹 눌러썼다.

"화규아, 쫌 더 빨리 달리라우."

화균이 액셀을 밟았다. 트럭이 병원 본관을 막 지나쳐 출입구로 다가갔다. 계진이 본관에서 뛰쳐나왔다.

"정문을 봉쇄하라우!"

계진은 트럭을 향해 조준 사격했다. 얼떨결에 옆에 있던 인민군들도 총을 쏘았다. 정문 바리게이트가 뒤늦게 내려왔다. 트럭이 바리게이트를 아슬아슬하게 통과했다. 계진의 앞에 지프가 섰다. 그 옆으로 또 한 대의 지프가 지나갔다. 차에 타고 있던 하룡은 먼저 가겠다는 신호를 보냈다.

"장학수는 죽이지 말고 생포하라우!"

하룡의 지프 뒤로 사이드카 세 대도 뒤따랐다. 계진도 지프에 발을 올렸다.

천막 덮개에 총알구멍이 무수히 생겼다. 학수를 비롯한 부대원들은 짐칸 바닥에 납작 엎드렸다. 머리는 내밀지 못하고 소총으로만 응사하니 별 효과가 없었다. 운전석 칸막이 천막이 열렸다.

"배추 더미 밑에 보시라우요!"

화영이 소리쳤다. 총알이 빗발쳐 화영은 계속 말을 잇지 못했다. 학수가 손을 뻗어 배추 더미 밑을 뒤졌다. 뭔가 손에 잡혔다.

하룡은 직접 지프에 부착된 기관총을 잡았다. 상대방의 저항이 약하기에 그는 마음껏 방아쇠를 당겼다. 자신이 쏜 총알 때문인지, 바람 때문인지 몰라도 앞선 트럭의 뒤쪽 덮개 천이 훌러덩 벗겨졌다. 잠깐 시선을 돌렸다 다시 보는데 짐칸 뒤쪽, 금속에 반사된 빛이 하룡의 눈을 어지럽게 했다. 자세히 보니 삼각대에 설치된 브라우닝 기관총이었다. 그 총구에서 불을 뿜었다. 나란히 달리던 사이드카 하나가 옆 건물을 들이박았다. 수류탄도 데굴데굴 굴러 가까이 다가왔다. 하룡은 눈을 감았으나 수류탄은 지프를 지나 터졌다. 뒤따르던 사이드카 하나가 이번엔 하늘을 날았다. 하룡은 뒤돌아보았다. 계진의 지프가 보였다. 그는 방아쇠에 더욱 힘을 주었다.

더 이상 갈림길이 한동안 나오지 않는 일차선 도로 요지에 목재를 가득 실은 트럭과 지프가 길 양편에 대기하고 있었다. 총성이 가까워지자 트럭 운전석에 앉은 달중은 도로 건너편 지프를 타고 있는 대수를 주시했다. 그가 대수를 그토록 아끼는 이유는 꼭 돌아가신 아버지의 유언 때문만은 아니었다. 태어날 때부터 어미를 잃은 대수를 역시 어미를 잃은 달중은 남다르게 생각했다. 대수를 키우는 건 곧 달중의 의무이자 권리였다. 대수에 대한 달중의 사랑은 친동생 이상으로 보살피고 아꼈기에 감히 부자간의 사랑이라 말하긴 어려워도 우애를 넘어서기는 한참이나 넘어섰다.

대수는 달중의 그런 애달픈 마음을 아는지 모르는지 손목시계만 쳐다보았다.

화균의 트럭 앞에 갑자기 인민군 지프가 나타났다. 근처에 있다 연락을 받고 온 것 같았다. 긴장한 화균과 달리 화영은 침착하게 조수석에서 밖으로 몸을 빼 기관총을 시원하게 갈겼다. 상대방 차량이 옆으로 비켜섰다. 화균은 그대로 돌진했다. 살짝 부딪치며 지나가자 트럭이 나타났다. 피하는 것 외엔 왕도가 없었다. 화균은 왼쪽으로 핸들을 급하게 꺾었다. 옆길로 빠지자 거기서도 마주 오는 트럭이 나타났다. 이번엔 오른쪽으로 급회전했다. 짐칸에서 비명이 터져 나왔다.

급회전할 때마다 납작 엎드린 채선의 몸이 잠시 공중에 떠올랐다, 바닥에 떨어졌다. 간혹 기성에게 총알 탄띠를 건네거나 뜨끈한 탄피가 가까이 날아들 때 외엔 감히 고개를 들지도 못했다. 숨 쉬기가 곤란해 고개를 옆으로 돌려봤다. 장춘은 이 와중에 느긋한 코마 상태였다. 얄미운 마음에 뺨을 한 대 세게 때렸다. 얌전히 있는 장춘을 보고 다시 손을 치켜드는데 그 뒤로 사이드카가 트럭 옆에 바싹 붙는 게 구멍 난 차 덮개 사이로 보였다.

계진이 바로 뒤에 따라오기에 하룽은 더욱더 힘을 냈다. 또 한 발의 수류탄이 날아들었다. 방향이 도로 옆 상점으로 날아가 신경 쓰지 않고 직진했다.

'쾅!'

하룽의 계산 착오였다. 상점이 폭파하면서 간판 파편이 뿌려졌다. 그중 제법 큰 놈 하나가 하룽의 이마빡을 때렸다. 머리가 뒤로 획 넘어갔다 올라왔다. 피가 얼굴을 적셨다. 뒤에서 빵빵거렸다. 하룽은 이를 악다물고 차를 옆으로 비켜주었다. 계진이 하룽을 스쳐 빠르게 나아갔다. 그 역시 기관총을 직접 잡고 있었다. 하룽은 지프를 세웠다. 갈아탈 차량을 물색할 요량이었다.

학수는 한 손을 뒤로 뻗었다. 봉포는 즉각 그 의미를 알고 안전핀을 막 뽑은 수류탄을 쥐어주었다. 학수는 앞 선에 나온 계진을 향해 수류탄을 높게 던졌다. 계진이 기관총으로 수류탄을 맞춰 낙하 궤도를 바꿔버렸다. 수류탄은 엉뚱하게도 도로변 집의 지붕을 날려버렸다. 봉포가 이번에는 수류탄을 땅으로 던졌다. 계진의 지프 바로 앞에서 터지며 바퀴 하나를 날려버렸다. 지프는 중심을 잃고 전신주를 들이박았다. 별 부상이 없는지 계진은 즉시 하차했다. 뒤따르던 차량들이 멈췄다.

"날래 쫓아가라우! 반드시 산 체로 생포하기오!"

사령관의 명령에 우선 사이드카 두 대가 앞서 나갔다. 계진은 어떤 차량에 탈까 뒤를 돌아보았다. 바로 적당한 게 눈에 띄었다. BA-64 장갑차 두 대가 다가왔다. 뒤쪽의 장갑차에는 하룡과 장춘의 심복 리경식이 타고 있었다.

"동무, 내리라우!"

앞에 있던 장갑차 기관총 사수가 부리나케 내려왔다. 계진은 BA-64 장갑차에 올라탔다. 운전수와 기관총 사수만 타는 2인승이었다. 비록 장갑이 약하고 7.62mm 기관총 한 정만 탑재됐지만 최대 속력 80킬로미터나 나오기에 추격에 알맞았다.

채선은 자기가 잘못 본 게 아닌지 눈을 비볐다. 사이드카에 타고 있던 인민군 백산이 트럭으로 몸을 날린 것이다. 잘못 본 게 아니었다. 새까맣고 힘줄이 터질 듯한 그는 대검으로 천막을 찢고 성큼 들어섰다. 채선이 일어나 학수 쪽으로 피했다. 기성이 뒤늦게 발견하고 총을 겨누었다. 백산은 대검을 휘둘러 기성의 총을 떨어뜨렸다. 기성이 백산에게 몸을 던졌다. 둘은 엉켜 붙었다. 힘은 백산이 몇 수 위였다. 기성이 뒤로 밀렸다. 백산이 칼을 재빠르게 휘둘렀다. 기성의 팔에 붉은 선이 깊게 파였다. 그는 괴성을 지르며 칼로 기성을 내려찍었다. 기성은 두 손으로 칼을 쥔 백산의 손을 막았다. 구석에 있던 봉포가 뒤에서 백산을 덮쳤다. 앞으로 쏠리며 세 사람이 나뒹굴었다. 그 바람에 채선이 중심을 못 잡고 트럭 밖으로 떨어졌다. 순간 학수가 그녀의 팔을 낚아챘다. 온 힘을 다해 그녀를 들어 올렸다.

"조금만 더 가면 접선 장소입네다."

화영이 운전석 천막을 밀치며 돌아봤다. 짐칸은 난리도 아니었다. 그녀는 총을 들어 백산을 쏘려 했지만 대원들과 뒤엉켜 여의치 않았다.

"화영 누이, 이쪽 좀 보라우요!"

화균이 왼쪽 사이더미러를 보며 소리쳤다. 사이드카 한 대가 따라 붙었다. 화영은 동생의 몸을 가로질러 운전석 창문 밖으로 몸을 빼내 따발총을 쏴댔다. 사이드카에서도 따발총으로 응사했다. 화균은 누이가 시야를 가려 운전하기가 힘들었다. 트럭이 심하게 좌우로 흔들렸다. 사이드카가 트럭 꽁무니까지 다가와 운전석에 총알 세례를 퍼부었다.

채선을 끌어 올린 학수의 눈에 바짝 붙은 사이드카가 보였다. 학수가 망설임 없이 권총으로 한 발 날린 총알이 운전수 한쪽 귀로 들어갔다. 사이드카가 왼쪽으로 급격히 꺾이며 옆으로 굴렀다. 돌아서는 학수의 목에 백산의 칼이 날아들었다.

'아악!'

피한다고 피했지만 그만 어깨에 대검이 살짝 꽂혔다. 백산이 학수에게 다가가자 기성이 단검으로 그의 종아리를 찔렀다. 순간 학수는 재빨리 백산의 가랑이 사이에 머리를 집어넣고 몸을 힘껏 들어 뒤로 넘겨버렸다. 백산은 트럭 밖으로 떨어지며 학수의 팔을 잡았다. 둘은 동시에 공중으로 날았다. 백산이 먼저 땅에 닿았고 그 몸 위에 학수가 떨어졌다. 충격의 차이는 상당했다. 백산이 힘차게 먼저 일어나 종아리에 박힌 단검을 뽑았지만 이내 무릎이 풀리며 기절했다. 학수는 일어나 어깨에 꽂힌 백산의 선물을 뽑았다.

"괜찮습네까?"

마침 아군이라 착각해 멈춰 서는 사이드카가 있었다. 학수는 대검을 그들에게 잔인하게 돌려주며 사이드카를 탈취했다. 출발하려는데 낯선 차량 음이 들렸다. 돌아보니 장갑차였다. 계진이었다. 둘은 시선이 마주쳤다. 학수는 잠시 생각하다 동료들이 간 방향과 다른 쪽으로 오토바이를 몰았다.

"저놈은 내가 쫓갔어. 나머지래 트럭을 쫓기오!"

계진이 뒤돌아 하룡에게 소리쳤다. 계진의 장갑차만 모퉁이를 돌아 학수를 추격했다.

화균은 사이드미러로 양쪽을 번갈아 봤다. 따라붙은 차량이 없자 한숨 돌렸다. 문득 핸들 잡은 손이 피로 물든 걸 발견했다. 자신의 몸을 내려다보니 온통 피였다. 화균은 기겁했다. 그는 자신의 몸을 더듬었다. 왼쪽 팔에 총알이 스친 생채기가 보였다.

"누이, 누이! 내래 총 맞았슴메. 이를 어드케 하네?"

화균이 고개를 누이에게로 돌렸다. 그녀의 얼굴이 창백했다. 피가 울컥거렸다. 가슴엔 피의 동심원이 커져만 갔다. 정작 총 맞은 이는 화영이었다.

"화영 누이!"

화균이 차를 멈추려 하자 화영이 그의 팔을 잡았다. 곧장 가라고 손짓했다. 얼굴이 더욱 창백해졌다. 화균은 브레이크에 올린 발을 액셀로 옮겼다. 비도 오지 않는데 화균의 시야는 흐릿해졌다.

오대수의 눈에 모퉁이를 막 도는 화균의 트럭이 들어왔다. 지금부터는 외길이었다. 도로를 트럭으로 막아버리면 그들의 임무는 끝이었다. 달중을 쳐다보니 그는 시동을 걸고 있었다. 달중에게 손짓으로 신호를 보냈다. 그는 천천히 핸들을 꺾었다.

트럭이 그들을 지나쳤다. 시야가 확보되자 뒤따라오던 인민군 차량들이 보였다. 선두는 장갑차였다. 생각보다 그들은 빨랐다. 달중은 급하게 트럭을 가로로 세웠다.

'꽝!'

하룡의 장갑차가 여지없이 트럭을 박아버렸다. 연이어 오던 차량들이 도미노처럼 추돌했다. 게다가 트럭에 실린 목재들이 쏟아져 길 중앙을 막았다. 기까스로 오토바이 한 대나 지나갈 만한 공간만 남았다.

달중이 운전석 문을 열고 가까스로 땅에 발을 디뎠다. 그는 좀 전의 충격으로 머리가 찢어졌다. 피를 흘리며 걸음을 제대로 옮기지 못했다. 대수가 그 옆에 지프를 갖다 대었다. 달중이 눈가의 피를 닦으며 소리쳤다.

"도련님, 가시라요!"

대수가 지프에서 내려 달중을 부축했다.

"일 없시오. 날래 도망가시라요!"

대수가 대답치 않고 그를 지프에 태우려 했다. 그는 무릎이 꺾이며 주저앉았다.

"날래! ……도련님은 사셔야 합네다!"

"시끄럽소. 일어나기오!"

대수가 달중을 일으키는 순간, 주먹이 날아들었다. 장춘의 심복 경식의 등장이었다. 대수가 한쪽 무릎을 꿇었다. 덩달아 달중도 다시 주저앉았다. 경식은 대수를 일으켜 다시 주먹을 날렸다. 대수는 땅바닥에 나가떨어졌다. 경식은 그 위에 올라타 연신 주먹을 날렸다.

'탕!'

경식의 가슴에 핏물이 퍼졌다. 그는 잠시 자기 가슴을 내려다보다 쓰러졌다. 달중이 권총을 힘겹게 들고 있었다.

"날래, 가시라……."

하룡의 군화에 얼굴을 맞은 달중은 말을 채 잇지 못하고 기절했다. 대수가 겨우 눈을 뜨자 하룡의 군화 밑바닥이 보였다.

'픽!'

하룡은 옆으로 꼬꾸라진 경식을 잠시 내려다봤다. 좀 전에 입은 이마에서 피가 계속 흘러내렸다. 그는 뒤돌아 엉망이 된 길에다 욕지거리를 퍼부었다.

"동무들, 날래 길 트기오. 이 두 종간나 새끼들 차에 태우라우!"

계진은 기관총을 연신 쏘았으나 학수를 아니 오토바이조차 맞히지 못했다. 신경을 더욱 집중해 방아쇠를 긁었다. 일렬로 쭉 날아간 총알이 오토바이와 사이트카를 연결한 고리를 부쉈다. 계진은 쾌재를 불렀으나 이내 표정이 일그러졌다. 사이트카를 떼어낸 오토바이는 잠시 비틀거리다 더 날쌔게 달렸다.

"바짝 쫓아라우!"

장갑차 운전병은 액셀을 끝까지 밟았다. 오토바이와 간격이 조금씩 줄어들었다. 계진이 방아쇠를 당겼으나 빈 약실의 공허

함만 울렸다. 탄띠를 장전할 시간이 없었다. 권총을 꺼내 한 방씩 쏘았다. 오토바이 사이드미러가 깨졌다. 학수가 뒤돌아 한 번 노려보다 오히려 속도를 늦췄다. 장갑차 운전병은 본능적으로 브레이크에 발이 올라갔다. 학수가 속도를 낮춘 이유는 따로 있었다. 오토바이는 왼쪽 좁은 골목길로 급회전했다. 장갑차도 급정거를 했으나 여지없는 관성의 법칙으로 골목길을 조금 지나 멈췄다.

"날래 후진하라우!"

장갑차가 후진해 골목길 입구에 들어서다 곧 멈췄다. 장갑차가 반에 반으로 접히지 않는 이상 통과하기는 힘든 골목길이었다. 계진은 허공에 분노와 남은 탄환을 다 쏟아내었다.

학수는 곧장 동료들이 간 길을 되짚어갔다. 마지막 모퉁이를 돌자 차량과 목재가 뒤엉킨 난장판이 나타났다. 인민군들은 목재를 치우느라 정신없었다. 학수는 그대로 길 끝에 트인 좁은 공간으로 오토바이를 몰았다. 그 소리에 하룡이 돌아봤다. 오토바이를 보고 소리쳤다.

"날래 가서 잡아라우!"

하룡은 학수를 알아보지 못했다. 그는 얼굴에 흘러내린 피를 소매로 연신 닦아댔다.

길 한복판에 바리게이트가 보였다. 학수는 속도를 늦췄다. 왼손을 들어 약속된 수신호를 보냈다. 방어벽이 열렸다. 서진철 1진 대장이 밝은 얼굴로 그를 맞이했다.

"수고하셨습니다. 장학수 대장님."

진철은 전에 붙이지 않던 '님'자를 붙이며 임무 완수에 경의를 표했다.

"모두 무사한가요?"

진철의 표정이 어두워졌다. 학수는 불안한 마음에 주위를 두리번거렸다. 총알 자국이 무수히 생긴 트럭이 보였다. 그는 달려갔다. 짐칸에는 아무도 없었다. 그가 돌아서는데 채선이 트럭 옆에서 나왔다. 학수는 그녀 가까이 다가갔다. 뭘, 어떻게 표현해야 할지 몰랐다. 그냥 그녀 앞에 말없이 서 있었다. 채선이 그의 품에 안겼다. ……학수는 뻣뻣이 내리고 있던 손으로 그녀의 어깨를 감쌌다.

그는 자신의 행동이 이해 가지 않았다. 그냥 걱정스러웠던 것뿐인데, 그저 한 번만 더 보고픈 마음뿐이었는데. 그는 그녀를 꼭 껴안았다.

그녀도 자신의 행동을 이해할 수 없었다. 그를 처음 본 순간 호감이 갔고, 삼촌 일로 죽일 듯 미웠고, 어려운 일을 부탁받았을 땐 염치없다고만 여겼다. 잠시 생사를 같이하고, 목숨을 구해줘서 그에게 마음이 열린 걸까. 아무래도 좋았다. 그저 그가 무사했으면 하는 마음뿐이었다. 또 이렇게 살아 와줘서, 자기를 꼭 껴안아줘서 고마웠다.

둘은 동시에 떨어졌다. 현실이 민망함을 덮었다. 그의 눈에 누이 옆에 꺼이꺼이 우는 화균이 들어왔다. 학수가 걸음을 옮겼다. 차마 어떻게 된 일이냐고 물을 수가 없었다. 그는 남매 옆에 앉아 묵묵히 바라보기만 했다. 기성이 옆에 앉으며 담배 한 개비를 입에 물려주었다. 봉포가 판동의 지포 라이터로 불을 붙여주었다. 그는 숨을 힘껏 들여마시고 내쉬었다. 탁한 연기가 그의 마음을 가려주었다. 다시 현실로 돌아왔다.

"오대수와 천달중은?"

"지프로 저희를 따라올 줄 알았는데……."

봉포가 자기 잘못인 냥 자책하며 대답했다.

"류장춘은?"

학수가 연기를 내뿜으며 물었다.

"트럭 짐칸에서 아직도 자고 있습니다."

봉포의 대답에 학수는 일어섰다.

"1진 대장님, 류장춘 후송은 어떻게 합니까?"

"걱정 마십시오. 저희 1진이 처리하겠습니다. 우선 새로운 아지트로 자리를 좀 옮기도록 하겠습니다."

학수는 1진 대장을 믿기로 했다. 너무나 지쳤고 달리 방법도 없었다.

꛰

　로우니 부관은 유엔군 사령부 6층 복도를 뛰다시피 걸었다. 그는 최고사령관 집무실 문을 평소보다 세게 노크했다. 휴식을 취하던 맥아더는 노크 소리에 긴장했다. 저 정도 노크의 세기와 속도라면 분명 좋은 일이거나 절망적인 일, 둘 중 하나일 것이라 생각했다. 한 가지 예외가 있다면 보고할 내용이 많을 때였다.

　로우니는 경례를 붙이고 곧장 브리핑했다.

　"우선 좋……"

　맥아더가 손을 내저으며 말을 끊었다.

　"로우니, 부탁하는데 '좋은 소식과 나쁜 소식 중 뭐부터 듣겠습니까?'라고만 말하지 말게. 정말 지겹고 상투적인 표현이니깐."

　로우니는 잠시 당황했다.

　"네, 장군. 우선 기상 상태에 대해 보고드리겠습니다. 오늘 밤부터 혹은 늦어도 내일 13일부터 태풍 케지아호 영향권에 들어갑니다. 태풍의 진로가 대한해협으로 빠지면 다행인데 본토에 상륙한다면 크로마이트 작전에 영향을 미칠지도 모른다는 예측입니다."

　맥아더는 자신도 모르게 신음 소리를 냈다. 태평양전쟁 때도

일본군보다 태풍으로 입은 피해가 더 컸었다. 하늘의 일까지는
어떻게 해볼 도리가 없었다.

"다음."

맥아더는 목소리에 생각만큼 힘을 넣지 못했다.

"네, 다음은 인천 상륙을 교란시키기 위한 양동작전 일환으
로 오늘 곧 군산 상륙작전을 실시합니다. 미국, 한국, 영국 합동
작전으로 내일 새벽까지 진행될 예정입니다."

"다음."

맥아더는 익히 알고 있던 내용이라 별 반응을 보이지 않았다.

"네, 다음은 켈로 부대에서 온 보고입니다."

맥아더는 '켈로'란 말에 허리를 꼿꼿이 세웠다.

"기뢰 부설 해도 대신 기뢰 부설 담당자를 납치했다고 합니
다. 안전한 후송을 위해 오늘 밤 경비행기 사용을 요청했습니
다."

"당연히 승인해야지. 역시 대단하구먼. 어서 첩보부와 공군
에 연락하게."

"네, 알겠습니다. 끝으로 한 말씀만 더 드리겠습니다. 오늘 저
녁 전용기로 후쿠오카로 이동하셔야 합니다. 준비는 저희가 모
두 해놨습니다. 장군님께서는 개인 물품만 챙기시면 됩니다."

"상륙 지휘함이 사세보 항구에 정박하고 있나?"

"네, 마운트 매킨리호가 준비되어 있습니다."

"알았네. 수고했어."

보고를 마친 로우니는 들어왔을 때처럼 나갈 때도 빠른 걸음이었다. 맥아더는 뒤돌아 창밖을 내다보며 파이프를 물었다.

✝

해가 막 넘어갔다.

"동무들, 가지고 와 보기오."

계진의 목소리는 해 떨어진 저녁 공기처럼 차갑고 무거웠다. 그럴 만도 했다. 우선 동생의 원수를 또 놓쳤고, 조금만 건드려도 술술 정보를 불 장춘이 납치됐다. 소중한 병력과 장비가 다수 날아갔다. 월미도에 또 비행기가 폭탄을 들이붓고 갔다. 채선도 배신을 때렸다. 계진은 무전병들이 시답잖았다.

무전병 세 명이 쭈뼛거렸다. 메모지 하나씩 들고 오는 걸음걸이가 무거웠다. 계진은 메모지를 읽다, 바닥에 집어 던졌다. 무게가 가벼워 던지는 맛도 나지 않았다. 무전병들은 겁먹으며 바닥에 엎드려 메모지를 주웠다. 선임병이 가장 먼저 일어섰다.

"사령관 동지, 죄송합네다. 미국 놈들 암호가 하루에도 여러 번 바뀌어 당체 알 수가 없습네다. 용서하시라우요."

"이 종간나 새끼들, 하나씩 붙들고 종일 봤으문 조금이라도 해석해야디. 동무들 적은 거이 다시 함 보라우! 고게 뭐네?"

무전병들은 각자 집어 든 메모를 다시 한 번 훑더니 또 쭈뼛거렸다. 자기 메모지가 아닌 모양이었다. 서로 바꾸고 야단법석이었다. 계진은 이제 한계를 넘어섰는지 총을 뽑아 선임 병부터 겨누었다.

"사령관 동지! 잠시만 기다려보시라우요. 잠시만!"

무전병들은 자기들끼리 수군덕거렸다. 계진은 자기 머리를 쏘고 싶을 지경이었다.

"이 종간나 새……."

"동지!"

선임병은 얼마나 다급했는지 감히 '사령관'이란 말도 빼고 외쳤다. 계진은 딱 한 문장만 더 듣기로 했다.

"확실치는 않지만 한 단어만큼은 알갔습네다."

계진은 한 문장 더 들어보기로 했다.

"여기 공통적으로 들어가고, 가장 많이 나오는 단어는 바로 '평양'입네다."

"평양? 당연한 거 아니네? 당연히 ……."

계진은 말을 삼켰다. 입 밖으로 말하는 순간 번쩍 떠오른 생각이 날아갈 것만 같았다. 짧은 시간 그의 눈동자는 계속 흔들렸다. 눈을 감았다. 입이 벌어졌다. 초침이 원을 그렸다. ……정리가 되었다. 눈을 떴다. 입을 열었다.

"하룡 동무!"

문 입구에 뒷짐 지고 있던 하룡이 앞으로 나섰다. 그의 이마에는 영광의 상처를 가리는 커다란 반창고가 전구 빛을 받았지만 빛나지는 않았다.

"네, 사령관 동지."

"평양 가자우!"

"네? 언제 말씀입네까?"

"날 어두워지문 밤늦게 출발하자우."

"긴데 사령관 동지는 평양에 가시문 안 되지 않습네까? 최고 사령관 동지께서 오시면 총살……."

계진이 살짝 눈을 치켜떴다.

"……알갔습네다. 운전병 대기시키겠습네다."

하룡은 잠시 갸우뚱했지만 명령은 명령이었다. 계진은 한 마디 덧붙였다.

"아임메. 우리 둘만 갑세."

계진의 눈빛이 섬뜩했다.

⚜

학수는 창가에 숨어 바깥을 내다보았다. 새벽까지만 해도 지하에서 위로 올려다봤건만 지금은 5층 높이에서 아래도 내려다보았다. 켈로 부대 1진이 마련한 새 아지트는 놀랍게도 시청을 떡하니 옆에 두고 광장을 내려다보는 목 좋은 곳에 자리 잡았다. 아무리 등잔 밑이 어둡다고 하지만 상당히 대담한 발상이었다.

'에에엥!'

8시 통금 사이렌이 울렸다. 잠시 눈을 붙이던 부대원들이 깜짝 놀라며 일어섰다. 학수는 씁쓸한 표정으로 그들을 바라봤다. 부대원들이라고 해봤자 이제 기성과 봉포밖에 없었다. 그들의 한 손에는 따발총, 다른 한 손에는 새로운 화기도 들려 있었다. 1진이 건네준 새 개인 화기는 M1 톰슨 기관단총으로 높은 연사 능력을 자랑했다. 진철은 류장춘 후송을 위해 떠나면서 마피아들도 톰슨을 자주 애용한다고 말했다. 아무도 물어보지도, 궁금해하지도 않은 내용이었다.

사이렌 소리에 부대원만 눈뜬 건 아니었다. 채선도 눈을 떴다. 그녀의 눈에 창가에 서 있는 학수가 보였다. 채선이 그를 물끄러미 바라봤다. 상황이 상황인 만큼 사적인 감정이 들어가지 않길 바랐다. 그래도 그에게서 시선을 떼지 못했다. 문득 그의 어깨에 핏자국이 보였다. 그녀는 트럭 짐칸에서 입은 부상임을 즉각 떠올렸다. 주위를 두리번거리자 아지트답게 구급상자가 보였다.

"장학수 씨."

학수는 놀랐다. 처음에 자기를 부르는 거라고는 생각 못 했다. 난생처음은 아니지만 젊은 여인에게 이름이 불리는 건 참으로 오랜만이었다. 돌아보니 이미 그녀는 가까이 와 있었다.

"윗도리 좀 벗어보세요."

이번에는 학수뿐 아니라 기성과 봉포도 놀랐다. 사내들은 현 처지에 전혀 맞지 않은 단어의 조합이라 모두 어쩔 줄 몰랐다. 그들은 채선의 손에 들린 소독약과 붕대를 보고서야 지금의 처지에 가장 적절하고 필요한 문장이란 걸 깨달았다.

학수는 다소 쑥스러워했지만 자리를 잡고 윗도리를 벗었다. 무수히 많은 상흔들이 그의 등판을 수놓았다. 그녀는 흠칫 놀랐지만 내색하지 않았다. 문득 삼촌이 그를 바라보던 눈빛이 떠올랐다. 안타까운 연민의 눈. 대검에 찔린 상처는 다행히 심하지 않았다. 그녀는 정성스레 소독하고 항생제도 주사했다. 붕대를 깔끔하게 두르고 치료를 마쳤다. 간호사답게 깔끔한 솜씨였다.

'짝짝짝!'

채선이 돌아보니 기성과 봉포가 박수를 치며 경의를 표했다. 그들 역시 윗도리를 벗은 상태였다. 채선이 소리 없이 웃었다.

"이쪽으로 앉으세요."

채선의 말이 떨어지기 무섭게 기성과 봉포는 그녀 앞에 자리 잡았다.

"부대장님 먼저 치료해주십시오."

봉포는 예의 바른 청년이었다. 기성이 가만있을 수 없었다.

"아닙네다. 우리 막내 좀 먼저 좀 봐주시라요."

"네, 그럼 제가 먼저……."

날름 받아먹는 봉포의 행동에 기성은 적잖이 당황했지만 이내 피식 웃고 말았다. 채선이 눈치를 봤다. 기성이 손짓으로 먼저 하라고 일렀다. 봉포가 당당히 부상당한 얼굴을 그녀 앞에 들이밀었다. 그녀가 얼굴을 소독하자 봉포는 다시 왼손을 내밀었다. 얼굴에 비해 상처가 제법 심했다. 채선은 신중히 치료하기 시작했다. 봉포는 이를 악물고 참았다. 기성이 안타까운 마음에 넌지시 말을 걸었다.

"봉포, 뉘래 집에서도 막내네?"

"아, 아닙니다. 장남입니다."

"기래? 형제는 없네?"

"오늘 왜 그러세요? 평소에 안 하시던 언행을……. 고등학교 다니는 남동생이 하나 있어요. 부모님은 해방 후 돌아가셨고요."

"쯧쯧, 이 난리 통에 동생은 어드케 하고 있네?"

"괜찮아요. 봉호는 아, 동생 이름이에요. 대구에서 학교 다니다가 지금은 부산에 있으니, 그나마 다행이죠."

"그러게요. 앞으로 조심하세요. 곧 동생분 만나야죠."

채선이 위로한답시고 끼어들었으나 봉포는 대답하려다 울

컥해 차마 말을 잇지 못했다.

'에에엥!'

모두 동작을 멈췄다.

'통금을 알리는 사이렌이 아니다.'

모두 동시에 생각했다. 창가로 달려갔다.

시청 광장을 밝히는 불빛이 여기저기 들어왔다. 대낮처럼 밝진 않았지만 제법 먼 거리까지 피아 식별은 가능할 정도였다. 시청 인근에 사는 시민들이 광장을 메우기 시작했다. 자발적이진 않았다. 총을 겨눈 인민군들이 시민들을 몰았다. 인민군 100여 명도 2열 종대로 광장 중앙으로 들어왔다. 그들은 서둘렀다. 미 공군의 야간 폭격이 두려워서였다. 지프 네 대가 빠른 속도로 광장 중심에 들어섰다. 그중 한 대에 대수와 달중이 고개를 푹 숙인 채 타고 있었다. 분명 혹독한 고문을 받았을 것이다. 대수와 달중의 입에 커다란 재갈이 물리었다.

켈로 부대원들은 따로 교육받지 않아도 생포됐을 시 보통 자결을 택했다. 잘 때도 수류탄 하나 정도는 옆에 끼고 잠들었다.

지프가 멈추자 인민군 넷이 달려들어 둘을 거칠게 내렸다. 광장의 중심이 있다면 그 바로 옆에 둘을 무릎 꿇렸다. 광장 중심에는 계진이 자리 잡았다. 확성기를 들었다.

"장학수, 뉘래 근처에 있는 거 다 암메. 혹 없다문 남조선 첩자 새끼들은 내 말을 꼭 전하기오."

계진은 주위를 한 바퀴 천천히 돌았다. 공교롭게도 학수의 아지트 건물을 노려보며 멈췄다.

"내일 이 시간에 뉘래 오지 않으문 여기 있는 종간나 새끼들을 공개 총살하갔어. 뉘래 오문 살려주갔어. 약속은 꼭 지키갔어."

계진은 확성기를 하룡에게 넘기려다 다시 입으로 가져갔다.

"남조선 첩자 새끼들을 숨겨놓은 인간이나 장소를 아는데 불지 않는 인간들은 삼족을 멸할 것이니 그케 알라우."

계진은 확성기를 땅바닥에 패대기치며 지프에 올랐다. 이런 행동을 하지 않아도 그의 진심은 학수에게 잘 전달되었다.

학수는 지프에 짐짝처럼 끌어 올려지는 대수와 달중을 보며 주먹을 꽉 쥐었다. 얼마나 힘을 주었으면 어깨에 감싼 붕대에 피가 번질 정도였다. 채선의 눈에는 벌써 눈물이 맺혔다. 자신이 얼마 전 느낀 절망을 그도 지금 느끼리라 생각하니 견딜 수가 없었다. 뒤에서 그를 꼭 껴안아주고 싶었다. 그가 자신을 껴안았던 것처럼. 하지만 그녀에 앞서 기성과 봉포가 벌써 그의 곁에 다가가 있었다. 아무 말 없이, 아무런 행동도 하지 않고 그냥 곁에 서 있었다. 그것만으로 사내들은 충분했다. 채선 역시 말없이 그들을 지켜보았다.

"해도 중심 북 37.9, 남 37.2. 해안선 중심으로 2킬로미터 경계까지 매립. 간격은 3미터."

장춘은 기뢰 매설 위치를 술술 불렀다. 왼쪽 눈두덩에는 한껏 부푼 벌건 멍이 보였다. 다른 쪽 눈도 부풀기 전에 그는 얼른 불었다. 버텨봤자 몸만 축난다는 사실을 누구보다 잘 알았다. 그는 이런 상황이 아주 익숙했다. 단 가해자에서 피해자로 입장만 바뀌었을 뿐. 목숨만 부지했으면 했다.

장춘이 주위를 곁눈질로 살폈다. 도심에서 제법 떨어진 숲속이었다. 정확히 말하면 산꼭대기였다. 거친 자신의 숨소리와 부엉이 소리만 들렸다. 두려웠다. 그의 경험도 무시 못 할 정도였지만 이 같은 사례는 듣도 보도 못 했다.

"다 받아 적었나?"

"네, 이놈 얼굴을 보문 거짓 정보는 아닌 것 같습네다."

진철 대장의 물음에 메모를 다 한 지진표 대원이 답했다. 진철은 손목시계를 보며 명령했다.

"자, 이제 슬슬 준비하자. 올 때가 됐어."

"누, 누가 온다 말이네?"

장춘의 목소리는 떨렸다.

"살려준다 하디 않았네? 약속을 지켜야 하디 않갔어?"

켈로부대원들은 코웃음을 치며 커다란 밧줄을 끌고 왔다. 장춘의 눈동자가 크게 흔들렸다.

"이거이 뭐네? 내래 기뢰 위치 다 불었지 않네. 확인해보라우."

상대방의 반응이 없었다. 장춘은 승부수를 던져야 했다.

"…… 기뢰만 없앤다고 다 끝날 거 같네? 기뢰는 아무것도 아님메! 월미도엔 니네들이 모르는 게 있음메! 이거이 좀 풀어보라우! 목숨만 살려주문 내래 다 말해주갔어!"

진철이 그의 말에 잠시 반응을 보였다. 밧줄을 끌며 소리쳤다.

"시끄러워! 집중이 안 되잖아. 다 널 위해 이러는 거니 좀 조용히 해라."

장춘은 무슨 말인지 도무지 알 수 없었다. 혹시나 하는 마음에 그들이 하는 행위를 조용히 지켜봤다. 참으로 기이한 행위였다. 우선 밧줄이 너무 굵고 길었다. 자신의 목을 매달기에는 터무니없는 크기와 길이였다. 10분의 1만 있어도 충분했다. 두 번째는 주변 환경이다. 아무리 산꼭대기라지만 나무가 없다. 달랑 큰 나무 두 그루만 있고 나머지는 베어졌다.

"진표랑 홍규 나무 위로 올라가라."

진표와 홍규는 익숙하게 밧줄을 허리에 매고 나무를 탔다. 정상을 목전에 두고 각각 허리에 두른 밧줄을 풀었다. 둘은 줄의 중간 부분만 나무에 묶고 남은 줄은 아래로 떨어뜨렸다. 단

줄을 단단히 묶지 않고 심한 충격에는 풀어지도록 헐렁하게 묶었다. 진철과 남은 대원 현필이 장춘의 양팔을 붙잡고 나무 아래로 갔다. 장춘은 두려움에 몸부림쳤으나 부질없었다.

"월미도에는 말입네다 아주 중요한……"

진철이 총을 꺼내 이마에 겨누었다. 한 번만 더 입 열면 끝이라고 그 눈빛이 말했다. 장춘도 조용히 하겠다고 눈빛으로 답했다.

나무에서 내려온 두 대원은 땅에 늘어진 줄을 각기 들고 장춘에게로 왔다.

"단단히 잘 묶어. 전처럼 팔 잘리는 일 없도록."

진철의 말에 두 대원은 정성껏 밧줄로 장춘을 묶었다. 진표가 물었다.

"대장, 저 새끼 눈은 가립네까?"

잠시 생각하던 진철이 사악한 미소를 흘리며 답했다.

"그냥 둬. 세상 구경 좀 더 하게."

장춘은 몸은 얼어붙었다. 얼굴도 백지장처럼 하얗게 질렸다.

"시간 다 됐다. 위치로 이동!"

진철의 명령에 대원들은 장춘에게서 멀찌감치 떨어졌다. 장춘은 어쩔 줄 몰랐다. 차라리 빨리 죽는 게 호사롭다고 여겼다.

"부우웅!"

땅이 울렸다. 주위의 나무가 흔들렸다. 장춘의 심장도 덩달아 떨었다. 그가 뒤돌아보았다.

'헉!'

경비행기가 낮게 천천히 등선을 타고 다가왔다. 특이한 점은 경비행기에서 늘어뜨린 밧줄이 있었고, 끝에는 커다란 갈고리가 매달려 있었다. 장춘은 눈을 질끈 감았다. 갈고리가 두 나무를 이은 밧줄을 채갔다. 장춘의 몸이 떠올랐다. 그제야 진철의 말이 뭘 뜻하는지 깨달았다. 하지만 장춘은 높은 곳에서 세상 구경할 생각은 전혀 없었다.

'아아악!'

장춘은 경비행기 고도에 보조를 맞추며 한없이 올라갔다. 일정한 고도에 이르러 점으로 사라졌다. 진철과 그 부대원들은 뿌듯한 마음으로 한참이나 장춘이 사라진 지점을 바라보았다.

"진표야, 맥아더 사령부로 무전 날려라."

대장의 말에 진표는 시선을 하늘에 고정한 채 무전기를 주섬주섬 챙겼다.

✢

미등만 컨 지프 한 대가 밤길을 달렸다. 행여나 있을 야간 공습에 대비하기 위해서였다. 하룡은 운전하며 계진을 힐끔힐끔 쳐다보았다. 그는 뭘 골똘히 생각하는지 제법 심한 요동에도 눈을 뜨지 않았다. '도대체 저 상관의 머릿속에는 뭐가 들었을까' 하룡은 자문했다. 처음 만났을 때부터 드는 의문이었다.

하룡은 1945년 10월 14일 평양, 김일성 귀국 환영회에서 계진을 처음 보았다. 계진은 단상 귀빈 의자에 앉지는 못하고 맨 끝에 서 있었다. 하룡은 당시 뒤풀이 장소에 요인들을 모시고 갈 운전기사 중 한 명이었기에 단상에서 멀리 떨어지지 않은 곳에서 대기했다. 그가 단상을 올려다봤을 때, 유독 계진이 눈에 들어왔다. 단상의 요인들은 운동장에 모인 사람들을 쳐다봤지만 그의 시선은 다른 곳으로 향했었다. 눈으로 쫓아가보니 그 시선의 끝은 단상에 놓인 빈 의자였다.

하룡은 뒤풀이 장소로 갈 때는 그를 태우지 못했다. 마치고 귀가할 때에야 그를 태웠다. 그는 얼큰하게 취했는지 러시아 말만 사용했다. 하룡의 무응답에 그는 조선말로 신상 명세를 밝혔다. 근 한 달 전에 소련에서 왔고, 김일성과 함께 들어온 60명 중 한 명이랬다. 10년 만에 조국에 돌아왔다고 덧붙였다. 간단한 자기소개가 끝나자 자신이 조선을 바꾸어보겠다고 난리 법석을 부렸다. 하룡이 가만히 듣고 있자니 그럴듯했다.

차에서 내릴 때, 그는 하룡에게 자신과 함께하자고 제안했다. 단 맹목적인 충성이 전제 조건이었다. 하룡은 믿기지 않았다. 모를 일이었다. 보잘것없는 두뇌와 그럭저럭 볼 만한 몸을 지닌 자신이 조국을 변모시키는 큰일에 동참하자는 제안을 받다니. 그날 이후로 하룡은 계진과 함께했다. 비록 얼마 전 똥통에 빠져 맞담배를 못 피우게 되었지만 나름 만족스러운 관계라 생각했다.

"하룡 동무, 아직 멀었네?"

"곧 도착합네다. 오데로 모십네까?"

"지하 방공호로 가자우."

하룡은 속력을 높였다.

✣

늦은 밤 큐슈 이다즈키 비행장에 비행기 한 대가 내려앉았다. '바탄'으로 불리는 전용기였다. 문이 열리고 맥아더와 참모 여섯 명이 내렸다. 그들의 표정은 밝지 않았다. 인천 상륙작전 첫 단추부터 요상하게 꼬여갔다. 원래 계획은 도쿄 하네다 공항에서 출발해 후쿠오카에 내리는 것이었다. 결국 태풍 케지아가 변수였다. 비행경로는 후쿠오카에서 큐슈로 변경되었다. 거기서 차로 사세보 항구까지 이동하는 걸로 계획도 변경되었다.

입을 굳게 다문 맥아더는 활주로에서 준비된 차량으로 이동했다. 운전병이 큰 소리로 경례했다. 맥아더도 간단히 답례했다. 운전병은 차에 곧장 타지 않고 머뭇거렸다. 맥아더는 의아하게 생각했다.

"자네 왜 그러나?"

"죄송합니다. 장군님. 사과드리겠습니다."

맥아더는 밑도 끝도 없는 운전병의 사과에 호기심이 일었다.

"말해보게나. 설마 태풍이 자네 탓이라고 말하는 건 아니겠지?"

참모들이 가볍게 웃었다.

"사실은 장군님께서 오신다는 연락을 좀 전에 받았습니다. 그래서……오성 장군 표지판을 준비하지 못했습니다."

그러고 보니 차량 번호판에 별이 네 개만 달려 있었다. 맥아더는 큰 소리로 웃었다.

"하하, 유엔군 사령관 자릴 곧 물러나면 다시 별 네 개짜리 대장이 되겠지? 하하하……."

맥아더는 웃으며 주위를 둘러보았다. 아무도 웃지 않았다. 농담치고는 너무 현실적이라 공감을 이끌어내지 못했다.

"로우니, 보고할 것 들고 같이 타세."

로우니는 서류 가방을 들고 맥아더와 뒷좌석에 동승했다. 그는 달달 외웠는지 서류 가방을 열지도 않고 보고했다.

"우선 군산 양동작전에 대해 말씀드리겠습니다. 구축함 트라이엄프호와 헬레나호는 군산 앞 마양도에 함포사격을 가했습니다. 물론 군산에 상륙하는 것처럼 보이기 위해서입니다. 미 공군은 군산 주변 50킬로미터 이내 교량과 철도를 폭격했습니다. 모레 14일에는 동해 쪽에 양동작전을 가할 예정입니다."

"동해 쪽? 포항 쪽 말인가?"

"네, 포항과 삼척이 타깃입니다."

맥아더가 고개를 갸웃거렸다.

"상륙할 병력이 있나? 위험하다고 하지 않았나?"

"네, 미군은 함포사격을 전담하고 상륙작전은 한국군이 단독으로 펼칩니다."

"단독? 낙동강에서 빼낼 병력이 있다고?"

로우니는 조금만 불리해도 머뭇거리는 버릇이 있었다. 그는 최대한 표시 나지 않게 말을 꺼냈다.

"한국에서 지원병을 모집해 상륙군을 편성했습니다."

"지원병? 뭔 소린가?"

"실은 10대 후반 학생들 위주의 학도의용군을 모집했다고 합니다. 약 800명 가까이 된다고 합니다."

"허허, 대단한 젊은이들이군. 군사교육은 제대로 받았나?"

"2주 정도……."

로우니는 말끝을 흐렸다. 맥아더는 혀를 찼지만 그 역시 뾰족한 대안은 없었다. 차 안의 분위기는 바깥 날씨처럼 폭풍전야였다. 로우니가 눈치를 보며 계속 보고를 이었다. 위대한 작전이 시작도 되기 전에 김새면 안 되었다. 반등이 필요했다.

"다음은 켈로 부대에서 취한 연락입니다."

맥아더가 다행히 관심을 가졌다.

경비행기를 통한 기뢰 부설 담당자 납치에 성공했습니다.

"다행이군. 그래, 첩보부와 협조해 기뢰 소해정을 미리 준비시키게."

"네, 조치하겠습니다. 그리고……."

로우니는 더 이상 말하지 못하고 서류 가방을 내려다보고 있었다.

"왜 그러나? 로우니."

"죄송합니다. 잠시 기억이……."

로우니는 서류 가방을 부리나케 열어 보고할 서류를 찾았다.

"처음부터 서류를 보고해도 될 것을 왜 그랬나?"

"죄송합니다. 아, 여기 있습니다. 켈로부대 1진 대장 보고에 따르면 기뢰 부설 담당자가 이상한 말을 했다고 합니다. 그래서 저희 쪽 첩보부에 심문 요청을 해왔습니다."

"이상한 말?"

"월미도가 관련됐다는 것 말고는 잘 모른다고 합니다."

"어딜 가도 월미도가 걸리는구먼. 신속히 조사해보도록."

맥아더는 담배 생각이 절로 났지만 차를 세우고, 트렁크를 열어 파이프 담배를 꺼내기에는 날씨도 안 좋고, 날도 너무 어두웠다.

D-day 2 (1950년 9월 13일)

평양은 도시가 아니었다. 어둠의 땅이었다. 이전에 조금이라
도 높이를 자랑하던 건물들은 여지없이 사라지고 없었다. 평평
했다. 땅의 굴곡만이 높고 낮음을 의미했다. 그 굴곡을 느끼며
계진의 지프는 평양을 가로질렀다.

아무리 자정을 넘긴 깊은 밤이라도 사람은커녕 어슬렁대는
도둑고양이 한 마리도 보이지 않았다. 심지어 개 짖는 소리도
들리지 않았다. 중간에 검문받았을 때에야 계진은 평양에 사는
사람을 처음 접했다. 군인인데도 그의 눈에서 생기라곤 찾아볼
수 없었다. 민간인은 오죽하겠나 싶었다. 후방이 최전선이었다.
차라리 낙동강 전선이 더 나을 수도 있겠다고 계진은 생각했다. 그만큼 미군의 무차별 폭격은 경각심을 넘어 공포를 심어주었고, 증오를 싹 트게 했다.

지하 방공호 앞 검문소를 통과했다. 계진은 곧장 안으로 들어가지 않고 차를 세웠다.

"하룡 동무, ……하룡아."

하룡은 뛸 듯이 놀랐고 내심 기뻤다. 그는 몇 년 만에 동무란 말이 빠진 이름만 오롯이 불리었다.

"네, 사령관 동지."

그렇다고 하룡 자신이 '계진이 형'이라고는 차마 부르지 못했다.

"내래 지금 담판을 지으러 가니 혹 돌아오디 못하문 그대로 뉘래 가고 싶은 곳으로 가라우. 약속하기오!"

하룡 입장에서는 수행하기 힘든 명령이었다. 그래도 명령이기에 일단 고개를 끄덕였다. 계진은 권총을 꺼내 탄창을 확인하고 다시 장전했다. 그는 지프에서 내려서다 멈칫했다. 방공호 입구에서 한 명이 나왔다.

"오호!"

목표물 중 하나였다. 너무나 커다란 요행에 그만 머릿속에서 생각한 감탄사가 그만 입 밖으로 나와버렸다. 목표물은 계진의 존재를 전혀 모른 채 지프 옆을 지나갔다. 계진은 목표물을 향해 천천히 입을 열었다.

"한밤중에 어디 감메?"

목표물은 즉시 걸음을 멈췄다. 이 시각, 이 장소에서 듣기 만 무할 목소리라 다시 걸음을 떼려 했다.

"어디 감메? 내 목소리 안 들리네? ……정선실 동무!"

선실은 그제야 자기가 생각한 목소리와 자기 이름을 부른 인물이 일치함을 알았다. 그 즉시 소름이 일었다.

"차에 타기오."

선실이 뒤돌았다. 계진과 하룡. 버텨야 소용없을 것 같았다. 선실은 순순히 지프에 올라탔다. 계진은 뒷좌석 선실 옆으로 자리를 옮겼다.

"인천은 어쩌고 평양에 왔습네까?"

"내래 선실 동무 이야기를 들으러 왔습메."

"인천 경비 사령관 동지는 평양에 오시문 안 되는 걸로 압네다. 최고사령관 동지께서……."

계진은 검지로 자기 입을 가렸다. 선실은 입을 다물었다.

"하룡 동무, 어디 조용한 곳으로 가디."

계진은 다시 형에서 사령관 동지로 돌아왔다. 하룡은 쓴웃음을 지으며 어디로 가야 할지 생각했다. 평양 전체가 조용한데 도대체 어디로 가란 말인가. 일단 시동을 걸고 액셀에 발을 올렸다.

"똑똑……똑……똑똑똑똑!"

노크 소리가 일정한 간격을 두고 울렸다. 미리 약속된 바였다. 봉포가 문을 열었다. 진철을 선두로 1진 부대원들이 급하게 들어왔다.

"수고하셨습니다. 류장춘은 잘 처리됐습니까?"

"네, 맥아더 사령부에서 잘 접수했다는 회신을 받았습니다."

대장끼리 간단한 인사를 주고받았다. 진철은 2진 부대원들의 표정이 밝지 않은 걸로 보아 그사이 또 문제가 발생했을 거라 짐작했다.

"장학수 대장님, 무슨 문제가……."

"1진 대장, 우리 켈로부대원들이 몇 명이나 출동했슴메?"

기성이 그새를 못 참고 끼어들었다.

"영흥도에 주둔한 인원까지 다 치면 20명 정도 됩니다. 참, 유엔군 정보참모부에서 파견 나온 클라크 대위를 포함한 미군세 명도 있습니다만 무슨 일로 그러십니까?"

"어제 작전 중 생포당한 오대수, 천달중 대원이 아직 살아 있습니다."

학수의 말에 진철은 진심으로 기뻐했다.

"정말 다행입니다. 어디 있습니까? 탈출했습니까?"

"다행이긴 뭐이 다행임메? 림계진이가 지금 잡고 있디요. 내일 통금 사이렌 울리기 전까지 우리 대장이 지 앞에 안 나타나문 총살시킨다고 했슴메. 이런 림계진 종간나 새끼……."

"1진 대장님, 병력 좀 빌려주시면 안 되겠습니까?"

학수는 절실했다. 진철은 그의 바람과 다르게 너무나 확고하게 거절 의사를 표했다.

"이해합니다만 절대 그럴 수 없습니다."

"왜, 안 된다는 겁니까? 우린 같은 켈로 부대원이지 않습니까? 전우를 구하지 누구를 구하겠습니까?"

그동안 한 번도 끼어들지 않던 봉포가 거품을 물었다.

"저도 제 부대원들을 피붙이처럼 여깁니다. 그래도 우리는 조국을 위해 목숨을 내놓은 사람들입니다. 계급이 있습니까? 군번이 있습니까? 돈이 나옵니까? 누가 알아주기나 합니까? 각자 맡은 바 임무가 있기에 병력 이동이나 위에서 승인받지 못한 작전을 임의로 펼칠 순 없습니다."

진철은 단호했다.

"그럼, 저희들만으로 움직여보겠습니다. 2진 임무는 완수했으니 저희가 알아서 해보겠습니다."

학수 역시 단호했다.

"장학수 대장, 임무가 끝난 게 아닙니다!"

학수와 그 대원들은 진철을 일제히 쳐다보았다.

"끝난 게 아니라고요? 무슨 임무가 남아 있습니까?"

"지시는 내일 중에 내려옵니다. 지금껏 우리가 하던 X-Ray 작전을 마무리하는 아주 중요한 작전이라고 하더군요. 저도 내일 돼봐야 자세히 압니다만, 인천 상륙작전에서 마지막 남은, 제일 중요하고도 위험한 임무라는 것만 압니다. 무슨 일이 있어도 우리는 이 전력을 유지해 앞으로 내려올 지시에 대비해야 합니다. 그리고 결정적으로 장학수 대장이 빠지면 이 작전을 성공할 수 없을 것입니다. ⋯⋯짐 챙기세요. 모두 영흥도로 이동하겠습니다."

학수는 더 이상 버틸 수 없었다. 이대로 대수와 달중에게 다가올 죽음을 모른 척해야 할 지, 그것을 감당해낼 수 있을지 학수도 알 수 없었다. 기성과 봉포도 마찬가지였다. 기성은 눈물이 솟구치는지 창밖을 내다보며 악다구니를 해댔다

"립게진 그 새끼를 죽여야 하는데, 그 종간나 새끼는 어디 있네?"

✣

하룡은 멀리 가지 않았다. 그는 지하 방공호 뒤쪽 한적한 곳에 차를 정지시켰다.

"담배나 한 대 태우겠습네다."

하룡은 눈치가 빨랐다. 역시 계진의 오른팔이었다. 그는 담배에 불을 붙이며 멀어져갔다. 선실은 마음의 준비를 하고 있었다. 반면 계진은 험악한 분위기와 달리 말을 섣불리 꺼내지 않았다. 그 역시 담배 한 개비를 입에 물었다. 이윽고 담배 연기와 함께 그의 말문이 트였다.

"선실 동무, 모스크바 이야기 다시 한 번 들려주기오."

"모스크바라면 언제 적 이야기를 말씀하시는 겁네까?"

계진은 입으로 가져가던 담배를 허공에 멈췄다. 고개 돌려 선실을 쏘아봤다.

"장난하네? 내 동생…… 내 동생 용진이! ……용진이가 죽었을 때 말이다."

선실은 더 이상 버틸 수 없었다. 갑자기 모스크바의 눈보라가 그녀를 감쌌다. 주변의 어둠이 사라지고 눈이 쌓여만 갔다. 어느새 그녀의 눈동자는 추억을 더듬었다. 추억의 길을 빠르게 하나하나 되짚어갔다. 하지만 계진이 요구하는 시점보다 훨씬 더 가버렸다.

그녀는 어릴 때부터 총명했다. 그 명성은 개울 몇 개를 넘고도 남았다. 그녀의 부모가 가난을 벗어나기 위해 두만강을 건너 자리 잡은 연해주에서도 마찬가지였다. 그녀를 만나본 외국인들도 인정했으니 이제 그 명성은 국제적이라 할 수 있었다.

여기서 그치지 않았다. 1937년 중앙아시아로 강제 이주당한 고려인 사이에 그녀 가족도 포함되었다. 그녀는 거기서도 이내 두각을 드러냈다. 이번에는 공산주의 운동 지도자로 양성될 인재로 뽑혀 모스크바로까지 그녀의 세력을 넓혔다. 하지만 달리면 언젠가 멈춰야 하는 것을. 그 시점이 급작스럽게 찾아온다는 사실을 어린 그녀는 알 리 없었다.

그녀는 모스크바 공산대학에 입학해 일주일 만에 수업 교재를 이미 두 번이나 완독했기에 사색할 시간이 많았다. 주위를 둘러볼 여유가 생겼다. 주위에는 독립운동을 위해 온갖 힘을 쏟아붓는 동포와 사람이 사람답게 살기 위한 나라를 만들기 위해 추운 나라로 온 외국인이 대부분이었다. 느끼는 바가 많았다. 자신의 명석한 두뇌를 어디에 써야 할지를 비로소 인지했다. 곧장 행동으로 옮기기로 했다. 그 첫걸음으로 재학생들로 구성된 자발적 모임에 참여하기로 했다. 그녀의 눈에 '조선민족연구회'가 들어왔다.

1938년 그날, 모스크바의 눈발은 거셌다. 눈밭인 대학 교정을 뛰어다니는 학생들은 동남아인이었다. 그녀는 약속 시간보다 30분이나 일찍 모임 장소로 갔다. 그 건물 입구에서 수업 시간에 안면이 있는 남자가 말을 걸어왔다. 이름은 용진이라고 소개했다. 인상이 나쁘지 않았다. 생뚱맞게 그림을 좋아하느냐는 물음에 묘한 호기심이 일기도 했다. 또 한 명의 남자가 나타났다. 그는 수만이라고 했고 고향이 인천이라 덧붙였다. 남쪽 동포를 만날 기회가 거의 없어 그의 말투는 신선했다.

둘은 그녀에게 소개를 마치자 서로 으르렁거렸다. 말을 들어 보니 생각의 차이가 심한 모양이었다. 그럼 따로 모임을 만들지 왜 같이 활동할까. 그녀는 의문을 가졌다. 그들의 지루한 대화를 듣고 있자니 자연 눈이 돌아갔다. 문득 모임 장소인 건물 3층을 올려다보았다. 한 사내가 서 있었다. 그의 시선은 교정에서 노니는 동남아인에게 가 있었다. 비슷한 동년배인 것 같은데 앞선 두 남자와는 사뭇 달랐다. 웬 분위기? 그녀에게 그날은 호기심 왕국이 도래한 날이었다. 용진이 그녀를 불렀고 올라가자고 말했다.

문 입구에 다른 조선인 동포 두 명이 기다리고 있었다. 복도 모퉁이에는 또 다른 두 명이 검은 천을 머리에 씌운 이의 팔짱을 끼고 있었다. 예감이 좋지 않았다. 문이 열렸다. 그녀는 맨 마지막으로 들어갔다. 뒤돌아보니 모퉁이의 두 남자는 들어오지 않을 모양이라 그냥 문을 닫았다.

창가의 사내가 돌아봤다. 호리하지만 다부진 체격에 10대 후반이라 보기엔 얼굴이 옹골찼다. 보기에 좋았다. 같이 들어온 남자들이 빈자리에 앉기 시작했다. 그들은 너무 티 나게 자리를 양편으로 나눠 앉았다. 그녀는 그래도 안면이 있는 용진 곁에 앉았다.

수만과 창가의 사내가 인사를 나눴다. 들어보니 동향인 모양이었다. 그럼 저 사내 고향도 인천이겠지. 그녀의 명석한 두뇌가 돌아갔다. 용진도 사내와 인사를 나누며 어느 편에 가담할 건지 강요했다. 사내는 곤혹스러워했다. 결국 결정을 완곡히 거절하자 검은 천을 두른 이가 등장했다. 수만은 사내에게 다짜고짜 권총을 쥐어주며 검은 천을 죽이라고 윽박질렀다. 그 부분에서만큼은 수만과 용진의 마음이 통했다. 사내는 거부하다 어쩔 수 없이 검은 천을 일단 벗겼다.

"장학수래 검은 천의 정체를 확인하더니 떨기 시작했습네다. '타닥, 타다닥.' …… 계진 동지, 담배 한 대 주시라요."

선실은 추억 속에서 빠져나와 계진이 듣고 싶은 이야기의 서두를 드디어 꺼냈다. 그는 그녀에게 담배 한 개비를 건네고 불까지 붙여주었다. 그녀는 한 모금 속 깊숙이 들이마셨다.

"더런 놈의 지하에선 환기가 안 돼 맘껏 피지도 못했습네다."

그녀는 맛을 음미하듯 말없이 몇 모금 더 빨았다. 계진은 보채지 않고 참을성 있게 기다렸다.

"'타닥, 타다닥' 이까지 말씀드렸습네까?"

계진은 고개를 까닥거렸다.

"림용진 동무래 장학수가 쥔 토카레프 권총을 빼앗았디요. 망설임 없이 검은 천을 쓴 사람의 심장을 쏘았디요."

계진의 눈이 커졌다. 선실에게로 고개를 돌렸다.

"뭔 소리네? 용진이래 총을 쐈다고? 수만이란 새끼가 장학수 아바이를 쐈디 않았네?"

선실은 계진의 물음에 개의치 않고 담배를 피우며 계속 말했다.

"장학수래 다시 권총을 빼앗아 림용진 동무 머리를 날렸디요. 바로 즉사했디요."

"정선실 동무! 뭔 소리네? 용진이가 죽기 전에 장학수를 쐈다고 하디 않았네? 그놈 목덜미를 맞췄다고. 그놈이 피를 철철 흘렸다고!"

"지금 하는 말이 진실입네다! 아, 전에 한 말 중 용진 동무가 '이념이 피보다 진하다'라고 한 건 사실입네다."

선실이 계진을 노려봤다. 계진은 혼란스러웠다. 그동안의 진실이, 진실이 아니었다?

"장학수래 거기에 있던 남정네들 머리를 다 날려버렸습네다. 나와 장학수 이르케 둘만 남았디요. 내래 눈을 감았습네다. 이왕이면 머리 말고 심장을 쐈으면 했디요."

선실은 실실 웃으며 회상했다.

"그런데 장학수래 날 쏘디 않고 자기 머리를 겨누었디요. 내래 몸을 날려 그의 팔을 쳤디요. 총은 발사되고 총알은 그의 목을 꿰뚫었디요. 피를 철철 흘렸디요.⋯⋯담배 한 대 더 주시라요."

계진은 멍하니 아무 말도 할 수 없었다. 담배와 라이터를 좌석 위에 던졌다. 그녀는 담배와 라이터를 집어 들더니 담배를 한 대 더 입에 물었다.

"정리를 하자문 용진 동무가 학수 씨 아바이를 죽였고, 학수 씨가 아바이 복수를 한 거디요. 앞으로 어찌 될디는 모르갔습네다."

선실은 하고 싶은 말을 다 했는지 그녀의 명석한 두뇌로도 쉽사리 판단하지 못했다. 어찌됐든 그는 그녀를 살려주었다. 그녀 역시 그를 살렸다. 둘은 짧은 시간 많은 것을 나눈 사이가 돼버렸다. 그는 그녀가 취조받을 때 어떻게 말하고 행동해야 할지 소상히 알려주고 떠났다. 상해 임시정부로 간다고 했다. 한동안 연락이 안 됐다. 그녀는 나름대로 제 앞길을 헤쳐나갔고 김일성 눈에까지 들게 되었다.

전쟁 발발 후, 어떻게 알았는지 연락이 왔다. 그는 대뜸 고급 간부 간의 대화나 무전 내용 일부를 알려달라고 부탁했다. 분명 그녀 위치에서 들어주면 안 되는 것들이었다. 그런데도 그녀는 그의 부탁에 응했다. 머리로는 거부했지만 가슴이 그를 따랐다. 얼마 전에는 상급 검열단 명단과 일정을 알려주었다. 어느새 그녀는…….

"동무래 남조선 첩자디?"

계진은 권총을 그녀의 명석한 두뇌에 감히 들이댔다. 선실이 이런 상황을 예측 못 한 건 아니었다. 그녀는 지쳤다. 자신의 생각대로 돌아가지 않는 많은 변수, 이해가 되지 않는 부조리한 상황들이 그녀를 지치게 만들었다. 그녀 입장에서는 지금의 전쟁 상황이나 모스크바에서 있었던 일이나 별 차이가 없었다.

'공통된 목표 아래 다른 생각과 방법. 그리고 갈등과 폭력.'

그녀는 자신의 자랑인 명석한 두뇌가 이제 쉴 시간이 되었음을 알았다. 선실은 눈을 감았다.

'탕!'

"뉘래 여기 와 있네?"

계진은 김일성에게 힘껏 경례를 붙였다.

"경례는 됐고 여기 와 있네?"

"최고사령관 동지, 월미도 보고는 받으셨습네까?"

김일성은 자세를 고쳐 잡고 계진을 노려보았다.

"뉘래 고거이 따지러 왔네?"

"확실합네다. 맥아더는 인천으로 상륙합네다!"

계진은 핏대를 올리며 자신의 의견을 피력했다. 이에 김일성은 책상을 세게 내려치는 걸로 화답했다.

"이 종간나 새끼, 여기 금방 올라온 이 보고서 함 보기오!"

김일성은 서류 뭉치를 계진의 얼굴에 집어 던졌다. 계진은 서류가 땅에 떨어지기 전에 잡았다. 그는 급하게 몇 장을 읽었다.

'9월 12일 밤 군산에 미 함대 함포사격 개시.'

'일부 병력 상륙하여 아군과 교전.'

'군산 근교 야산에서 영국군 야전삽 등 상륙 흔적 발견.'

계진은 몇 번이나 읽어도 이해가 되지 않았다. 김일성이 그의 표정을 읽었는지 종이 한 장을 그에게 건넸다. 삐라였다.

'군산 사람은 해안에서 철수하여 내륙으로 피난하라!'

삐라를 쥔 계진의 손이 떨렸다.

"림계진이, 이래도 인천이라 말할 수 있갔네?"

"……최고사령관 동지, 속디 마시디요."

김일성은 다시 한 번 책상을 내리치며 비서를 찾았다.

"정선실 동무, 물 좀 가져오기오. ……정선실이!"

"…… 내래 즉결심판을 내렸습네다."

"이 거이 또 뭔 소리네? 즉결심판? 그럼 죽이기라도 했다는 말이네?"

계진은 묵묵부답했다. 김일성이 권총을 꺼내 겨누었다. 그는 계진의 당당한 모습에 욱했다.

'탕!'

계진은 총성이 울려도 눈 하나 깜빡하지 않았다.

"정선실이는 남조선 첩자였습네다."

"이 종간나 새끼! 내 눈에서 꺼지라우! 내래 옛정을 생각해서 한 번만 더 참갔시오. 날래 꺼지라우!"

김일성은 그대로 의자에 앉아 등을 돌렸다. 계진은 입술에
피가 배도록 깨물며 돌아섰다.

⚜

날이 밝았다. 인천의 진정한 하루는 대개 시장에서 시작된
다. 최근 미 공군의 폭격으로 장은 섰으나 손님이 많지 않았다.
그래도 폭격이 월미도와 해안가 위주라 내륙 깊숙이 있는 시장
에는 다소 인간미가 흘렀다.

길련은 산나물이 얼마 남지 않아 소쿠리 몇 개를 포개놓았다.
개점부터 다 팔린 게 아니라 산나물을 대주던 이들이 산에 오르
지 않아서였다. 자신이 어린 자식들을 두고 산에 오를 수 없기
에 산사나이들에게 그 연유를 물었다. 그중 연장자가 답했다.

"저기 학교 뒤에 맛난 산나물이 널린 산들 많잖아? 오늘 새
벽에 산을 타는데 느낌이 싸한 거야. 올라가봤지. ……꼭대기
에 나무들이 다 베이고 달랑 두 그루만 남아 있는 거야. 내년에
환갑인데 그런 광경은 처음 봤지. 뭐 방법이 있나? 산신을 향해
큰절 두 번 올렸지. 그리고 곧장 내려오는 길이야."

길련은 그 말이 믿기지 않아 별 반응을 보이지 않았다.

"분명 큰일이 날 것이야. 난 방구석에 처박혀 꼼짝도 안 할

거야."

그는 무리를 이끌고 사라졌다. 길련은 콧방귀를 뀌었지만, 아무튼 팔 산나물이 없는 건 사실이었다.

길련이 주변을 둘러보니 듬성듬성 빈자리가 눈에 많이 띄었다. 아무래도 새벽부터 흉흉한 소문이 돌아서였을까. 시청 가까이 사는 장사치들의 입에서 나온 말로 저녁 8시에 시청 광장에서 공개 처형이 있다고 했다. 혹시나 하는 마음에 그녀는 불안했다. 설마 하는 마음으로 산나물 고르기에 집중했다.

"홍이 엄마, 오늘 손님도 없을 것 같은 데 그냥 집에 들어가지 그래?"

나정임이 옆자리에서 가마솥을 닦으며 물었다.

"얼마 안 남았는데 마저 팔고 들어가야죠. 어르신은 안 들어가세요?"

나정임은 힘든지 행주를 가마솥 뚜껑 위에 던져놓고 자리를 잡았다.

"나야 뭐, 여기 시장통에 폭탄이 떨어져도 집에 들어가기 싫어."

"왜요? 집에 계시면 아드님 생각나셔요?"

"……그래. 나와 있는 게 속 편해. 나랏일 한다고 외국에 나갔다는데 영 소식이 없어."

길련은 나영임의 사연을 띄엄띄엄 알고 있었다. 나영임은 비가 오거나 건장한 사내가 지나가면 혼잣말로 넋두리를 하곤 했다.

'애 아버지만 살아 있어도…….'

'10년 전까지만 해도 떵떵거리며 살았지.'

'시장통을 아무리 뒤져봐도 우리 아들 인물만 한 사람 없어.'

길련이 살짝 가려운 데를 긁어주었다.

"아드님 사진 있으면 함 봐요. 어르신 보면 되게 미남일 것 같은데요."

나영임은 품속에 손을 넣으려다 말았다.

"안 돼! 용한 무당님이 남에게 사진을 보여주면 부정 탄다고 했어. 미안하이. ……우리 아들 생기기는 끝내주게 생겼지."

길련이 피식 웃었다. 나영임은 그 모습에 욱해 품속에서 사진을 꺼내려다 가까스로 참았다.

"어르신 부탁 하나 드려도 될까요?"

"그래, 말해봐. 홍이 엄마."

"오늘 저녁에 애들 좀 봐주세요. 전 막내 업고 시청에 한번 가보려고요. 좀 확인해볼 게 있어요."

"공개 처형? 흉측하게시리 그런 데를 왜 가노?"

길련은 고심 끝에 귓속말로 알렸다.

"어제 애들 아버지 만났어요."

나영임은 주위에 아무도 없는 걸 확인하고서야 깜짝 놀랐다.

"참말이야? 몸은 어때? 다친 덴 없고?"

"네, 어르신. 애들 아버지도 나랏일 하잖아요. 뭐하는지는 몰라도 혹시나 해서 가보려고요."

"별소릴 다 하네. 그런 생각 하지 마!"

"그러게요. 아무튼 애들 아빠가 곧 돌아온다고 말했으니 어르신 아드님도 괜찮을 거예요. 날씨가 잔뜩 찌푸린 게 곧 비 쏟아지겠어요."

"그래, 바람도 세겠어. 나중에 애들 재우고 같이 가보세 ……홍이 엄마, 고마우이."

나영임은 길련의 마음 씀씀이가 고마웠다. 눈물이 글썽거렸다.

"애들 안 와? 내 국수 좀 말아줄게."

나영임은 아들 생각에 울먹이며 불을 지피기 시작했다.

✢

맥아더는 침상에서 눈을 떴다. 다소 흔들리는 요동에 그는 바로 일어나지 못했다. 고개만 돌려 살펴보니 선실이었다. 그제야 정신이 돌아왔다. 어젯밤 큐슈에서 재미있는 운전병 차를 타고 사세보 항구에 왔다. 한밤중에 상륙 지휘함 마운트 매킨리호에 승선했고 새벽 늦게 잠을 청했다.

'똑똑!'

맥아더는 천천히 몸을 일으켰다.

"들어오게."

역시 로우니였다. 손에 서류를 잔뜩 들고 선실로 들어섰다.

"급하나? 급하겠지. 그럼 여기서 간단히 브리핑을 듣겠네."

"네, 알겠습니다. 우선 07시, 기뢰 제거와 함대 포격을 목적으로 순양함 2척, 구축함 6척, 영국 경순양함 2척이 비어 수로에 진입했습니다. 예정 시각 13시에 함대를 폭격할 예정입니다. 호위를 위해 전투기 콜세어 4기도 동반 출격했습니다."

"알겠네. 계획대로 진행하게."

"다음은 태풍 케지아호 관련 보고입니다. 초속 26미터 강풍으로 몇몇 함대의 적재물을 소실케 하는 등 피해를 입혔으나 다행히 진로가 본토에서 대한해협 쪽으로 바뀌고 있습니다."

"천운이군. 그래, 다행히 태풍도 곧 내 통제권 안으로 들어올 것 같군."

"일단 중요한 보고는 간단히 올렸습니다."

"알았네. 자세한 결과 보고는 저녁에 듣겠네. 이상."

맥아더는 나가는 로우니를 보며 자리에 다시 누웠다. 몸이 예전 같지 않음에 쓸쓸한 미소가 떠올랐다. 70년 하고도 반을 훌쩍 넘기는 생을 살았으니 몸에 탈이 나도 할 말은 없었다.

눈을 감으니 추억이 회전목마를 탔다. 누가 군인 아니라고

할까 봐 첫 회상 장면은 웨스트포인트 육군사관학교였다. ……
수석으로 졸업했다. ……27년이 지나 육군참모총장으로 별 네
개를 달았다. ……7년이 지나 현역에서 은퇴했다. 그해에 영
혼의 동반자 진과 재혼했다. 이듬해 외아들 아서가 태어났다.
……3년 뒤, 태평양전쟁이 발발하자 현역으로 복귀했다. 직책
은 미국 극동군사령관이었다. ……다시 3년이 흘러 태평양 지
역 미군 총사령관으로 부임했다. 다음 해 7월에 필리핀을 탈환
했고 9월에 미주리 항공모함에서 일본 천황의 항복문서를 받
아냈다. 같은 해, 일본 점령군 최고사령관이 되었다. ……5년이
지나 올해 1950년 6월 25일에 한국전쟁이 발발하자 곧 유엔군
최고사령관으로 임명됐다. 1950년 9월 13일, 지금은 선실 침상
에 누워 과거를 회상하고 있다.

제1차 세계대전에 참여해 일곱 번의 은성무공훈장을 받은
일, 졸업한 웨스트포인트 육군사관학교 교장이 된 일, 암스테
르담 올림픽 때, 선수단 단장으로 참가한 일 등 신선한 추억도
사이드 메뉴처럼 추억의 만찬에 올라갔다. 반면 첫 아내와의
이혼, 마마보이로 오해받은 일, 마닐라를 지키지 못한 점. 특히
오만한 정치적 군인, 미치광이 전쟁광으로 불린 일 등 입맛에
맞지 않는 추억도 의지와 상관없이 추억의 만찬에서 한자리를
차지했다.

'끄응!'

맥아더의 입에서 절로 신음 소리가 새어 나왔다. 그를 실은 전함이 인천 앞바다로 향했다.

✛

파도와 갈매기가 학수를 깨웠다. 그는 잠이 깼으나 눈을 뜨기 싫었다.

"학수 씨, 일어났어요?"

채선의 목소리에 그는 벌떡 일어났다. 그 바람에 머리맡에 놓은 수류탄이 바닥을 굴렀다. 습관은 무서웠다. 학수는 적에게 생포될 시 자폭을 하기 위해 수류탄을 끼고 잤다. 진철이 그렇게 안전하다고 주장해도 소용없었다.

"네."

몇 박자나 느린 그의 대답이었다. 그 즉시 교실 문이 열렸다. 학수는·채선이 들어오는 모습을 물끄러미 바라보았다. 그녀 머리 옆으로 5학년 1반 팻말이 보였다.

'나는 누구인지는 알겠고, 여긴 어디?'

학수는 기억회로를 가동했다. 당일 새벽, 1진 대장 진철의 강압과 설득에 영흥도로 아지트를 옮겼었다. 1진 부대원들은 각자의 천막으로 들어갔고, 2진과 채선은 폐교에 짐을 풀었다. 그들은 각자 마음에 드는 반에 한 명씩 들어가 잠을 청했다.

"붕대 좀 갈러 왔어요."

학수는 그녀의 말에 어깨를 기꺼이 내주었다. 교실 창밖으로 천막이 보였다. 바다인지, 하늘인지 정확히 몰라도 천막 배경은 파란색 그 자체였다. 마음이 편해졌다. 간만에 바다의 짠 내음이 코를 찔렀다. 학수를 덮고 있던 무형의 탈은 이미 깨지고 없었다.

"팔 좀 올려보세요."

학수는 자신을 헌신적으로 치료해주는 채선이 고마웠다. 이제 애써 그녀에게 마음이 가는 것을 부정하지 않았다.

"팔 내리세요. 이제 다 됐어요."

학수가 어깨를 천천히 돌려보았다. 백산의 대검에 찔린 데가 좀 걸렸으나 견딜 만했다. 무엇보다도 채선이 감은 붕대가 마치 맞춤옷 같아 움직일 때 전혀 불편함이 없었다. 갑자기 기성과 봉포가 생각났다. 그들도 많이 다쳤다.

"채선 씨, 저희 부대원 상처 좀……."

"뭐하십네까? 날래 나오시라우요."

봉포가 교실 창문을 열자, 기성이 소리쳤다. 각각 팔과 얼굴에 붕대가 깔끔하게 감겨 있었다. 물론 채선의 솜씨였다. 학수는 채선이 고맙기도 하고 약간 서운하기도 했다. 당연히 자신을 가장 먼저 치료했을 것이라 생각했기 때문이다. 학수는 질투 비슷한 감정을 느끼는 자신에 놀랐다. 자신이 솔직한 감정을 느끼고 드러낼 줄은 몰랐다. 모스크바 눈발이 거센 그 날, 자신의 감정은 눈 속에 파묻혀 더 이상 세상 밖으로는 나오지 않을 거라 생각했다.

"학수 씨, 밥 먹으러 가요."

학수는 채선을 돌아보았다. 그렇다. 이 모든 게 채선 덕분이다. 학수는 고개를 끄덕이며 앞장섰다.

멀리 갈 것도 없었다. 옆 반, 6학년 1반이 임시 식당이었다. 책, 걸상이 터무니없이 작아 불편했지만 학수 일행에게는 오랜만에 마음 편하게 식사하는 자리였다.

"실례하겠습니다. 장학수 대장."

학수가 돌아보니 웬 미군 병사가 미소를 짓고 있었다. 그는 '유진 프랭클린 클라크 대위'라 밝히며 간단히 '클라크'로 불러도 된다고 했다. 학수는 긴 이름 들을 때부터 그럴 마음이었지만 굳이 밝히지는 않았다.

클라크 대위는 유엔군 정보참모부에서 인천 첩보계획을 짤 때 1순위로 선발된 군인이었다. 2주 전, 그는 켈로대원 협조 아래 수색 거점으로 삼은 영흥도 확보를 위한 계획을 세웠었다. 우선 무기와 식량 조달을 착수했다. 각종 개인 화기와 수류탄, 탄약 상자를 기본적으로 구비했다. 전투식량 C-레이션 30상자, 교섭을 위한 쌀과 위스키 두 상자도 준비했다. 그 외 통신 장비, 의료품도 추가했다.

영흥도에는 다행히 인민군이 아예 들어오지 않아 피를 흘리지 않고 섬을 점령했다. 소매를 걷어붙인 면장 덕에 주민들도 켈로 부대원과 미군에 협조적이었다. 게다가 10대 중, 후반의 청년단이 조직되어 켈로 부대원의 눈과 귀가 돼주었다. 그들은 섬을 떠나 인민군의 병력 배치 현황, 방어 시설 등 중요한 정보를 구해왔다. 심지어 카메라를 요구하며 서울까지 갔다 오겠다는 이들도 있었다.

사실 섬 주민들의 이러한 적극적인 활동 이면에는 원초적 본능이 숨어 있었다. 한마디로 배가 고팠다. 물론 조국을 위한 애국심의 발로라 주장한다면 할 말이 없지만, 개전 후 섬은 내륙과 거래가 끊겨 식량 부족이 심각했다. 켈로 부대원들은 지혜로운지, 야박한지 모호하지만 이 점을 파고들었다. 쌀 80가마를 부산에서 공수 받은 후, 정보를 갖고 오는 주민들에게 쌀을 나눠준 것이다. 분명 한계가 있는데도 그 효과는 상당했다.

쌀은 끓는 물에 소금 녹듯 줄어들었다. 거기에 외국인 클라크 대위도 한몫하게 될 줄은 아무도 몰랐다. 그는 영흥도에 잠입해 처음에는 자국에서 생산한 전투식량으로만 식사를 했다. '신토불이'란 말에도 예외는 있는 모양이었다. 물론 과도한 스트레스 탓도 있겠지만 그는 2주 동안 무려 18킬로그램이나 빠졌다. 근데 그를 살린 건 의외로 흰쌀밥이었다. 그보다 정보를 많이 가져오는 이가 없기에 먹을 자격은 충분했지만 눈총받을 정도로 많이 먹었다.

학수는 의외로 밥을 반 그릇이나 남겼다. 인천 경비사령부에서 고문받고 있을 대수와 달중을 생각하니 밥이 넘어가지 않았다. 그가 크게 한숨을 쉬는데 클라크가 힐끔 쳐다보는 게 보였다. 그는 클라크에게 밥을 건네고 교실 식당을 나섰다.

학수는 파도를 보면 마음이 편안해질까 하고 해안가를 홀로 걸었다. 밀려오는 파도가 짠 내음을 실어왔다. 그는 잠시 코를 찡그렸다. 다시 바다로 돌아가는 파도는 그 내음을 가져가지 않았다. 학수는 남은 그 비릿함에 속이 불편해졌다. 문득 그의 눈에 중기관총 2정이 놓인 간이 초소가 보였다. 그는 그냥 지나칠 수 없었다.

켈로 1진 부대원 둘이 보초를 섰다. 그들에게 연유를 물어보니, 건너편 섬 대부도에는 인민군 300명이 주둔하고 있다고 말했다. 간조 때는 걸어서 섬 사이를 왕래할 수 있기에 보초를 선다고도 했다. 물어보지는 않았지만 초소를 여기 설치한 이유는 바로 이 지점이 대부도와 영흥도 왕래가 가능한 곳이기 때문이라고 덧붙였다. 학수는 그들의 어깨를 한 번 토닥이고는 다시 해안가를 산책했다. 아니 산책보다는 정탐, 수색이 더 어울리는 단어라 할 수 있겠다.

"학수 씨!"

그가 물리적 시간을 넘어서는 속도로 돌아보았다. 채선이었다. 바람에 그녀의 머리카락이 날렸다. 볼록한 이마와 하얀 목덜미가 눈부셨다. 바지가 아닌 원피스만 입었더라면 더할 나위 없는 장면이었다. 사진으로 그녀와 이 분위기를 잡아놓기에는 왠지 밋밋하고, 그림으로 나타내기에는 비현실적일 것 같았다.

'그럼, 목판화가 어떨지……'

학수의 상상은 즐거웠다.

"왜 그리 싱긋 웃으세요?"

그는 탈을 벗어 던진 걸 깜빡했다. 이제 가슴이 느끼는 감정은 얼굴로 바로 드러난다는 사실에 익숙하지 않았다. 그는 말없이 그녀가 다가올 때까지 기다렸다. 채선이 곁에 다다르자 그는 천천히 걸음을 옮겼다. 곧 그녀가 그와 보조를 맞춰 나란히 걸었다. 한참을 걸었지만 둘은 아무 말도 하지 않았다. 그녀가 인상을 살짝 찌푸렸다. 전에도 비슷한 상황에서 자신이 먼저 말을 건 게 생각나서였다.

"몸은 좀 어떠세요?"

학수가 시선을 정면에 둔 채 무심한 듯 물었다. 채선의 표정이 이내 풀렸다.

"질문에 대답할 정도는 돼요."

학수 입장에서는 듣기에 참으로 오묘한 대답이었다. 그는 머리는 열고 입은 닫아버렸다. 또 파도 소리만 들렸다. 채선이 곁국 졌다.

"뭐 하나 물어볼게요. 전에 이발소에서 그러셨잖아요? 삼촌
이 ……."

채선이 무심코 내뱉었지만 아직 '삼촌'이란 단어는 감당하기
힘들었다. 학수도 느꼈다.

"죄송합니다. 삼촌 일은……."

"제가 죄송해요. 정리한다고 했는데 아직 마음대로 안 되네
요. ……학수 씨가 한 말을 계속 생각했어요. 삼촌이 많은 사람
의 목숨을 위해 일하셨다면서요. 그럼 앞으로 무슨 작전이든
학수 씨가 완수하세요. 다 사람들의 목숨을 위한 일이잖아요.
……저도 조금이라도 보탬이 되는 일이라면 할 거예요. 그래야
삼촌도 후회 없이 하늘에서 내려다보시겠죠?"

학수가 그녀의 어깨를 살며시 붙잡았다.

"고맙습니다. 채선 씨 말 항상 명심할게요. 제 목숨을 바쳐서
라도 꼭 작전을 성공시키겠습니다."

학수가 말을 마치며 그녀를 살포시 안으려 했으나 채선이 다
가오는 그를 살짝 밀쳤다.

"학수 씨가 목숨을 버리라는 말은 아니에요! 이 말도 명심하
세요!"

어정쩡하게 있는 학수의 입술에 그녀가 살짝 입을 맞추었다.
그녀는 무안한지 아까 하다 만 질문을 던졌다.

"전에 이발소에서 삼촌이 아는 사이냐고 물었을 때, 학수 씨가 저를 두 번이나 봤다고 했잖아요? ……제 기억으로는 클럽에서 본 게 처음인데 그게 무슨 말인지 궁금했어요."

학수는 환한 미소를 보이며 그녀의 궁금한 점을 풀어주었다.

"제가 기차에서 내려 해안도로를 지나갈 때였어요. 맞은편에서 채선 씨가 탄 응급차가 나타났어요. 스쳐 지나갔죠. 그때, 채선 씨를 봤어요."

"언제요?"

"그때가 그러니깐……일주일 정도?"

"전 응급차를 이달 들어 탄 적이 없는데요? 다른 여자 보고 반한 거 아니에요?"

학수는 그녀의 말에 무척이나 당황했다. 그는 어쩔 줄 몰랐다.

"농담이에요. 아마 제가 맞을 거예요."

학수는 가슴을 쓸어내렸다. 그녀의 호기로운 장난이 오히려 그녀를 더욱 사랑스럽게 만들었다. 이때다! 학수가 그녀에게 입맞춤을 했다. 파도가 몇 번이고 들락날락해도 그들은 떨어질 줄 몰랐다.

⚜

'쿠우웅! 쿵! ……'

수화기 너머로 들리는 폭음이 경비사령부 집무실에 쩌렁쩌렁 울렸다. 이어 다급한 목소리가 들렸다.

"사령관 동지, 월미도 전방 700미터. 미군 전함에서 함포사격을 하고 있습네다. 육안으로 구축함 여섯 대와 순양함······'쿵! 쿠우웅!'······보입네다. 기뢰가 작동하지 않습네다!"

"류장춘! 종간나 새끼, 다 불었네!"

계진은 전화기를 집어 던지려다 수화기에서 들려오는 소리에 다시 귀에 갖다 댔다.

"동지, 이제 어드케 합네까? 진짜 응사하문 안 됩네까?"

"참으라우! 갈대밭 정체가 노출되문 끝짱이니 절대로 응사하디 말기오! 해안포로만 간간이 응사하기오."

하룡이 전화기 한 대를 들고 와 수화기를 계진에게 건넸다.

"전화를 와 하네? 병력이나 날래 보내기오!"

"내래 서울에 주둔한 18사단 소속 한 개 연대를 지원 보냈는데 돌아왔습메."

계진은 서울 경비사령관의 말이 당체 이해되지 않았다.

"뭔 소리네? 헛소리 집어치우고 날래 지원 병력이나 보내기오."

"림계진 동무, 미제 놈 폭격기가 서울 인천 간 모든 도로에 폭탄을 들이붓고 있습네다. 지금은 꼼짝도 할 수 없시오."

"그러니끼니 내래 인천을······'뚜뚜뚜'······이 종간나 새끼,

말하는데 전화를 끊네!"

계진은 결국 전화기 한 대를 시원하게 던져 박살 내버렸다. 하룡이 부서진 전화기를 주섬주섬 주웠다.

"평양에 전화 넣어보기오!"

"아까부터 불통입네다. 함포사격이 멈추문 월미도에 함 가봐 야 하디 않겠습네까?"

"물론 가야디. 공개 처형 마치문."

⚓

결국 비가 내리기 시작했다. 오후 1시, 함포사격이 시작되었 고, 그 소리는 영흥도 6학년 1반 교실까지 울렸다. 학수가 창밖 을 바라봤다. 월미도에 연기가 비를 거침없이 뚫고 올랐다. 1시 간이 지나도록 함포 소리는 그칠 줄 몰랐다. 조용해질 때, 점심 식사를 하려던 계획은 물 건너갔다.

"식사하세요."

채선의 싱그러운 목소리였다. 늦은 점심이었다. 학수가 창가 에서 뒤돌았다. 그의 앞에 국수 한 그릇이 올라왔다.

'어머니!'

학수는 젓가락을 쉬이 들지 못했다. 팔자에도 없는 국수 삶 는 일을 하고 계실 어머니가 눈에 아른거렸다.

자식으로서 감히 어머니의 삶을 조명한다면 그녀의 운과 액은 이분법적으로 나뉜 듯했다. 시기적으로 그녀의 운은 앞으로, 액은 뒤로 갔다. 그 경계는 분명 아버지의 죽음일 것이다. 그녀는 명문가 집안에서 태어나 귀하게 자랐고 부잣집에 시집가 남부럽지 않게 살다가 아버지의 죽음으로 궁핍한 생활을 하게 되었다. 게다가 하나뿐인 아들의 생사도 확실히 몰랐다.

학수는 과연 자신이 하고 있는 행동이 옳은 것인지 자문했다. 나랏일을 우선으로 한, 위대한 이순신 장군과 의연한 그의 모친 일화를 보면 감동적이고 느끼는 바가 많았다. 하지만 그는 위대하지도 않았고, 그의 어머니 또한 의연하지 않았다. 그저 피붙이로서 서로 그리워 할 뿐이었다.

"대장님, 안 드세요?"

봉포의 툭 던지는 말에 채선이 걱정스럽게 학수를 살폈다. 그는 이내 빙긋 미소를 보이며 젓가락을 들었다. 채선은 그의 눈빛에서 슬픔을 읽었으나 그 연유를 알 도리가 없었다. 그녀는 나중에 적당한 때를 노려 물어보리라 마음먹었다. 이제 그에 대해 모든 게 궁금하고 알고 싶어졌다.

오후 4시, 부산항 제 4부두는 조용했다. 태풍 케지아가 살짝 비켜섰다. 부산 앞바다도 육지처럼 후방인 것 같았다. 반면에 막 출항 준비 중인 문산호는 소란스럽고 분주했다. 민간인이 선장인 문산호는 한국 해군 수송선 LST(Landing Ship Tank, 상륙 작전 전용함) 으로 772명의 학도병을 실었다. 그들은 군인이 아니었다. 거의 대부분 학도의용군 모집에 응한 고등학생이었다. 개중에 부산에 있어야 할, 강봉포의 동생 강봉호가 보였다.

유일한 혈육인 형 봉포는 나랏일을 한다며 몇 달씩 집에 들어오지 않는 일이 허다했다. 올 때마다 학생 혼자 쓰기에 정말 딱 맞아떨어지는 정도의 돈만 안기고 갔다. 봉호는 그런 형이 미덥지 못했다.

하지만 뭐든 예외는 있는 법. 인민군이 대구 턱 밑까지 쏟아져 내려왔을 때, 형이 사람을 보냈다. 그는 봉호에게 부산에서 거처할 약도와 기차표, 손목시계에 이어 돈까지 쥐어주었다. 그제야 봉호는 형이 나랏일 한다는 말을 믿었다. 심지어 친구에게 자랑까지 했다. 모든 일은 형의 깊은 뜻대로 움직이는 것 같았다.

문제는 봉호였다. 그는 친구를 너무 좋아했다. 기차표에 명기된 날, 몇몇 도원결의한 친구들의 배웅을 받으며 부산으로 내려가기 위해 대구역으로 갔다. 하필이면 역 광장에서 학도의용군을 모집했다. 친구들과 뭔가 하고 구경 갔다, 친구들이 가입하기에 봉호는 무턱대고 가입하고 말았다. 주위를 둘러보니 또래 학생이 1000명은 넘어보였다. 신이 났다. 군인들이 학생들을 대충 보더니 두 그룹으로 나눴다. 봉호는 혼자 친구늘과 떨어졌다. 그는 군인이 쥐어준 주먹밥을 들고 얼떨결에 화물열차에 올라탔다.

그들이 내리랬다. 밀양이었다. 삼 일 동안 주먹밥을 먹고 잠만 잤다. 또 한 무리의 학생들이 합류했다. 총을 받았다. 사 일 동안 총알 열 발을 쏘았다. 한 발 맞췄다. 다시 기차를 탔다. 내리랬다. 부산이었다. 예정보다 일주일 늦게 부산에 도착했다. 육군본부 청사랬다. 건네받은 약도를 잃어버린 지는 오래되었다. 그냥 거기서 알게 된 친구들과 함께 지냈다.

2주가 흘렀다. 국회 본회의가 '오물청소 법안'을 정부에 반환하고 있을 때 봉호는 문산호에 올라탔다. 타기 직전에는 유서와 유품을 남겼다. 그의 표정이 좋지 않았다. 의지와 상관없이 끌려다니는 자신과 무능한 나라에 화딱지가 났다. 한국군은 다 어디 갔는지 보이지 않았다. 그는 양손으로 총을 꼭 안았다. 주위의 어느 누구도 말을 걸지 않았다. 그 역시 말 하고 싶은 기분이 아니었다.

⚜

상륙 지휘함 마운트 매킨리 함교에 로우니가 들어섰다.

"현재 시각 5시, 보고 드리겠습니다."

바다를 바라보던 의자가 시계 방향으로 돌았다. 조금은 피곤한 표정의 맥아더가 의자 깊숙이 몸을 앉혔다. 곧 제10군단장, 합참 작전부장, 민정 국장, 함대해병 사령관 등 무수히 많은 별이 그를 에워쌌다. 맥아더는 은근히 과시하는 것을 좋아했다.

"함포사격에 관해서인가?"

"네, 그렇습니다."

맥아더는 고개를 끄덕였다.

"당일 07시 열 척의 함정이 비어 수로로 진입했습니다. 12시경 기뢰를 발견하여 40mm포로 폭발시켰습니다. 이후 10여 개의 기뢰를 발견, 제거했습니다. 예정 시각 13시에 전 함정이 함포사격을 개시했습니다. 일정한 간격을 두고 구축함과 순양함이 번갈아 목표인 월미도에 타격을 가했습니다."

"아군 피해는 어떤가?"

"적 응사는 뜻밖에 미미했습니다만 구축함 콜레트호는 다섯 발 피격당해 일제사격 불능으로 함대에서 이탈했습니다. 그리고 스웬슨호에서 사망자 한 명이 발생했습니다."

"누군가?"

"스웬슨 중위입니다."

"스웬슨? 해사 수석 졸업생 아닌가?"

"네, 안타깝게도……. 아군 피해는 전사 1명, 부상 8명입니다."

"알았네. 수고했어."

맥아더는 돌아서는 로우니를 쳐다보다 다시 입을 열었다.

"로우니, 자네한테 곧 좋은 소식이 갈 걸세."

로우니는 돌아서서 뭔 소린가 눈빛으로 물었다. 맥이더는 손짓하며 그를 그냥 보냈다.

"장군, 설마? 좀 이르지 않나요?"

"아닐세. 로우니는 별을 달 자격이 충분해."

맥아더는 최측근 알몬드 제10군단장의 우려를 일축했다. 그 역시 맥아더의 파격적인 임명으로 상륙군의 수장이 되었기에 더 이상 토를 달지 않았다. 그래도 별 공적도 없이 중령에서 두 계급이나 올린 준장 임명은 아무래도 찜찜했다. 맥아더는 확실한 호불호와 열정을 가진 장군이라고 10군단장은 생각했다. 아울러 그 에너지는 그의 핏줄에 있지 않나 조심히 추측해봤다. 언젠가 그가 말했다.

"우리 조상은 그 유명한 캠벨 가문이야. 모르나? 십자군 전쟁을 주도한. 그럼, 템플 기사단은 들어봤을 거야. 그 기사단 일원으로도 활약하셨지. 바로 나의 조상일세."

10군단장은 그 말을 의심 없이 믿기로 했다. 전시 중에 남의 족보까지 살필 여유는 없었다.

✢

비가 가늘어지다 잠시 멎었다. 학수는 창가에 몸을 숨기며 아래를 내려다봤다. 시청 광장에 자발적인지 강압적인지 몰라도 인파가 몰리기 시작했다. 기성과 봉포가 그의 곁으로 다가왔다. 시청이 내려다보이는 아지트에 생존한 켈로부대 2진이 모였다. 그들은 하나같이 감정을 드러내지 않으려 애썼다. 그들이 여기 있을 수 있는 조건이었기에 어쩔 수 없었다.

학수는 영흥도에서 점심을 먹은 후, 고심 끝에 대수와 달중의 공개 처형식에 가겠다고 속내를 밝혔다. 그들의 죽음을, 죽는 시간까지 알면서 그들을 내버려둘 수는 없다고 말했다. 이에 진철 대장과 클라크 대위는 펄쩍 뛰었다. 채선도 티는 내지 않았지만 그들과 같은 마음이었다.

학수가 혼자서라도 그들을 구하겠다고 하자 진철이 1퍼센트의 가능성도 없다고 일축했다. 학수가 생각해도 말이 안 되는 소리였다. 이어 그는 계진을 저격하겠다고 2안을 제시하자 클라크는 학수 당사자뿐만 아니라 부대원 전체가 위험하고, 더 나아가 곧 내려올 작전도 수행할 수 없을 것이라 단정 지었다. 또 무고한 민간인 학살도 우려되었다. 옳은 말이었다. 결국 절충 의견은 그들의 죽음을 막을 수 없다는 전제 아래 그들의 시신을 수습하는 걸로 결정되었다. 이것 역시 상당히 위험하지만 앞에 나온 의견보다는 낫기에 채택되었다. 그것도 무조건 관여

하지 않는다는 조건이 달렸다.

　학수는 씁쓸했다. 분노했다. 아직 죽지도 않은 자들의 장례식에 미리 초대된 느낌이었다. 기성과 봉포를 돌아보았다. 그들은 초점 없는 눈으로 학수를 응대했다. 역시 같은 감정을 느꼈으리라.

　'에에엥!'
　드디어 장송곡이 울렸다. 50여 명의 인민군이 2열 종대로 광장 중앙으로 들어왔다. 이어 지프의 행렬이 이어졌다. 어제처럼 지프 한 대에 재갈이 풀린 대수와 달중이 타고 있었다. 여전히 그들은 고개를 푹 숙이고 있었다. 동원된 주민들의 웅성거리는 소리가 들렸다. 마지막 지프에 조인국과 송인득의 처참한 시신이 놓여 있었다.

　학수는 반응하지 않을 수 없었다. 기성과 봉포는 총을 들어 올리기까지 했다. 수류탄에 폭사한 양판동의 시신이 없다는 사실이 그들을 더 분노케 했다.

　맨 앞 지프에 탄 계진은 주변을 둘러보았다. 아무런 반응이 감지되지 않았다.

"안 온 것 같습네다."

한바탕 뛸 각오를 한 하룡은 실망했다.

"날래 준비하기오."

하룡이 손짓하자 인민군들이 즉석에서 기둥 두 개를 박고 처형대를 설치했다. 대수와 달중을 각각 기둥에 묶었다. 그 앞에 인국과 상득의 시신을 던져놓았다. 그 와중에 인파를 헤치고 앞으로 나오는 인물 둘이 있었다. 계진이 혹시나 하는 마음에 유심히 지켜봤다. 길련과 나영임이었다. 길련은 포대기를 둘러 갓난애를 업고 있었다. 계진은 갸웃거렸다. 그녀는 기둥에 묶인 산 사람과 바닥에 놓인 죽은 사람을 살피고는 안도의 한숨을 쉬었다. 계진의 눈이 번뜩였다. 계진은 하룡을 불러 귓속말을 건넸다.

"저 에미나이들 감시하라우."

하룡은 고개를 끄덕이며 질문했다.

"긴데 사령관 동지, 시간이 지났습네다."

"날래 처리하라우."

"와 더 기다리디 않습네까?"

"내래 학수래 안 올 줄 알았디. 임무가 끝나 떠난 모양이디."

계진은 부러 태연한척 말했지만 떨리는 목소리는 숨길 수 없었다.

"기래두……."

"더 기다릴 필요 없다. 내래 월미도로 먼저 가 있갔어. 있다 보기오."

"그럼 시신 뒤처리는?"

"인천 사람들 보문 정신 차리디 않갔어. 메칠 그냥 두기오."

계진은 지프를 출발시켰다. 인파가 길을 내주었다. 그 끝에 자기 일을 다 본 길런과 나영임이 집으로 돌아가고 있었다. 계진이 차를 세워 그 둘을 불렀다. 사람들의 시선이 쏠렸다.

기성은 눈을 몇 번이나 비비고 아래를 살폈다. 틀림없이 길런이었다. 등에는 딸인 줄 알았던 막내아들이 떡하니 달라붙어 있었다.

"대장, 이기 뭔 일이네?"

기성이 학수를 돌아보았다. 학수는 기성보다 더 놀란 표정이었다.

"어머니!"

결국 입 밖으로 어머니를 토해냈다.

"오마니? 뭔 말입네까? 그나저나 내 마누라가 저기 와 있네?"

기성은 안절부절하다 총을 들어 올려 계진을 겨누었다. 학수가 손으로 총열을 눌렀다.

"잠시만. 제발 잠시만!"

"이리 와보기오."

길런과 나영임은 영문을 몰랐다. 주위를 둘러봐도 사람들이 자신들을 보기에 둘은 두어 발 앞으로 나섰다. 계진이 지프에서 목을 쭉 뺐다.

"와 기냥 가네? 남조선 첩자래 뒤지는 거 보고 싶디 않네?"

"아닙니다. 애가 보채서 젖 먹이러 뒤로 빠졌습니다."

길런의 대답은 그럴듯했다. 계진은 이번에 나영임을 한참이나 쳐다보다 입을 열었다..

"……장학수 압네까?"

통렬한 한 수였다! 느닷없이 쑥 들어오는, 피할 수 없는 한 수! 오로지 나영임만 반응할 수 있는 이름이었다. 그 누구에게도 생뚱맞은 질문이었고, 고개만 갸웃거릴 이름이었다. 그녀는 분명 놀란 표정을 지었으나 묘하게 마무리 지었다. 그게 학수를 안다는 건지 아니면 그 사람이 누군데 나한테 묻는 거요 라고 되묻는지 그 차이가 미묘했다. 모름지기 나이를 허투루 먹지는 않는 법. 그녀는 본능을 본능으로 눌렀다. 아들의 이름에 반응하는 조건반사적인 본능을 귀신같이 자식새끼의 위험을 알아채는 어미 새의 본능이 따라잡았다. 이제 판단은 계진의 몫이었다.

거룩한 모성애는 5층 건물 높이까지 치솟았다. 학수는 총을 꼬나들고 가늠자와 가늠쇠를 정렬했다. 기성은 이를 말리지 않았다. 그 역시 좀 전 똑 같은 행동을 했었다.

나영임온 태연히 계진의 사나운 눈길을 받아냈다.

"월미도로 가자우."

결국 어머니가 이겼다. 계진의 지프는 광장을 빠져나갔다. 나영임은 끝까지 긴장을 늦추지 않았다. 숨도 크게 몰아쉬지 않았다. 오히려 길련과 갓난애를 챙기며 발걸음을 옮겼다.

학수는 총을 내려놓았다. 이마엔 땀방울이 송골송골 맺혀 있었다. 기성은 그를 타박하지 않고 토닥거렸다. 봉포는 영문을 몰라 눈치만 봤다.

"사수 앞으로 나오기오."

하룡에 명령에 죽음의 집행자가 10여 명이나 달려 나왔다. 달중이 천천히 고개를 들었다.

"도련님, 무서워 마시라요."

"아직도 도련님 소리네? 나보다 나이가 많티 않네? 기냥 대수라 부르라우요."

대수는 피식 웃으며 대꾸했다. 달중의 두 눈에 눈물이 고였다.

"못합네다."

"사격 준비!"

하룡의 목소리가 끼어들었다.

"어서! 대수라 불러보시라우요."

"대, 대수야."

"네 형님! 앞으로 형님으로 모시갔습네다. ……다음 생에서도 먼저 태어나시라우요!"

"대수야!"

둘은 고개 들어 서로를 쳐다보았다. 흐르는 눈물을 닦고 자세히 보고 싶었다.

'탕! 타다당……'

둘은 이내 고개를 떨어뜨렸다.

학수와 기성도 고개를 숙였다. 봉포는 손으로 울음소리를 가렸다.

'탕!'

하룡이 달중과 대수의 머리에 확인사살 했다.

'탕!'

비가 가늘어지다 세차게 내렸다. 시청 광장이 황량했다. 서 있는 시신 2구와 누워 있는 시신 2구만이 그 넓은 공간을 차지했다. 그 공간에 헤드라이트를 켜지 않은 트럭이 조용히 들어왔다. 광장을 일직선으로 가로질렀다. 근처 건물 안에서 비를 피하던 보초병 두 명이 뛰쳐나왔다. 시신 곁에 다다가는 트럭을 총 짓으로 저지했다.

"멈추기오! 누구네?"

트럭이 멈췄다. 보초병은 운전석으로 가 총을 겨누었다. 차 창문이 내려왔다.

"접네다."

화균이 창문 밖으로 얼굴을 내밀었다.

"한밤중에 뭐함메?"

"저, 고거이……."

기성과 봉포가 어느새 나타나 보초병 목을 칼로 그었다.

"누이 복수하러 왔디!"

화균이 말을 이었다. 학수와 그 일행은 방치된 켈로부대원 시신을 화균의 새 트럭으로 정중히 옮겼다. 기성과 봉포의 눈물은 거칠 줄 몰랐다. 달중의 시체를 끝으로 학수 일행도 짐칸에 올라탔다. 트럭이 출발했다. 학수가 운전석 천막을 거두었다.

"고맙습니다."

"아닙네다. 화영 누이 장례를 잘 치러주셔서 내래 감사합네다."

화균이 울먹였다. 학수는 그의 어깨를 토닥이다 자리에 앉았다. 짐칸을 둘러보았다. 양판동을 제외한 모든 부대원이 모였다. 할 말이 없었다. 모든 책임이 학수 본인에게 있는 것 같았다. 기성이 눈물을 닦으며 숨을 몰아쉬었다.

"대장, 다 모였는데 할 말씀 하시라요."

학수는 시선을 내리깔았다. 한동안 말이 없었다. 가슴 깊은 곳에서 울음이 솟구쳐 올랐다.

"먼저 가신 분들은……수고 많이 하셨습니다. ……남은 임무는 우리가 반드시 완수하겠습니다. 부디 편안히……."

학수는 말을 끝맺지 못했다. 기성과 봉포가 고개를 끄덕였다. 그걸로도 충분했다. 기성이 분위기를 바꾼답시고 화제를 돌렸다.

"대장, 아까 그분은 누구십네까? 분명 잘 아시는 분 같던데."

"……어머니입니다."

기성과 봉포 모두 놀랐다.

"어드케 그동안 말 한마디 없었습네까? 참으로 독하지비."

"이번 작전 끝나면 뵈러 가려고요."

"그래도 그렇디. 긴데 우리 마누라와 대장 모친이 가까운 데서 장사하는 모양입네다?"

"그러게 말입니다."

"오늘 딱 보니까니 대장 인물이 다 오마이 덕분이디 않나 싶습네다. 어드케 기리 곱게 나이 잡쉈습네까?"

학수가 피식 웃었다.

"부대장님 애도 형수님 닮아 예쁘던데요."

"형수? 지금 형수라 했습네까?"

"네, 저보다 나이 많은 분의 집사람이니 당연히 뭐⋯⋯."

"길티. 고롬. 이제 날 형님으로 대우하겠다는 말이네?"

"형이라고 항상 생각은 했습니다. 하지만 여긴 군대입니다. 비록 군번이나 계급장은 없지만."

잠시 말을 놓은 기성이 찔끔했다.

"아무튼 이번 작전 끝나고 다시 한 번 이야기하죠."

"알갔습네다."

"그나저나 비가 많이도 내립니다. 상륙할 때 지장이 없어야 할 텐데."

봉포가 읊조렸다. 비가 덮개 천을 때리며 힘차게 내렸다.

⚜

힘찬 비바람이 미군 폭격에 데워진 월미도의 열기를 식혔다. 월미도는 며칠 전까지만 해도 나라 잃은 슬픔도 잊게 만드는 해상낙원이라 불릴 정도로 그 풍광을 자랑하는 섬이었다. 해안가 따라 늘어선 아름다운 나무는 함포사격에 온몸을 불살라버리고 사라져버렸다. 이제 겉으로 보기에는 바다에 떠 있는 땅덩어리에 불과했다.

계진이 그 땅덩어리 아래에서 올라왔다. 그가 입은 판초 우의가 갈대와 함께 펄럭거렸다. 학수가 오지 않았기에 계진의 마음도 흔들렸다. 반드시 올 거라 생각했는데 오지 않았다. 임무를 마친 그는 떠나버렸다. 이제 동생의 원수를 갚을 기회는 사라져버렸다. 계진은 마음을 다잡기로 했다. 인천을 방어해야 하는 본연의 모습으로 돌아가기로 했다.

"날래 설치하라우!"

고성능 폭탄 TNT를 가득 실은 트럭이 해안가에 줄지어 도착했다. 인민군 수백 명은 절반의 트럭에서 재빠르게 TNT를 내렸다. 그들은 유엔군 상륙지점으로 예상되는 해안가에 TNT를 매몰하기 시작했다. 절반의 트럭은 갈대밭으로 이동했다. 남은 TNT는 유엔군이 상륙하기 직전에 추가 매몰될 예정이었다.

"하룡 동무, 내래 먼저 사령부로 가 있갔어. 작업 완료하고 오기오."

계진은 비바람을 뚫고 떠나갔다.

"오늘도 잠자기는 힘들겠구나야."

하룡은 투덜대며 해안가로 내려갔다.

D-day 1 (1950년 9월 14일)

새벽 5시, 태풍 케지아가 마지막 몸부림을 부렸다. 파고가 3
미터에 이르고, 해안을 따라 짙은 안개가 깔렸다. 학도병을 태
운 문산호는 해안 30미터 지점에서 앞으로 나아가지 못했다.
배가 접안을 해야 상륙을 할 텐데 바다가 계속 잡아당기는 것
같았다. 호위와 공격을 위해 동행한 미 전함 엔디코트호와 헬
레나호도 소용없었다.

문산호에 탑승한 인원 중 현역 군인인 이 대위와 무전병을
제외한 772명의 학도병은 태풍 치는 바다에서 왜 이 난리를 피
우는지 그 이유를 몰랐다. 물론 봉호도 몰랐다.

상륙지점은 포항에서 북쪽으로 20여 킬로미터 떨어진 영덕

군 장사동이었다. 불과 한 달 전, 국군 3사단이 포항여자중학교에 설치된 사령부를 학도병 70여 명에게 맡기고, 해상 철수를 위해 잠시 피신해 있던 곳이었다. 장사동은 동쪽만 해안에 접해 있고 나머지 삼면은 산악으로 둘러싸여 있다. 그곳에 인민군 제5사단과 제766 유격부대가 주둔하고 있었다.

장사동 상륙은 두 가지 목적을 두고 기획된 작전이었다. 우선 인천 상륙작전 위해 인민군의 관심을 동해안에 묶어두려 했다. 또 적 점령지 후방을 교란해 아군 3사단의 북진을 돕기 위해서였다. 하나만 더 추가하자면 낙동강 전선에 밀집된 적 병력을 분산시키는 목적도 있었다. 장사동 상륙은 많은 목적을 가진 작전이기는 하지만 실행하기에는 아주 어려웠다. 얼마나 위험했으면 미군조차도 변명을 대며 한국군에게 그 임무를 떠넘겼을까. 국군 또한 낙동강 전선이 위태위태한데 2개 대대 병력 이상을 차출할 수 없었다. 이런 연유로 교사 몇몇을 포함한 800명에 가까운 학생들이 이 위험한 작전을 떠맡게 된 것이다.

"두두두! 펑!"

해안에 설치된 토치카에서 중기관총이 불을 뿜었다. 미 전함 헬레나호에서도 함포 응사가 시작되었다. 전투가 시작되었으나 문산호는 여전히 바다에 발목을 잡혀 옴짝달싹하지 못했다.

민간인 선장이 아이디어를 내놓았다. 그는 높은 파고로 해안 접근이 힘드니 밧줄로 배와 해안선을 연결해 상륙하자고 했다.

이에 이 대위가 울며 겨자 먹기로 수영 잘하는 인원을 소집했다. 이 대위 바로 앞에 있던 봉호는 그와 눈이 마주치자 얼떨결에 손을 들었다. 후회했다. 수영은 자신 있었지만 이런 큰 파도 치는 바다에서 더구나 총알이 날아다니는 환경에서 헤엄칠 마음은 일절 없었다. 게다가 이 계획 입안자인 민간인 선장이 방금 적탄에 맞고 쓰러졌다. 봉호는 살며시 손을 내리며 좌우를 둘러보았다. 자기 말고도 10여 명의 학도병이 결의에 찬 눈빛으로 손을 높게 들었다. 부끄러웠다. 그는 다른 이보다 더욱 높게 손을 들었다.

이 대위가 손수 굵은 밧줄을 봉호의 허리에 감아주었다. 봉호는 이 밧줄이 생명을 주는 줄인지, 앗아가는 줄인지 헷갈렸다.

'풍덩, 풍덩……'

벌써 재빠른 학도병들은 바다로 뛰어들었다. 봉호는 안개가 자욱한 해변을 바라보았다. 대략 30미터 정도. 자신 없었다.

'두두두!'

앞서 뛰어내린 학도병 중 한 명은 발길질 한 번 못 해보고 총에 맞아 숨졌다. 파도에 편안히 몸을 싣고 오르락내리락했다. 가슴속에 뜨거운 것이 솟아올랐다. 봉호는 망설임 없이 바다로 몸을 날렸다. 바닷물이 코로 들어왔다. 눈을 뜰 수 없었다. 총도 놓쳤다. 그저 손과 발을 쉴 틈 없이 내저었다. 나름 생각 끝에 잠수를 했다. 얼마나 갔을까. 수면 위로 올라서는데 머리에 뭔가 부딪혔다. 앞서 가던 이의 시신이었다. 힘을 냈다. 드디어 다리가 모래를 밟았다. 조금 더 나아가 모래에 바짝 엎드려 거친 숨을 몰아쉬었다. 엄폐물이 필요했다. 제법 큰 갯바위가 보였다. 몸을 숨겼다. 다시 한 번 숨을 몰아쉬었다. 좌우를 둘러보았다. 분명 배에서 뛰어내린 이는 10명은 넘은 것 같은데 모래 위에는 자신을 포함해 4명만이 각각 갯바위에 몸을 숨기고 있었다. 그들은 가장 앞에 있는 봉호를 물끄러미 바라보았다. 그에겐 총이 없었다. 뭐라도 해야 했다. 그는 허리의 밧줄을 풀어 갯바위에 힘껏 고정시켰다. 다른 3명도 자신을 따라 했다. 자부심이 샘솟았다.

한숨 돌리고 바다를, 배를 쳐다보았다. 그 중간에 해안과 배를 연결한 4개의 굵은 밧줄이 또렷이 보였다. 학도병들이 앞다퉈 줄에 매달렸다. 강한 비바람에 양손으로 밧줄을 꼭 잡아야만 했다. 태반이 총과 탄약을 바다에 떨어뜨렸다. 인민군이 쏜 총탄에, 비바람에, 약한 악력에 바다로 떨어지는 이들도 많았다.

"돌아가! 돌아가라고!"

봉호는 울부짖었다. 문득 형이 준 기차표가 머리를 스쳤다. 봉호의 울음소리는 더욱 커졌다.

⚜

"뭐네? 참말이네?"

"네, 사령관 동지. 간밤에 남조선 첩자 시체 4구가 감쪽같이 사라졌습네다."

사령부에 들어선 하룡은 지프에서 내리자마자 뛰어왔는지 헐떡였다. 그는 새벽까지 TNT 매설 작업을 감독해 거의 잠을 자지 못했다.

"기래? 흐흐흐, 장학수래 아직 인천을 떠나디 않았다?"

계진의 얼굴에 잔혹한 미소가 번졌다. 어제 학수는 공개 처형장에 나타나지 않았다. 동료가 죽는데도 야멸치게 무시했다. 그런데 밤에 나타나 동료의 시체를 찾아갔다. 계진의 머리가 회전했다. 눈동자가 좌우로 빠르게 움직였다. ……일순 멈췄다. 결론이 났다.

"장학수래 온다!"

"네?"

"맞디, 맞아. 내가 사람을 잘못 볼 리 없디. ……또 다른 임무가 있는 거디. 아주 중요한 임무! 암, 기래서 동료들을 구하러 올 수 없었던 기야."

하룡이 갸웃거렸다. 계진은 신 내림하듯 계속 중얼거렸다.

"임무가 뭐디? 임무? ……일단 맥아더가 온다문 내일일 것이디. 내일 만조 때가 아니문 달을 넘겨 10월이나 상륙을 해야 하디. ……무조건! 무조건 내일이군 기래. 고롬 장학수는?"

계진이 갑자기 입을 다물고는 눈동자만 요란하게 돌아갔다. 하룡은 그를 보고 있자니 점점 무서워졌다. 몸도 피곤해 슬슬 자리를 피하려 했다.

"모르갔어. 장학수래 오데로 올지 모르갔어. 음…… 하룡 동무, 어디 가네?"

"아, 아닙네다."

"좀 이르디만 밥이나 먹으러 가자우."

계진이 사령부 별관으로 앞장섰다. 하룡이 속으로 투덜대며 뒤따랐다. 따뜻한 밥보다는 따뜻한 잠자리가 필요한 하룡이었다. 비바람에 해는 보이지 않았다.

⚜

학수가 삽을 멀찌감치 던지고 손을 털었다. 영흥도 폐교 뒤 조그만 동산에 먼저 간 켈로부대원들의 보금자리 네 채와 별관 한 채를 밤새 마련했다. 백분의 일이라도 빚을 갚은 거라고 애써 위로했다. 기성과 봉포는 물론 1진 부대원들과 클라크 대위까지 그들을 배웅하는데 참석해주었다. 아직 비바람이 부는데 채선도 어느새 곁에 와 있었다. 그녀가 고맙고 걱정도 되었다.

조인국, 송상득, 오대수, 천달중, 양판동은 그렇게 갔다.

봉호는 눈앞의 광경을 믿을 수 없었다. 대충 세어보아도 50명이 밧줄을 놓쳐 바다에 떨어졌다. 절반은 바로 가라앉고, 절반은 헤엄쳐 나왔지만 또 거기서 절반은 총알받이였다. 그가 있는 갯바위 뒤로 5명이나 줄줄이 몸을 숨겼다. 5명이 최대치였다. 그 뒤에 줄 선 이들은 여지없이 토치카에 설치된 기관총의 먹이였다.

맨 뒤에 있던 학도병이 죽은 친구의 총을 앞으로 전달했다. 드디어 봉호도 총을 갖게 되었다. M1 개런드 반자동 소총이었다. 주머니를 뒤져 8발들이 클립 탄창을 삽탄하고 밀양에서 배운 대로 가늠자에 눈을 맞추고 다시 가늠쇠를 정렬했다. 방아쇠를 당겼다. 묵직한 반동이 어깨로 전해졌다. 다시 한 발. 총알이 어디로 날아가는지는 몰랐다.

"돌격 앞으로! 돌격!"

이 대위의 구령에 갯바위에서 바닷게가 쏟아져 나오듯 학도병들이 뭍으로 돌진했다. 봉호는 감히 일어서지 못했다. 자기 뒤에 있던 학도병들이 뛰쳐나갔다. 적 기관총이 불을 품었다. 봉호 바로 옆에 사람이 엎어졌다. 바로 뒤에 있던 이였다. 눈동자의 생기는 파도에 휩쓸려 나갔다. 그는 입을 달싹거렸다. 뭔 소린지 알아들을 수 없었다. 그의 입에 귀를 갖다 댔다.

"어머니!"

그러고 보니 여기저기서 어머니를 찾는 소리가 들렸다. 봉호의 동공이 확장되었다. 그는 뛰쳐나갔다. 목표는 토치카. 요행히 토치카 턱 밑까지 도착했다. 그다음 동작은 배우지 못했다. 뒤를 돌아보았다. 갯바위 뒤의 이 대위가 그를 보고, 뭔가를 던지는 시늉을 계속했다. '맞다. 수류탄!'

주머니 속의 수류탄을 꺼내 안전핀을 뽑고 바로 토치카 안으로 던졌다. 던지고 나니 생각났다. '하나, 둘, 셋' 세고 던져야 한다는 것을. 토치카 안에서 당황하는 인민군 소리가 들렸다. 이내 폭음이 뒤따랐다. 잠잠해졌다. 봉호는 인민군이 살았는지 귀를 기울였다.

'오마니!'

아군이나 적군이나 죽을 때는 다 어머니를 찾았다. 봉호는 이게 뭐하는 짓인가 싶었다. 더 깊은 생각은 나중에 하기로 했다. 남은 두 토치카도 봉호가 한 방식을 답습한 동료들에 의해 폭파되었다. 남은 인민군이 해안선을 포기하고 능선을 타고 후퇴했다.

승리의 함성 소리가 쏟아졌다. 봉호는 이상하게도 목소리가 나오지 않았다. 속으로 삼키고 말았다. 이 대위가 대오 정렬해보니 인원이 한참이나 모자라 보였다. 인원 점검을 해보니 전사 60명, 부상 90명이었다. 바다를 점검해보니 문산호가 바닷

속으로 가라앉고 있었다. 보고도 믿기지가 않았다. 봉호는 문득 손목시계를 쳐다보았다. 6시였다.

'1시간?'

불과 1시간 만에 전사 60명, 부상 90명, 아주 큰 배 한 척? 물론 비례식이 성립하지는 않겠지만 봉호는 죽음의 두려움에 온몸이 저려왔다.

✤

'인천의 개펄지대는 병력이나 차량이 통과할 수 없다.'

영흥도 천막 안에서 마지막 무전이 날아갔다. 발신자는 클라크 대위였다. 그는 어젯밤, 인천 앞바다 2.8킬로미터 지점에서 작은 배로 갈아타 개펄을 살폈다. 개펄은 아예 늪지대나 다름없었다. 대부분 허리 이상씩 몸이 빠졌다. 결국 무장병력은 통과할 수 없다는 말이었다.

곧 맥아더 정보참모부에서 회신이 왔다.

'마지막 임무다. 켈로 부대는 9월 15일 정확히 00시에 팔미도 등대의 불을 밝혀서 상륙함대를 유도하라.'

드디어 올 것이 왔다. 엑스레이 작전 대미는 팔미도 등대 작전이었다.

"아마 적들의 저항이 거셀 것이다. 우린 당일 22시에 팔미도로 출발한다."

1진 대장 진철이 계획을 말했다.

"우린 팔미도 등대만 켜면 되는 겁니까?"

2진 대장 학수가 고개를 갸웃거렸다.

"네, 왜 그러시죠? 뭐 찜찜한 거라도 있습니까?"

진철의 물음에 학수는 시간이 필요한 듯 눈을 감고 섣불리 대답하지 않았다. 기성이 그 공백을 메웠다.

"팔미도에 주둔한 인민군 병력이래 얼마나 됩네까?"

"몇 명 안 되는 걸로 압니다."

학수가 다시 눈을 떴다.

"류장춘은 어떻게 됐습니까?"

"특별히 언급할 만한 일은 없고, 아무래도 그날 비행기에 매달린 게 충격이 컸던 모양입니다. 실어증에 걸렸다고 전해 들었습니다. 뭐 걸리는 게 있나요?"

진철의 대답에 학수는 아쉬운 표정을 지었다.

"1진 대장님, 류장춘이 비행기 타기 직전에 뭐라고 말했다고 했죠?"

"……월미도에 중요한 게 있다? 살기 위해 그냥 해본 소리 같았습니다. 월미도야 지금 불바다가 됐는데 뭐 신경 쓸 게 있겠습니까?"

"확인해볼 게 있습니다. 잠시 섬을 나갔다 와야겠습니다."

"맥아더 정보참모부에서 더 이상의 지시가 없어요. 그러니 여기서 기다리는 게……."

학수는 개인 화기를 챙기기 시작했다. 기성과 봉포도 대장을 보더니 군말 없이 떠날 채비를 했다. 진철은 고개를 절레절레 흔들며 말했다.

"5시간 뒤, 함포사격이 개시됩니다. 움직이려면 지금 움직입시다."

학수는 진철의 '입시다'로 끝난 말 때문에 그를 의아하게 쳐다보았다. 진철이 그 시선을 느꼈다.

"빨리 갔다 옵시다. 아무래도 1진, 2진이 합치면 뭘하든 좀 수월해지지 않겠습니까?"

진철이 여러 무기를 주섬주섬 챙겼다. 학수도 한 번 씩 웃고는 개인 화기를 들었다.

✢

"어여, 오거라. 어여. 우리 새끼들 배고프지?"

나정임이 솥뚜껑을 열고 펄펄 끓는 물에서 국수를 건졌다.

"아니에요. 우리 애들 배 하나도 안 고파요."

길련의 말과 달리 그녀의 딸 둘과 아들 하나는 가마솥 옆에서 망부석이 되었다.

"그럴 리가 있나. 이 전쟁 통에 뭐 먹을 게 있다고. 야들아 이
제 다 됐다. 조금만 기다려라."

나정임의 손이 날아다녔다. 순식간에 잔치국수 네 그릇을 만
들었다. 잔치국수래 봤자 힘 빠진 채소 조금과 간장이 다였다.
애들은 분에 넘치게 한 그릇씩 차고 앉았다. 한 그릇이 남았다.

"안 먹고 뭐해? 홍이 엄마, 어여 먹어."

"……네, 어르신. 감사히 먹겠습니다."

나정임이 옆집 식구의 만찬을 흐뭇하게 바라보았다.

"야들아, 천천히 먹어. 이 할미가 국수 또 말아주마."

길련이 먹는 모습이 왠지 애처로웠다.

"애들 아버지 괜찮을 거야. 너무 걱정하지 마."

"네, 어제 같은 일도 있고 해서 마음이 영 불안해요."

나정임은 다 알겠다는 듯 고개를 끄덕였다.

"그런데 어르신, 사람이 너무 없네요. 오늘은 그냥 들어갈까
요?"

나정임이 살짝 주위를 둘러보았다.

"그러게 사람이 아예 없네. 이왕 나온 김에 점심 장사까지는
해보자고."

⚜

나무 뒤에 몸을 숨긴 학수가 쌍안경을 꺼내 들었다. 기뢰를 보관하고 있던 무기 창고에서 멀찌감치 떨어진 거리였다. 쌍안경 원 안에 움직임이 표착됐다.

진철과 켈로부대 1진이 움직였다. 창고 옆에 두 명씩 짝을 지어 몸을 숨기고 있었다. 무기 창고인데도 보초가 둘밖에 보이지 않았다. 류장춘을 하늘로 날려 보낸 콤비 진표와 홍규가 허리춤에서 대검을 꺼냈다. 양쪽에서 창고 정문으로 쏜살같이 달렸다. 보초가 반응할 새 없이 목을 그었다. 동시에 뒤따라온 진철과 현필이 정문을 열었다. 진표와 홍규가 몸을 구르며 안으로 들어갔다. 다시 진철과 현필은 그들을 엄호하며 안으로 천천히 들어갔다. 학수가 보기에 눈부신 연속 동작이었다. 안으로 들어갔던 1진 부대원들이 이내 정문으로 나와 손짓으로 2진을 불렀다.

학수가 창고 안으로 뛰어 들어갔다. 예상대로 창고는 비어 있었다. 기성과 봉포는 한 번 와봐서 그런지 알아서 작전 상황실로 들어갔다. 학수의 시선이 한쪽으로 쏠렸다. 벽면에 커다란 방수포로 덮인 더미가 역시 보이지 않았다.

"이 보시라우요."

기성이 득의만만한 얼굴로 작전 상황실에서 나왔다. 학수에게 서류 뭉치를 건넸다. 학수는 빠르게 서류를 살폈다. 러시아에서 보낸 일종의 운송대장 같았다. 그의 시선이 한 단어에 꽂혔다.

'TNT! TNT?'

감이 오지 않았다. 분명 월미도에 뭔가가 숨겨져 있다. 학수는 문득 갈대밭을 떠올렸다. 그 중간에 위장망이 있는 것도 기억이 났다. 찜찜했다. 그는 솟아오르는 의심을 일단 속에 담기로 했다.

"대장, 좀 걱정되디 않습네까?"

학수가 무슨 말인가 하고 기성을 쳐다보았다.

"시장 말입네다. 우리 여편네가 워낙 억척스러워 장사하러 기어 나왔디 않을까 싶디요. 대장 모친께서두…… 혹시나 해서 말입네다."

학수가 생각해보니 일리 있는 말이었다. 진철과 시선을 주고받았다. 진철도 그들의 대화를 통해 대충 내막을 알 것 같았다. 그는 고심 끝에 혼잣말처럼 중얼거렸다.

"팔미도 등대 작전은 20시 영흥도에서 출발하니 그동안 뭐 하지? 그때까지 잠이나 푹 자야겠구나. 20시까지!"

진철은 부러 기지개를 켜며 큰 소리로 부하들에게 말했다.

"빨리 철수하자. 동력선 하나는 비상 대기용으로 두고 한 배로 가자고."

1진 부대원들은 그 의미를 알겠다는 듯 피식 웃으며 그를 따랐다.

학수는 진철의 뒤통수에 대고 소리쳤다.

"장 좀 보고 20시까지 가겠습니다."

진철은 뒤돌아보지도 않은 채 한 손을 들어 몇 번 까닥거렸다. 화수의 얼굴에 미소가 번졌다.

⚜

맥아더는 개인 선실에 들어오자마자 모자를 벗어 던졌다. 마음이 착잡했다. 그는 어제 함포사격에 나섰다 숨진 스웬슨 중위의 수장식에 참석하고 돌아오는 길이었다. 그가 승선했다가 사망한 스웬슨호는 제1차 세계대전 때 전사한 그의 친척의 이름을 따 명명된 전함이었다. 참으로 기구한 죽음이었다. 맥아더 역시 육사를 수석 졸업했기에 괜스레 동질감이 더 생기는 것 같았다. 앞으로 새파란 젊은이들이 얼마나 많이 목숨을 잃게 될까.

"똑똑똑!"

로우니는 항상 기가 막힌 타이밍에 들어왔다. 이제 그가 던질 첫 마디를 맥아더는 맞춰볼 요량이었다.

"보고드리겠습니다."

맥아더는 빙긋 웃었다. 맞춘 모양이었다.

"아침에 비어 수로에 진입한 포격함대가 마지막 남은 기뢰지

대를 처리하고 전진 중입니다. 11시에서 2시까지 공군, 해군 합동으로 공격할 예정입니다."

"허허, 이러다 월미도가 가라앉겠군그래."

보고를 마친 로우니가 경례를 붙이고 돌아서 나가려 했다.

"로우니, 잠깐만!"

로우니가 돌아섰다.

"네, 장군."

"로우니, 자네는 곧 별을 달게 될 걸세. 임시이긴 하지만."

"네? 무슨 말씀이신지……"

"인천 상륙작전이 성공하면 우리는 곧 서울로 진격할 거야. 그때 자네의 도움이 필요하네. 한강을 건너기 위한 부교 설치는 자네에게 맡길 거야."

"장군, 전 아직 중령입니다."

"내가 다 알아서 손썼으니 염려 말게나."

"제가 알기로는 임시 준장의 예는 독립전쟁 때 조지 워싱턴의 공병단장뿐입니다만."

"됐네. 자네 직책은 제10군단 공병여단장일세."

로우니는 얼떨떨했으나 곧 정신을 차렸다.

"네, 최선을 다하겠습니다."

로우니는 흥분된 상태로 선실을 나갔다. 로우니 발자국 소리가 들리지 않자 맥아더는 침대에 누웠다. 자신도 모르게 눈이 스르륵 감겼다.

⚜

경비사령부 연병장에 인민군이 도열해 있다. 평소 인원의 반에 반 정도밖에 없었다. 장비도 이동 차량밖에 보이지 않았다. 병력과 장비는 이미 다른 곳으로 옮겨놓은 듯했다. 계진이 본관 입구에 나타났다.

"동무들, 이제 우리래 역사의 전면에 나설 때가 됐네! 지금부터 전 병력은 월미도로 이동한다! 우리래 월미도에서 미국 놈들을 까부술 끼야!"

인민군의 함성 소리가 쩌렁쩌렁 울렸다.

"출발!"

계진은 보기와 다르게 마음이 조급했다. 미군의 폭격이 시작되기 전에 이동해야만 했다. 월미도에서 함대 출현 보고를 이미 받았었다. 계진이 그 와중에 하룡을 불렀다.

"동무, 무기 창고에 들렀다 월미도로 오기오."

"네? 거긴 아무거이 없디 않습네까?"

"내래 뭔가 짚이는 게 있어 기리티. 잠시 둘러만 보고 오기오."

하룡은 성격상 두 번 이상은 좀처럼 물어보진 않았다. 하룡이 떠나고 계진도 서둘렀다.

화균이 다리를 심하게 절며 시장에 들어섰다. 몇몇 장사치들이 그를 붙잡았으나 대꾸도 하지 않고 일직선으로 나아갔다. '이건 반드시 사야 해!' 하는 물건이라도 있는 듯 고개를 일절 좌우로 돌리지 않았다. 그는 김이 나는 가마솥 앞에 멈추었다.

　　"한 그릇 말아주오."

　　나정임의 눈빛이 반짝거렸다. 새벽에 개시해서 아직 마수걸이도 못 하고 있었다. 그렇다고 옆집 홍이 엄마에게 돈을 받을 수는 없었다. 그는 대답을 주저하며 좌우 눈치를 계속 살폈다. 나정임은 보아하니 그에게 뭘 기대하기는 힘들겠다 싶어 고개를 숙였다. 그의 얼굴이 쑥 다가왔다.

　　"아이고 깜짝이야!"

　　"장학수 씨 오마니십네까?"

　　나정임은 그의 행동에 펄쩍 뛰고 그의 말에 훨훨 날 정도로 놀랐다.

　　"당, ……당신이 어이 우리 아들을 아오?"

　　또 어미 새의 본능이 발동했다. 그녀는 숨죽여가며 작은 목소리로 물었다.

　　"장학수 씨가 보냈습니다."

　　나정임은 숨이 턱 막혔다. 바짝 붙어 앉은 길련도 그 말을 들고 자리에서 붕 한 번 떴다 내려앉았다. 그녀는 즉시 주위를 경계했다.

"어디 있소? 우리 아들. 어디?"

나정임은 주위를 돌아보았다,

"멀리 있습네다. 말씀만 전해달라는 부탁을 받았습네다."

"아니, 그 멀리가 어디란 말이오? 우리 아들이 도대체 어디……."

화균이 검지를 입에 가져갔다. 그제야 나정임은 정신을 차렸다. 그녀도 검지를 입에 가져가며 고개를 끄덕였다.

"곧 유엔군들이 배에서 대포를 쏘니끼니 한 이틀 안전한 곳으로 피신해 계시라고 합대다."

"바닷가에서 먼데 이곳까지나 포가 날아오겠소?"

"기건 내래 잘 모릅네다. 내래 고저 전달했습네다. 당장 피하시기요. 참, 가마솥은 꼭 두고 가라합대다. 무겁기도 무겁거니와 뜨거운 물이 가득 들어 만지기도 힘드니……."

나정임이 일어서서 화균의 멱살을 잡았다.

"네 이놈, 사실대로 말해라! 내 아들 어디 있냐? 멀리 있다는 아들놈이 가마솥에 뜨거운 물이 든 걸 어찌 아느?"

화균은 가까스로 그녀에게서 벗어났다. 그는 숨을 헐떡거리며 겨우 말을 꺼냈다.

"이제 나도 모르겠습네다. 장학수 대장이래 가까이 있습네다. 긴데 나랏일 때문에 오마니 앞에 못 나서는 겁네다. 이해하시고 좀만 참으시라요."

나정임의 눈에 어느새 눈물이 고일 틈도 없이 흘러내렸다.

"알겠으니 우리 아들 있는 방향이나 가르쳐주소. 얼른!"

화균은 머리를 만지는 척하다, 은근슬쩍 한쪽 방향을 손으로 가리켰다. 나정임은 눈물을 훔치고는 머리와 옷매무새를 단정히 하고 화균이 가리킨 방향으로 몸을 돌렸다. 그녀의 눈에는 아들 학수가 보이지 않았다. 분명 자기를 지켜볼 거라 생각하고 한동안 인자한 미소를 띠며 서 있었다. 눈물을 억지로 참았지만 흘러내리는 눈물은 어찌 할 수 없었다.

트럭의 짐칸에서 학수가 어머니를 지켜보고 있었다. 어머니는 어떻게 알았는지 아들이 숨어 있는 방향으로 온전한 모습을 보였다. 학수의 눈에 눈물이 맺혔다. 몇 년 만인지 몰랐다. 한 번 길을 트니 눈물길이 생겼는지 멈추지 않았다. 기성과 봉포도 고개 돌려 흐느꼈다.

나영임이 자리에 앉아 주섬주섬 짐을 챙겼다. 화균은 안도의 숨을 내쉬었다. 그 순간 길련이 그의 멱살을 잡았다.

"내 남편 어디 있어요? 애들 아버지 어디 있냐고요?"

화균은 겨우 그녀의 손을 풀었다. 그는 헐떡이며 말을 꺼냈다.

"멀리 있습네다. 말씀만 전해달라는 부탁을 받았습네다."

길련의 손이 그의 목으로 다가왔다. 화균은 재빨리 피하며 말했다.

"두 분 같이 계십네다. 제발 목 좀 조르디 말기오. 같은 델 두 번이나 누르문 누군들 안 아프갔소?"

길련도 나정임처럼 단정한 모습으로 일어나 기성이 있는 방향으로 공손히 절을 올렸다.

트럭 짐칸은 일순 눈물 바다가 됐다.

나정임과 길련은 짐을 꾸려 떠났다. 둘은 자꾸 트럭 쪽을 바라보며 사라져갔다. 나정임은 결국 가마솥을 머리에 이고 갔다.

켈로부대원들은 그들의 소중한 이들이 떠나는 모습을 조용히 지켜보았다.

"출발하갔시오. 배 있는 곳으로 가문 되겠습네까"

"네, 고맙습니다."

"고맙습네다."

학수와 기성이 동시에 화균에게 고마움을 표했다. 트럭이 출발했다.

꠲

　지프 한 대가 월미도 뒤편 언덕 위 자그마한 갈대밭을 지나
갔다. 위장망이 나타나자 그 사이로 피하지 않고 돌진했다. 부
딪치지 않았다. 자세히 보면, 위장망 사이가 언덕 지하로 내려
가는 통로 출입구였다. 조금만 내려가자 양옆과 위가 점점 벌
어지고 높아졌다. 천혜의 동굴이자 요새였다. 중앙에는 작은
언덕처럼 쌓인 포탄 더미와 T-34/85 전차, SU-76 자주포가 정
렬해 있었다. 서쪽 바다를 향해 자연적으로 생긴 틈새로 교묘
하게 포진지를 구축해놓았다. 높낮이에 따라 직사포와 곡사포
로 조화롭게 구성해놓았다. 개중에 단연 눈에 띄는 것은 소련
의 BR-17 210mm 곡사포였다. 무려 다섯 문이나 설치되었다.
그 위력만큼은 제2차 세계대전 때 증명되었다.
　하룽이 지프에서 내렸다.
　"사령관 동지"
　포병에게 지시를 내리던 계진이 돌아보았다.
　"무기 창고에 뭔 일이 일어난 거이 같습네다."
　계진의 가슴이 뛰었다.
　"보초병 둘이 목이 베어져 죽어 있었습네다."
　"길티, 역시 장학수가 인천에 있는 거디."
　"고롬 어드케 해야 합네까?"

"하하, 어드케 하긴? 기다려야디. 장학수라문 분명 여기로 찾아올 거이야."

'펑!, 펑펑펑! 펑……'

"종간나 새끼들, 시작했구나야!"

계진은 포신 옆에 세워진 의자 곁에 섰다.

"동무들! 일절 응사하디 말기오! 무조건, 기다리기오. 이상!"

그는 의자에 몸을 묻고 눈을 감았다.

✤

'펑! 펑!, 펑펑펑! 펑……'

함포가 불을 뿜었다. 소리가 달랐다. 이전의 화력과 비교가 되지 않았다. 항공모함 미주리호였다. 한국전쟁에 참여한 전함 중 가장 강력한 병기로 무려 400mm 거포를 9문이나 탑재했다. 길이와 폭이 271미터, 33미터로 무려 2700여 명을 탑승시켰다. 한마디로 보병 1개 연대의 병력이 바다에 둥둥 떠다니는 것이었다.

미주리호는 규모뿐 아니라 짧지만 굵은 역사도 지녔다. 1945년 9월 2일 일본 항복문서 조인식이 거행된 장소이기도 했다.

여러모로 의미 있는 항공모함 미주리호가 나타난 곳은 인천이 아니고 동해안이었다. 미주리호 역시 인민군을 교란시키기 위한 양동작전의 일환으로 인천의 정반대편인 동해에서 삼척을 두들기고 있었다. 해안진지, 교통 시설 등에 심각한 타격을 입혀 인민군의 시선을 동해안 쪽으로 돌렸다.

미주리호는 삼척에서 주문진으로 동해안을 훑으며 400mm 포를 연이어 날렸다.

✤

"내일 9월 15일 일기예보를 말씀드리겠습니다."

"로우니, 이제 별걸 다 하는군그래."

맥아더는 토스트에 커피를 마셨다.

로우니는 서류를 이리저리 뒤지며 무척이나 당황했다.

"농담이네 로우니."

"아, 네. 그럼 계속하겠습니다. 케지아 태풍은 완전히 소멸되고 날씨는 갭니다. 시계는 16킬로미터. 풍향은 북동풍. 간조 때는 해수면 최저 2미터, 6시간 동안 해류 속도는 5노트 예상됩니다."

"긴장되나? 여긴 식당일세. 이리 와 커피나 한잔하지."

로우니는 숨을 한 번 크게 몰아쉬더니 맥아더 맞은편에 앉았다. 휘트니 부관이 커피와 토스트를 내놓았다. 로우니는 휘트니에게 고맙다는 눈인사를 하고 커피 한 모금을 삼켰다. 휘트니는 다소 인종차별주의자 냄새를 풍기지만 눈치만큼은 상당했다. 여러모로 아쉬운 친구였다.

"뭐 할 말 없나?"

"태풍 케지아호는 소멸되어 내일 작전에 아무런 영향을 끼치지······."

맥아더가 토스트를 오물거리며 빤히 쳐다보았다. 로우니는 말문을 닫았다. 대신 토스트를 크게 한입 베어 물으며 식도를 열었다.

⚜

함포 소리가 드디어 멈추었다. 2시가 다 되었다. 한동안 정적이 인천 앞바다 온 섬을 맴돌았다. 용기 있는 갈매기 한 마리가 울자 너도나도 따라 울었다. 일상으로 돌아왔다. 월미도에서 솟아오르는 연기만이 일상이 아닌 전시임을 알렸다.

영흥도 폐교 6학년 1반에 사람들이 하나둘 모이기 시작했다. 종은 울리지 않았지만 때 늦은 점심시간이었다. 국수가 또 올라왔다. 학수는 어제보다 한결 수월하게 국수를 삼켰다. 오전에 화균이 학수 일행을 배 정박지에 데려다주고는 고맙게도 어머니와 기성 형수를 안전한 곳까지 책임진다고 했었다. 기성을 바라보니 그도 밝은 얼굴로 국물을 들이켰다.

클라크 대위가 영흥도의 마지막 날을 기념하기 위해 전투식량 C-레이션을 풀었다. 2주 만에 몸무게를 18킬로그램이나 빠지게 한 마법의 음식에 사람들은 환호성을 질렀다. 켈로 부대원들은 기본적으로 미군 지휘 계통을 따르기에 서양 음식을 접할 기회가 많았다. 그런데도 국수 뒤에 나온 식단의 구성으로 환호성이 쏟아졌다. 채선이 의외로 C-레이션에 지대한 관심을 보였다.

주위의 배려로 학수와 채선의 몫으로 C-레이션 하나가 놓였다. 채선은 설레는 마음으로 개봉했다. 금색으로 도색된 깡통 두 개와 팩 하나가 나왔다. 그녀는 어찌할 바를 몰라 깡통을 들었다 놓았다를 반복했다. 학수가 팩을 열어 깡통 따개를 꺼냈다. 익숙하게 깡통을 깠다. 첫 번째 깡통에는 육류와 채소를 섞어 만든 스튜 요리가 나왔다. 느끼하고 고소한 버터향이 교실을 뒤덮었다. 한 입 넣어본 채선의 표정은 알쏭했다. 두 번째 깡통을 개봉했다. 건빵과 크래커가 우선 눈에 들어왔다. 이어 알약 형태의 설탕과 소금이 나왔다. 채선의 눈동자가 흔들렸다. 뭘 찾는 모양이었다. 학수가 그녀 앞에 팩을 들이밀었다. 그녀의 손은 초콜릿으로 향했다. 그녀는 냉큼 초콜릿을 집어 한 입 먹었다 학수는 그녀가 초콜릿 먹는 모습을 물끄러미 쳐다보다, 역시 팩 안에 들어 있던 카멜 담배를 집어 들었다. 러키 스트라이크 담배가 아닌 게 아쉬웠다.

클라크가 각 C-레이션에서 인스턴트커피를 수거해 교실 밖
으로 나갔다. 자기가 직접 커피를 대접하겠다고 했다.

"코쟁이도 동방예의지국에 오문 사람이 달라디구나야"

기성의 농에 사람들이 한바탕 웃었다. 채선도 입가에 초콜릿
을 묻혀가며 즐겁게 웃었다.

'그래, 이게 사람 사는 거고, 이런 세상을 만들고 싶었다.'

학수의 입가에 미소가 번졌다. 그는 자신도 모르게 엄지와
검지로 그녀의 입가를 닦았다. 그녀가 부끄러워했다.

"오⋯⋯."

사람들의 탄성에 그녀는 더욱 부끄러워했다. 학수도 덩달아
민망해했다.

"대장, 시간도 많이 남았는데 산책이나 좀 하고 오시라요."

기성이 등을 떠밀었다. 못이기는 척 그녀와 밖으로 나갔다.
들어오던 클라크와 만났고, 그는 커피 두 잔을 건넸다. 둘은 감
사히 받아 쥐고 해안가로 향했다.

"봉포야, 부럽디 않네?"

"뭐 말입니까?"

봉포는 건빵을 입안 가득 밀어 넣고 있었다. 기성은 그런 그
를 한심하게 쳐다보았다.

"뉘래 아무리 봐도 하는 짓이 막내네. 니도 그르케 생각디 않

네?"

"제 밑에 남동생 하나 있다니까요."

"알갔다, 알갔어. 많이 드시라요. ……긴데 봉포야, 니 동생은 잘 있는 거이 맞디?"

봉포는 당연하다는 듯 대꾸도 안 했다. 그냥 씩 웃고 이번엔 크래커를 입안에 쑤셔 넣었다.

✤

이 대위는 살아남은 학도병들을 4개 부대로 재편하고 추격 명령을 내렸다. 해안 방어를 실패한 인민군들은 산등성 참호 속에 들어가 저항했다. 전투는 상륙전에서 고지전으로 바뀌었다.

봉호는 어쩌다 보니 또 제 일선에서 싸웠다. 뒤를 돌아보니 초롱초롱한 눈빛들이 그를 우러러보았다. 또 뭔가를 해야 했다. 고민했다. 사실 고민할 것도 없었다. 탄약은 떨어지고 가진 건 수류탄 두 발이 다였다. 일단 하나를 한계치까지 힘껏 던졌다. 참호 1미터 앞에서 폭발했다. 그는 낙담해 뒤돌아보았다. 학도병들이 고개를 끄덕이며 총을 놓고 수류탄을 꺼냈다. 그들은 봉호를 따라 할 모양이었다. 봉호는 힘을 내 다시 한 번 수류탄을 힘껏 던졌다. 학도병들도 던졌다. 수류탄 수십 개가 한꺼번에 날아갔다. 하늘을 잠시 뒤덮은 수류탄은 참호에 훨씬 미치지 못해 폭발하고 말았지만 인민군들에게는 위협적으로 다가왔다. 그들은 반대편 아래로 도망쳤다. 그렇게 봉호가 속한 임시 부대는 해안에서 가장 가까운 고지 하나를 점령했다.

오후 3시, 상륙 목표 지점인 일명 200고지를 점령했다. 학도병들이 모였다. 군데군데 학도병과 인민군의 시체가 보였다. 숨넘어가기 직전의 병사들도 뒤섞여 있었다.

"잠시 휴식!"

다시 인원 점검에 들어갔다. 사망자 128명. 봉호가 얼핏 둘러보아도 갯바위 뒤에 같이 숨었던 학도병들은 보이지 않았다. 봉호는 살아 있는 자신이 대견하기만 했다. 혹 자신의 운을 오늘 다 쓴 게 아닐까 두려웠다. 그는 이내 생각을 바꿨다. 살기만 한다면 보이지도 않고, 언제 올지도 모르는 운을 다 써도 상관없지 않나 싶었다.

비가 그쳤다. 봉호는 배가 고팠다. 상륙하면서 개인 비품을 몽땅 바다에 빠뜨리고 말았다. 문산호는 보급품을 양륙시키지 못하고 좌초되었다. 봉호 바로 옆에서 이 대위와 무전병이 작전 본부와 연락을 시도했다. 상황 보고와 지원 요청을 하기 위해서였다.

"응답하라! 본부. 여기는 200고지, 200고지다. 응답하라!"

그들은 20분 이상을 무전기와 씨름했다.

봉호는 왜 저러는지 도통 이해가 안 갔다. 무전병이 무전기를 등에 지고, 밧줄을 잡고, 바다를 건너 해안가를 달리고, 갯바위 뒤에 숨고, 여기에 도착하기까지 적어도 한 번은 바닷물에 몸을 담갔을 것 같은데 말이다. 결정적인 증거도 보였다. 무전병은 총을 들고 있지 않았다. 유추해보면 밧줄을 놓쳤거나 해안에 올라올 때 넘어졌을 것이다. 따라서 바닷물에 무전기를 적셨을 것이니 무전기는 분명 고장이 났다.

봉호는 제자리에 그대로 풀썩 주저앉았다. 생각하는 것만으로 배가 고팠다. 형이 보고 싶었다.

"응답하라! 본부. 여기는 200고지! 응답하라!"

봉호는 물끄러미 작동하지 않는 무전기를 바라보았다. 순간 막대 모양의 스틱 수류탄이 날아와 무전기에 맞고 떨어졌다. 시체라 생각했던 인민군 중 한 명이 던진 모양이었다. 시간이 멈췄다. 아무도 움직이지 못했다. 봉호가 곁눈질했다. 모든 이가 자기를 바라보는 것 같았다. 그의 의지와 상관없이 몸이 움직였다. 수류탄 위로 몸을 날렸다. 배가 고팠다. 형이 보고 싶었다.

'펑!'

1950년 15시 30분, 학도병 전사자가 128명에서 129명으로 바뀌는 순간이었다.

✛

19시를 막 넘어섰다. 해는 좀 전에 졌다. 상륙 지휘함 마운트 매킨리 함교에 별들이 제자리를 지키지 못하고 어슬렁거렸다. 맥아더는 함장이 양보한 의자에 앉아 느긋하게 석양을 바라보았다. 그 역시 초조하고 긴장되었지만 티를 낼 수 없는 위치였다.

맥아더는 본진의 상륙만을 걱정하는 장군들과는 달랐다. 그가 초조한 이유는 상륙작전의 첫 단추인 팔미도 등대의 점화 여부였다. 몇몇 장군들은 아예 켈로 부대의 존재를 모르기 때문에 그들에게는 오히려 걱정거리가 하나 준 셈이었다. 맥아더는 좀처럼 마음이 진정되지 않았다. 그가 필요했다. 영혼의 보고자. 발자국 소리가 들렸다. 그가 오고 있다.

"보고 드리겠습니다."

맥아더는 밝은 표정으로 로우니를 맞았다.

"계획대로 월미도와 인천항 주요 방어 시설을 타격했습니다. 상륙 시 적의 반격이 많이 상쇄하리라 예상됩니다. 양동계획의 일환으로 등장한 미주리 항공모함은 적에게 큰 심리적 효과를 준 것 같습니다. 동해안을 아주 헤집고 다녔습니다."

"다행이군. 인천으로 적 병력 지원의 움직임은 없나?"

"네, 이틀에 걸친 주요 도로 폭격으로 서울에서 오던 전차부대 등 지원 병력이 다시 되돌아갔습니다."

"그것도 다행이군. 참, 한국군 포항 쪽 상륙작전은 어떻게 됐나?"

로우니는 말을 조금 더듬거렸다. 맥아더는 단번에 문제가 생긴 걸 알아챘다.

"말해보게,. 로우니."

"……현재 통신 두절 상태입니다."

"뭐라고? 호위함과 공격함은 뭘하고?"

"작전 실행 시간이 좋지 않았습니다. 당일 아침까지 남동해안 쪽에 태풍의 영향력이 남아 있었습니다. 상륙정 문산호가 그만 좌초하고 말았습니다. 파고가 높고 안개도 짙어 손쓸 방법이 없었습니다."

"그럼, 학도병들이 상륙한 해안에 갇혀 있다는 건가?"

"구조정과 헬리콥터 등을 보냈지만 아직 정확한 정보를……."

맥아더의 표정이 심각해졌다. 로우니가 조심스럽게 말을 이었다.

"하지만 학도병의 활약으로 적의 주의를 분산시키는 목적은 달성했습니다. 낙동강 전선에서 1개 연대의 이탈이 있었습니다. 또 전선으로 투입될 병력의 발목도 잡았습니다. 북한 방송에서는 2개 연대가 상륙했다고 오보까지 내보냈습니다."

"알았네. 한국군과 협조해서 계속 연락하도록 하게나."

"네, 장군. 그리고 잠시 후, 켈로 부대의 마지막 작전이 시작

됩니다."

"알고 있네. ……나는 무조건 인천으로 갈 것이네. 인천으로 가는 길은 그들이 열어줄 거라 믿네. 이제 기다리기만 하면 되는 건가?"

"네, 장군. 이제 어두운 바다에서 하나의 불빛만 찾으면 됩니다."

맥아더의 눈길은 어느새 지는 해의 끄트머리에 가 있었다.

✛

영흥도의 작은 부두에 작은 송별회가 열렸다. 송별회치고는 인원이 적었다. 팔미도 작전을 수행할 인원과 영흥도 주민을 대표한 면장 부부가 다였다. 아쉬움보다는 긴장감이 더 맴돌았다. 영흥도 옆 대부도에 주둔한 인민군의 움직임이 포착되어 켈로부대 대부분이 경계에 들어갔기 때문이다. 대부도에 1개 대대 병력의 인민군이 주둔했기에 그들이 한꺼번에 영흥도로 넘어오면 막아내기가 역부족일 것이다. 산발적으로 전투가 벌어지기도 했다. 작전도 펼치기 전에 커다란 암초에 부딪쳤다.

클라크 대위는 서둘렀다. 팔미도 등대 작전이 최우선이기에 어쩔 수 없었다. 클라크혼 소령과 포스터 중위는 이미 중기관총이 탑재된 공작선에 올라타 있었다. 1진 부대원 중 진표, 홍규, 현필은 각종 무기를 잔뜩 짊어진 채 배에 올라탔다. 학수가 올라타려는 진철을 붙잡았다.

"장학수 대장, 무슨 일이오?"

"월미도로 가겠습니다."

"네? 지금 출발해야 합니다. 학수 대장과 부대원들이 빠지면 안 됩니다."

"아무래도 TNT가 마음에 걸립니다. 확인해봐야겠습니다."

"……어떤 위험이 있을지 모릅니다."

"그러니까 가야 합니다. 상륙지점의 안전이 확인되면 조명탄으로 신호를 보내겠습니다. 맥아더 사령부에 전달 부탁드립니다."

"음, 그렇긴 한데 작전 수행 인원이……."

"내래 가겠습네다."

1진, 2진 대장들이 돌아보니 김화균이었다.

"내래 다리는 이 모양이디만 총 솜씨만큼은 자신 있디요. 사실 운전보다 총질이 체질에 맞습네다. 화영 누이가 총 쏘는 걸 워낙 좋아해 내래 양보한 거디요."

"저도 가겠어요. 의무병은 언제나 필요하니까요."

채선이 구급약이 든 가방을 챙기며 말했다.

"채선 씨?"

학수가 한걸음에 그녀에게 다가갔다.

"걱정 마세요. 전에 말씀드렸죠. 저도 조금이라도 보탬이 되는 일이라면 할 거라고요. 그래야 삼촌 볼 낯도 생기죠?"

"채선 씨, 그래도 이건 너무 위험합니다."

"다 사람들의 목숨을 위한 일이잖아요. ……학수 씨 우리랑 가면 안 돼요?"

둘은 말없이 눈길을 주고받았다. 조용할 때 말을 먼저 꺼내는 쪽은 늘 채선이었다.

"……부디 몸조심하세요."

학수가 그녀를 꼭 껴안았다.

"……인천에서 기다리겠습니다!"

포옹을 푼 학수는 다른 공작선 배에 올라탔다. 기성과 봉포도 뒤따랐다. 학수의 배가 먼저 출발했다. 채선은 멀어져가는 학수의 등을 바라보았다.

"날래 한 번 돌아보시라우요."

"채선 씨가 계속 보고 있어요."

"담배나 하나 주라."

학수는 담뱃불을 붙이며 힐끗 뒤돌아보았으나 그녀가 탄 배는 이미 다른 방향으로 출발했다. 학수는 담배를 길게 한 모금 내뱉으며 그녀가 사라진 쪽을 바라보았다. 멀어서 보이진 않지만 아마 그녀도 자신을 보고 있으리라 여겼다.

"이제 어떻게 하실 겁니까?"

봉포가 걱정스러운 모양이었다.

"일단 월미도로 잠입한다. 아무래도 갈대밭이 수상해. 확인만 하고 바로 떠나자."

"또 인민군으로 변장해야 합네까?"

"어, 모자밖에 없습니다."

"여기 판초 우의 있잖네."

둘은 아웅 거리다가 지쳤는지 바닥에 엉덩이를 붙였다. 각자 담배 한 개비씩 입에 물었다. 배는 어두운 물살을 갈랐고, 세 줄기 담배 연기만이 피어올랐다.

학수가 탄 배가 보이지 않은 지 제법 되었다. 채선은 고개 돌리기가 두려웠다. 다시 볼 수 있을지 불안한 마음이 가시지 않았다.

'인천에서 기다리겠습니다.'

그녀는 학수가 건네준 말만 되뇌었다. 그것만으로 부족한지 애꿎은 가방 속의 구급약만 계속 만지작거렸다.

"불안합네까?"

화균이 말을 걸었다. 채선이 그를 돌아보았다. 그 역시 총을 쓰다듬는 모양새가 불안해 보였다.

"우리나라 최초의 등대가 뭔디 아십네까?"

아무래도 위로라도 해줄 요량으로 건네는 말 같았다. 며칠 전, 누이를 잃은 이의 위로였다. 채선은 그의 마음 씀씀이가 고마웠다.

"팔미도 등대요?"

"어, 어드케 아셨습네까?"

"인천 사람이면 다 알죠."

채선의 얼굴에 미소가 살짝 보였다.

팔미도는 인천항에서 남서쪽으로 13킬로미터, 영흥도에서 동북방 10킬로미터 지점에 있는 바위섬으로 서해안 무인도 중 인천항과 가장 가까운 거리에 있었다. 1883년 인천항이 개항되면서 통상 장정에 따라 1903년 팔미도 정상에 높이 8미터의 등대를 세웠었다. 이 등대가 곧 유엔군 함대의 밤길을 비춰주어야 했다.

"채선 씨, 이거 받으세요."

진철이 난데없이 총을 하나 건넸다. M3 그리스건이었다. 기관총치고는 무게가 4킬로그램이 채 되지 않아 휴대가 편한 총이었다.

"혹시 몰라서요. 등대로 올라갈 때, 저희 맨 뒤에 따라오십시오. 이 총은 가볍고 작동이 쉬우니 갖고 계시고요."

총을 받아 쥔 채선의 손이 떨렸다.

月미도의 반은 여전히 불바다였다. 나머지 부분이 불바다가 아닌 이유는 탈 만한 거리가 없기 때문이었다. 학수 일행은 월미도에 바로 상륙하는 것이 여의치 않았다. 잠시 포격이 멈춘 틈을 타 섬을 우회하여 내륙 쪽에 내렸다. 월미도를 잇는 방파제를 통해 잠입할 생각이었다.

해안을 따라 방파제 끝에 다다랐다. 학수와 기성이 쌍안경을 들었다. 언덕 위의 갈대밭 역시 불타 사라지고 없었다. 전에 위장망이 있던 부근에 차량 몇 대가 헤드라이트를 끄고 움직이는 게 포착되었다.

"대장 직감이 맞는 모양입네다. 긴데 저기 뭐이가 있디?"

기성이 쌍안경을 내리며 말했다.

"일단은 방파제 쪽으로 접근해 봅시다."

"대장님, 저기 저런 게 있습니다."

봉포가 난색을 표했다. 그들이 몸을 숨긴 방파제 입구 근처에는 SU-76 경자주포가 숨겨져 있었다. 76.2mm 야포를 탑재한, 말 그대로 움직이면서 쏠 수 있는 포로, 전차와 비슷했다. 경비사령부에서도 보지 못한 무기였다.

"이거이 느낌이 좋디 않습네다. 대장, 돌아갑세다."

기성에 말에 봉포도 맞장구를 쳤다.

"맞습니다. 대장님, 아무래도 불안합니다. 다시 배로 월미도로 가는 것이……"

"방파제로 정면 돌파한다."

기성과 봉포는 눈을 크게 뜨며 학수의 눈을 쳐다보았다. 그들은 대장의 눈빛만 봐도 알았다. 더 이상의 이야기는 의미 없음을. 대장은 단호했다. 그들은 체념하고 학수를 따르기로 마음먹었다.

"아까 채선 씨한테나 똑 부러디게 말하디. 어정쩡하게 '인천에서 기다리겠습니다.' 이게 뭐네?"

기성이 반말을 섞어가며 투덜댔다. 그러면서도 인민군 모자를 눌러쓰고 판초 우의를 입었다.

"채선 씨랑 나이 차이도 많이 나는 것 같던데 똑 부러지게 잘하셔야죠."

봉포도 기성을 따라 했다.

학수는 피식 웃음을 여러 번 흘렸다. 그 역시 인민군으로 변장하고 방파제 입구로 걸음을 옮겼다.

✤

채선과 켈로부대원들을 태운 공작선이 밤바다를 갈랐다. 어두운 바다에 다시 불꽃이 출렁거렸다. 거기에 맞춰 월미도는 불춤을 추었다. 채선은 저러다 섬이 가라앉지 않을까 걱정되었다.

선수에 있던 진철과 클라크가 부산하게 움직였다. 배의 시동을 껐다. 노를 저어 팔미도로 다가갔다. 태풍의 여파에 아직 파도가 세차 전진하기에 애를 먹었다. 천신만고 끝에 접안에 성공했다. 진표와 홍규가 배를 단단히 붙들어 매었다. 하나둘 소리 없이 바다에 발을 내딛었다.

채선은 두려웠다. 먼저 내린 화균이 그녀에게 손을 내밀었다. 감사한 마음으로 그의 손을 잡고 바다에 내려섰다. 허리까지 물이 올라왔다. 중심을 잡기 힘들었다. 화균의 도움으로 뭍으로 겨우 올라섰다. 숨을 몰아쉬고 고개를 들어보니 가파른 길 위에 지름 2미터의 원기둥이 떡하니 박혀 있었다. 채선은 다시 한 번 길게 숨을 들이마셨다.

✠

23시 04분. 맥아더는 애써 태연한 척하려 했지만 로우니의 눈을 속일 수는 없었다. 그는 상당히 불안해 보였다. 최대, 미국 226척에서 최소, 프랑스 1척까지 7개국 261척의 전함이 정예 상륙병 4만 명과 해·공군 지원 병력까지 합해 약 7만5000명의 병력을 태우고 그의 명령만 기다리고 있으니 충분히 그럴 만도 했다.

맥아더는 팔미도가 있음직한 방향에 시선을 고정했다. 로우니도 마찬가지였다.

❧

잠시 포격이 멈췄다. 학수를 선두로 기성과 봉포가 방파제 입구로 당당히 걸어갔다. 자주포 포탑 양옆에 몸을 숨기고 있던 포병 둘이 의아하게 그들을 쳐다보았다. 인민군 모자에 판초 우의를 입은 그들은 영락없는 인민군 장교로 보였다. 학수가 손짓하자 포병 둘은 그 자리에서 일어나 경례를 붙였다. 학수는 가까이 다가가 안주머니에서 종이를 꺼내 보였다. 포병한 명이 종이를 살펴보니 아무것도 쓰이지 않은 빈 종이였다. 그가 고개를 들자 학수가 단검을 그의 심장에 찔러 넣었다. 어느새 포탑에 올라선 기성은 남은 포병의 목을 그었다. 조정석에서 일어서던 병사 한 명은 봉포가 역시 칼로 처리했다.

그들은 각자 처리한 시체를 방파제 아래로 던지고 자주포 안에 집합했다. 기계 담당 봉포가 당연히 조정석에 앉았다.

"날래 가자우!"

"10초만 주십시오."

"함포사격이 멈췄을 때 빨리 출발해!"

평소답지 않은 학수의 다급한 목소리였다.

"미군 탱크하고 좀 다릅니다. 잠시만……"

"일단 뭐이든 밟아보라우!"

봉포가 페달을 세게 밟았다.

"부앙!"

엔진이 공회전했다. 밟은 자신이 더 놀란 봉포는 발을 떼고 컨트롤 레버가 달린 스틱 두 개를 잡았다. 앞뒤로 움직였다. 자주포가 요동을 쳤다. 기성이 봉포의 뒤통수를 살짝 때렸다. 자극받은 봉포가 스틱 두 개를 모두 앞으로 밀고 페달을 밟자 자주포가 앞으로 움직였다.

"이제 어디로 가죠?"

봉포는 의기양양했다. 학수는 잠시 뜸을 들였다.

"일단 직진!"

"직진!"

봉포가 복명복창했다. 자주포가 600미터 길이의 방파제 도로를 최고속력으로 달렸다. 언제 아군의 포탄이 날아올지 몰랐다.

⚜

팔미도 작전 팀은 등대에 이르는 가파른 길의 끄트머리에 다다랐다. 그들은 가쁜 숨을 코로 내쉬며 주위를 경계했다. 등대 바로 앞 진지에 보초병 둘이 만담을 즐기고 있었다. 등대 안의 인원을 알 수 없어 쉽사리 공격을 할 수 없었다.

진표와 홍규가 등대 뒤쪽으로 돌아갔다. 무기 창고에서 사용한 방법을 쓸 생각이었다. 그들은 허리춤에서 대검을 다시 꺼냈다. 대장 진철의 수신호와 함께 진표와 홍규는 양방향에서 달려들어 인민군의 목을 순식간에 그었다. 여기까지는 계획대로였다. 숲 속에서 볼일을 보던 인민군 병사 한 명이 변수였다. 그는 정말 엄한 곳에서 튀어나와 따발총을 야무지게 갈겼다. 진표와 홍규 콤비는 그대로 뒤로 넘어갔다.

진철이 톰슨 기관총을 들었다. 인민군 병사 입장에서는 진철이 변수였고 엄한 곳에서 튀어나온 셈이었다. 인민군의 얼굴을 날려버린 진철은 곧장 등대 안으로 뛰어 들어갔다. 마침 내려오던 인민군 둘에게도 톰슨을 날렸다. 클라크를 비롯한 미군들이 진철의 뒤를 쫓았다. 이제 그들은 등대 불빛을 살려야 했다.

채선과 화균, 현필은 자연 등대 입구를 지키는 처지가 되었다. 그들은 입구 앞 인민군이 만든 진지에 몸을 숙이고 전방을 주시했다. 채선은 구급 가방을 열었다. 총에 맞은 진표와 홍규를 번갈아 지혈해보지만 피는 멈추지 않았다. 홍규는 고개를 막 떨어뜨렸다. 진표도 배에 난 총상이 심각했다.

'타타타타당! 타타타타타타타당……'

등대 양옆에서 인민군 10여 명이 총을 쏘며 올라왔다. 현필은 예상보다 많은 적에 적잖이 당황했다. 현필이 곧장 오른편에서 다가오는 인민군들을 향해 총을 쏘았다. 화균은 왼편을 맡았다. 채선은 피가 솟구치는 진표의 배를 필사적으로 누르며 지혈에 온 신경을 쏟았다. 부질없었다. 총알 하나가 진표의 머리를 뚫고 지나갔다. 그녀는 그것도 모르고 그의 배를 계속 지혈했다. 보다 못한 화균이 그녀의 손목을 잡았다. 그제야 그녀는 진표가 즉사한 걸 알았다. 힘이 빠졌다. 분노가 치밀어 올랐다. 총을 들고 일어서려는 순간, 화균이 총을 난사하며 그녀를 등대 안으로 밀어 넣었다.

"날래 위로 올라가기오!"

채선이 뭐라 대답할 틈도 없이 등대 입구 문이 닫혔다.

"타타타타당……"

총알이 문을 뚫고 쏟아졌다. 그녀는 황급히 계단을 기어서 등대 조정실로 올라갔다.

D-day (1950년 9월 15일)

    팔미도 등대는 프랑스제로 석유로 빛을 내는 유연식인데 작
동하지 않았다. 작전 예정 시각이 막 지났다. 등대 안에는 패닉
상태였다. 클라크 대위는 등대를 다시 꼼꼼히 살펴보았다. 강
력한 빛을 내는 등명기나 그것을 보호하는 유리판, 과도한 열
을 빼주는 배기통 모두 정상이었다. 내부를 들여다보았다. 원
인을 찾았다. 전지의 전선이 절단되어 있었다. 클라크는 급하
게 전선을 연결하고 등명기를 켰다. 불꽃이 일었다. 환호성이
터졌으나 그것도 잠시였다. 불꽃이 너무 약했다. 진철이 나섰
다. 딱히 한 일은 없었다. 그저 심지만 깨끗하게 닦았을 뿐이었
다. 불꽃이 커졌다. 곧 등명기는 온전한 제 빛을 내뿜었다. 진철

은 등명기 위치를 잡아 함대의 해로를 밝혔다.

1950년 9월 15일 00시 13분.

"저기 보십시오. 빛이 보입니다. 등댓불이 보입니다."
로우니가 소리쳤다.
"드디어 인천으로 가는 길이 열렸군."
맥아더의 목소리가 떨렸다.
"전달하라. 전 함대 포격 중지! 상륙 선발 선단 출발하라!"
맥아더의 음성은 전 함대에 전달되었다. 그의 명령대로 상륙 수송단 4척을 비롯한 구축함, 순양함, 로켓 발사함으로 구성된 19척의 선발 공격함대가 비어 수로로 진입했다.

진철이 계단을 기어오르는 채선을 뒤늦게 발견했다. 클라크와 눈짓을 주고받은 뒤 등명기를 그에게 맡겼다. 톰슨 기관총을 들고 등대 입구로 내려갔다. 의외로 총소리가 들리지 않았다. 그는 문을 박차고 몸을 굴렸다. 착지한 지점에는 화균과 현필의 처참한 모습이 기다리고 있었다. 진지 앞에는 대여섯 명의 인민군 시체도 보였다. 진철의 눈이 돌아갔다. 언덕 아래로 도망치는 인민군들의 소리가 들렸다. 그는 뒤따라 내려온 채선의 만류에도 그들을 쫓았다. 채선은 눈도 감지 못한 화균의 시신을 보고 바닥에 주저앉았다.

✢

"폭격이 멈췄습네다."

하룡이 다소 흥분된 어조로 말했다. 계진은 동굴 요새 안에서 쌍안경으로 팔미도 등대를 보고 있었다.

"장학수 임무가 저거이였구나야! 종간나 새끼. 내래 팔미도 등대는 생각하디 못했구나야."

계진은 이를 악다물며 포병들에게 소리쳤다.

"전투 준비! ……하룡 동무, 2차로 TNT 매설하라우. 날래!"

하룡이 TNT를 들고 도열한 인민군 100여 명을 동굴 밖으로 인솔했다.

"백산 동무도 같이 가기오."

백산이 경례를 붙이고 하룡을 따라갔다. 다리를 조금 저는 게 아직 완치는 안 된 모양이었다.

자주포가 방파제 끝에 다다랐다. 학수가 몸을 들어 주위를 살폈다. SU-76 자주포는 개방형 포탑이라 해치가 따로 없었다. 해안가로 다가가는 인민군들이 보였다. 그들은 멀찌감치 떨어진 자주포를 힐끗 보고는 그냥 제 갈 길을 갔다. 열의 꼬리를 보고 추측컨대 그 출발지는 갈대밭 같았다. 쌍안경을 들어 인민군들을 살폈다. 그들은 각자 몫의 TNT를 들고 있었다. 그는 쌍안경을 내리고 자주포 안에 있던 기성을 손짓으로 불렀다. 기성이 올라와 쌍안경을 꺼내 인민군들을 살폈다.

자주포는 일정한 거리를 두고 인민군을 따라갔다. 해안에 도착한 그들은 하룡의 지휘 아래 4인 1조가 되어 일사불란하게 움직였다. 두 명은 모래를 파고, 한 명은 TNT를 묻고, 남은 한 명은 도르래에 연결된 전선줄에 TNT를 연결했다. 그 줄들은 모래사장 끝, 커다란 갯바위 뒤에 몸을 숨긴 하룡에게로 이어졌다. 그 곁에 있던 10여 명의 폭파조원들은 모인 줄을 따 전선을 하나의 대형 격발기에 설치하는 작업 중이었다.

학수는 해안가에서 언덕 위 갈대밭으로 시선을 천천히 돌렸다. 쌍안경을 내리던 학수의 눈에 이질감이 느껴졌다. 그는 다시 쌍안경을 들었다. 해안가 근처 암석이 움직였다. 그는 배율을 최대치까지 높였다. 암석이 움직이는 것이 아니라 그 벌어진 틈새로 포가 움직이는 것이었다. 학수는 눈을 떼며 놀랐다. 기존의 데이터에 없는 크기였다.

선로를 타고 동굴 요새의 틈새로 BR-17 210mm 곡사포의 거대한 포신이 드러났다. 그 길이가 어마어마했다. 포구가 미세한 움직임을 보였다. 자리를 잡자 곧 불꽃과 굉음을 내며 탄을 토해냈다. 사정거리가 20킬로미터를 넘기에 유엔군 함정은 한 척도 빠짐없이 포의 먹잇감이 될 수 있었다. 발사된 탄은 유엔군 함대의 정중앙에 떨어졌다. 거대한 물기둥이 솟아올랐다. 구축함 2척이 피폭당했다. 폭음과 함께 검은 연기가 솟아올랐다.

"맥아더는 앞쪽에 있겠디? 앞에부터 날려버리라우."

계진의 독려에 관측병이 큰 소리로 화답했다.

"좌로 3.5도! 위로 2.3도!"

"포 일발 장전!"

포대장이 소리쳤다.

"일발 장전!"

포병이 목이 터져라 복창했다.

"봉포야. 10시 방향!"

"10시 말입니까? 그냥 암벽입니다."

"그래, 거기!"

봉포가 레버를 잽싸게 움직여 차체를 돌렸다. 봉포가 손잡이 레버를 당기자 포탑의 76.2mm 주포가 올라갔다.

"일발 장전!"

학수가 소리 질렀다.

"일발 장전!"

봉포는 습관적으로 크게 복창했다. 어느새 자주포 내실로 들어간 기성이 삽탄을 했다.

계진은 쌍안경을 통해 접근하는 유엔군 함대를 바라보았다.

"길티, 조금만 더 붙어서 들어오기오. 길티. 모조리 수장시켜 버리갔어. 발사 준비!"

"발사 준비!"

림계진의 입술이 살짝 떨어질 찰나 동굴이 흔들렸다. 굉음이 고막을 찢을 듯 다가왔다. 계진은 쌍안경을 떨어뜨리고 귀를 막았다. 210mm 곡사포 포신 하나가 날아가 버렸다. 계진은 포가 날아온 방향으로 고개를 돌렸다. 자주포 한 대가 보였다. 그는 고개를 갸웃거리다 쌍안경을 집어 눈으로 가져갔다. 초점이 아직 맞지 않았다. 자주포 상부에 머리 하나가 올라왔다. 초점을 맞추었다.

'장학수!' 이 종간…….

자주포에서 또 한 발이 발사되었다. 계진은 욕할 틈도 없이 몸을 날렸다. 암벽의 틈새가 무너져 내린 돌과 흙더미에 묻혔다. 선로도 막혀 포대 이동이 불가능해졌다.

계진이 일어섰다. 파편에 머리를 맞아 피가 흘러내렸다. 그의 얼굴은 분노와 반가움으로 뒤섞였다. 이제 그에게 맥아더는 아무런 의미가 없었다. 인천 방어도 물 건너갔다. 남조선 통일이라는 대승적 의의가 마음에 좀 걸리지만 동생의 원수가 먼저

였다. 순간 계진은 온몸에 소름이 돋았다.

'이념은 피보다 진하다?'

지금껏 따랐던 신념이 흔들렸다. 피가 이념보다 진한가. 피붙이가 무엇보다 우선인가. 학수가 또 한 발 날렸다. 주요 포대의 기능이 상실되어 갔다. 계진은 머리를 세차게 흔들었다. 머리에 흐르던 피가 사방으로 튀었다. 계진은 소매로 얼굴을 닦았다. '지금은 동생의 원수만 생각하자'라고 머리에 입력하니 행동의 알고리즘이 떠올랐다. 그는 뭔가를 급하게 찾기 시작했다.

기성이 삽탄을 하고 포탑 상부로 올라왔다. 학수의 몸을 지나쳐 포탑으로 내려섰다. 온몸에 탄띠를 두르고 수류탄을 상의 여기저기에 달고 있었다. 학수가 그를 의아하게 쳐다보았다.

"대장, 갸들이 묻고 있는 거이 TNT 아닙네까?"

학수가 고개를 끄덕였다.

"이거이 상륙정도 알고 있습네까?"

"아마 모를 겁니다. 저희도 금방 알았지 않습니까?"

"어드케 하디요? 우리가 터트려야 하디 않갔습네까? 내래 한번 가보갔시오."

기성이 숨도 쉬지 않고 내뱉었다. 학수가 잠시 생각하다 아래에다가 소리쳤다.

"12시 방향, 해안가로 주포 이동!"

"주포 이……"

봉포가 복명복창하기 전에 자주포 바로 옆에 포탄이 떨어졌다. 반동으로 기성이 포탑에서 차체로, 다시 땅으로 떨어졌다.

"괜찮으세요?"

기성이 아무렇지도 않은 듯 일어나 옷에 묻은 흙을 털었다.

"내래 한 번 내려가보갔시오. 저쪽이나 상대하시라요."

학수가 고개를 돌리니 언덕 위에서 괴물이 내려왔다. 전쟁과 함께 남쪽을 덮친 250여 마리 괴물 중 하나. T-34/85 전차! 낙동강 전선에 있어야 할 전차가 월미도 언덕에서 나타났다. 내려오면서 포를 쏘았다. 학수 옆을 스치고 지나갔다.

"대장, 내래 가보갔시오. 허락해주시라요."

기성이 다급하게 소리쳤다.

"알겠습니다. 저도 곧 따라가겠습니다."

기성이 굳은 표정으로 경례를 붙이고 돌아섰다.

"조심하십시오. 형님!"

뛰려던 기성이 멈칫했다. 뒤돌아보지 않았다.

"동생도 조심하라우! 있다 보기오."

기성은 곧장 해안가로 달렸다. 학수는 기성을 잠시 바라보다 봉포에게 명령했다.

"주포 9시 방향! 적 전차 한 대 발견."

봉포가 9시 방향으로 차체를 급하게 돌렸다.

"준비되는 대로 발사!"

포탄이 암벽을 때렸다. 파편이 날았다. 계진은 개의치 않았다. 전차 포탑에서 운전병에게 외쳤다.
"전속력으로 전진!"
괴물의 무한궤도가 바삐 움직였다.

자주포 앞뒤로 포탄이 여러 발 떨어졌다. 동굴 요새에서도 몇몇 76mm 해안포 포구의 방향이 학수 쪽으로 향했다.
"전진! 밟아!"
"포탄이 날아옵니다. 포탄!"
봉포가 기겁을 했다.
"괜찮아. 밟아! 전진해!"
학수는 암벽 쪽으로 자주포를 몰았다. 거리도 가깝고 각이 안 나와 오히려 동굴 요새의 포 사정거리를 벗어났다. 이제 언덕에서 내려오는 괴물만 상대하면 되었다. 경자주포가 중전차를 상대하기는 벅찼으나 어쩔 도리가 없었다.

"적의 화력이 약해졌습니다."
로우니가 가슴을 쓸어내리며 보고했다. 하마터면 상륙 지휘함이 피격될 뻔했다. 맥아더는 예상 못 한 적의 화력에 놀랐고,

곧 적의 공격이 약해지자 도리어 당황스러웠다.

"클라크 대위에게서 보내온 보고입니다. 월미도 그린 비치에 조명탄이 올라오기 전까지는 상륙을 잠시 유보 바란다는 연락이 왔습니다."

맥아더의 눈빛이 빛났다.

"켈로부댄가?"

"네, 장군. 아무래도 그린 비치에 미심쩍은 부분이 있는 모양입니다."

"화력을 며칠 동안 때려 부어도 말인가?"

"잠시만 기다려보심이 어떻겠습니까?"

"알았네. 일단 사격 잠시 중지시키고, 선발 상륙정들은 대기시키게!"

맥아더가 월미도를 바라보았다. 곳곳에 불꽃이 일렁거렸다.

진철이 가파른 경사를 무시하고 아래로 달렸다. 바닷가에 막 다다른 인민군들을 곧 따라잡았다. 그들은 다섯 명이었고 정박된 작은 배에 올라타는 중이었다. 진철은 톰슨을 갈겼다. 두 명은 가슴을 부여잡고 바다로 떨어졌다. 나머지 병사들은 따발총으로 응수하며 묶인 밧줄을 풀었다. 배는 섬에서 밀려났다. 진철은 수류탄을 꺼내 힘껏 던졌다. 선미에 떨어져 폭발했다. 배는 기우뚱거렸다. 수류탄이 연이어 선상으로 떨어졌다. 한 명은 폭사하고 두 명은 스스로 바다로 뛰어들었다. 진철은 그들을 겨누다 총을 거두었다. 보아하니 헤엄을 못 치기에 내버려둘 심산이었다.

"대장님."

힘겹게 그를 쫓아온 채선이었다.

"다 끝났습니다. 올라가시죠."

채선은 눈빛을 달리하며 갑자기 총을 들었다. 진철은 혹시나 하는 마음에 몸을 숙였다. 총은 발사되고 반동으로 채선의 팔이 허공으로 향했다. 진철이 돌아보니 배 위에 한 명이 그녀가 쏜 총에 맞았는지 다리를 움켜잡았다. 원래 배에 타고 있던 이였다. 진철은 정조준해 그의 머리를 날려버렸다. 채선은 총을 던지며 진저리쳤다.

"제가 사람을 죽였나요?"

"아닙니다. ……아무튼 구해주셔서 감사합니다."

"……월미도로 가신 대원들은 괜찮을까요?"

"걱정 마십시오. 저희도 유엔군이 상륙하면 곧 뒤따라갈 것입니다."

월미도에 불꽃이 곳곳에 일렁거렸다.

채선이 월미도를 바라보았다. 불꽃이 곳곳에 일렁거렸다.

경자주포가 화력 및 기동력에서 확실히 전차에 밀렸다. 전차는 85mm 주포에다가 포탑만 빠르게 회전시킬 수 있었다. 반면 학수가 탄 자주포는 방향을 바꾸려면 차체 전체가 움직여야 하기 때문에 전차의 기동성에 범접할 수가 없었다. 게나마 다행인 것은 계진의 전차가 아직 언덕 외길을 내려오는 중이고, 자주포의 주포가 그럭저럭 화력을 지녔기에 버틸 수 있었다.

"발사!"

봉호는 학수의 명령에 맞춰 포를 날렸다. 그 즉시 자신이 돌아서서 탄을 가져와 삽탄을 해야 했다. 이 자주포가 왜 4인승인가를 뼈저리게 느꼈다. 전차와 자주포는 번갈아 헛손질을 해댔다.

"주포 우향 3도, 하향 2도. 준비되면 발사!"

학수의 명령에 봉호는 제법 시간이 지나서야 포를 발사시킬 수 있었다. 포탄은 전차가 지나간 자리로 날아갔고, 공교롭게 암벽의 틈 사이를 통과해 동굴 요새의 폭탄 더미에 떨어졌다. 환한 빛과 함께 대폭발이 일어났다. 암벽이 무너지며 동굴 요새 안 밖의 돌과 흙이 쏟아져 내렸다. 계진은 급하게 해치를 닫고 전차 내부로 몸을 숨겼다. 전차 위로 흙더미가 떨어졌다. 큰 파편들이 자주포 쪽으로도 날아왔다. 큰 돌덩이가 자주포 측면을 박았다. 차체가 크게 흔들렸으나 넘어가진 않았다.

기성은 하룡과 폭파조가 있는 갯바위로 접근하는 순간, 동굴 요새의 대폭발이 일어났다. 모래사장에서 매설 작업을 하던 인민군들은 갈팡질팡했다.

"2소대는 요새로 이동! 사령관 동지를 지키라우!"

하룡은 명령을 내리며 자신도 모래사장 중앙으로 뛰쳐나갔다. 폭파조 몇 명이 그를 따랐다. 폭파 격발기는 단 두 명만이 지키고 있었다. 그들은 유엔군 폭탄이 떨어졌었는지 주위보다 움푹 파인 구덩이에 있었다. 기성이 재빨리 내려와 칼로 한 명의 목을 그었다. 두 명까지는 무리였다. 남은 한 명은 권총으로 처리했다. 총소리에 하룡이 돌아보았다. 기성이 갯바위 바닷가 쪽으로 몸을 숨겼으나 이미 늦었다. 하룡과 폭파조원이 총을 쏘며 접근했다.

기성은 격발기를 힘껏 눌렀다. 아무런 반응이 없자 다시 한 번 격발기를 눌렀다. 역시 반응이 없었다. 조심스레 고개를 내밀어 보니 자신이 처리한 폭파조원의 손에 전선 한 가닥이 보였다. 그는 수류탄을 세 개를 연거푸 던졌다. 폭파조 대여섯 명이 나가떨어졌다. 하룡은 몸을 납작 엎드렸다. 폭파조원들도 수류탄을 던지려 했으나 그가 만류했다. 기성이 격발기를 갖고 있기에 함부로 공격할 수 없었다. 순간 기성이 몸을 날렸다. 하룡이 본능적으로 총을 쏘았다. 기성이 쓰러졌다. 일어나지 않았다.

한동안 그의 반응이 없자 하룡이 일어섰다. 살아남은 폭파조원이 따라 일어섰다. 하룡이 선두로 달렸다. 얼핏 엎드린 기성의 등짝이 보였다. 그는 거기에 총을 몇 방 날리고 다가섰다. 구덩이 위에서 내려다보았다.

'탕!'

기성이 쏜 총알이 하룡의 턱 아래를 뚫고 정수리로 나갔다. 그는 고꾸라졌다. 그가 날린 총알은 엎어진 폭파조원 시체에 박혀 있었다. 기성은 얼른 남은 전선을 연결했다. 순간 백산이 대검을 들고 그에게 달려들었다. 기성이 그를 보며 격발기를 힘껏 눌렀다.

'쿠르르릉! 펑! 펑펑펑······.'

천지가 요동쳤다. 한 번이 아니라 연쇄적으로 몰아쳤다. 모래사장의 모래가 하늘을 뒤덮었다. 밀려오던 파도가 역행해 뒤로 밀렸다. 모래를 밟고 있던 이들은 모두 하늘을 날았다. 단 몸이 온전치 못한 채로.

학수가 해안가로 고개를 돌렸다. 커다란 모래기둥이 하늘로 솟아오르는 게 보였다.

'형님!'

그는 콧등이 짠했다. 총알이 날아왔다. 해안가에서 동굴 요새로 올라오는 병력이었다.

"봉포야, 해안가로 돌려!"

학수가 소리쳤으나 자주포가 움직이지 않았다. 아래로 내려다보니 봉포 역시 움직이지 않았다.

"봉포야! 봉포!"

"……네, 대장. 괜찮습니다. 어디로?"

"해안가로 차체를 돌려"

"네…… 알겠습니다."

학수는 그의 대답을 듣고 탑재된 기관총으로 달려오는 인민군들에게 쏘았다.

봉포는 조정 레버 위에 피를 울컥 토했다. 좀 전에 날아온 파편의 충격에 그의 몸이 한쪽으로 날았고, 하필이면 뾰족한 내부 설비에 그만 등을 깊게 찔리고 말았다. 그는 몸을 억지로 빼냈었으나 숨을 제대로 쉴 수 없었다. 손잡이를 당겼으나 피가 묻어 미끌미끌했다. 그는 소매를 길게 내려 손잡이를 잡고 당겼지만, 소용없었다. 그는 손잡이에 팔을 끼우고 몸으로 힘껏 당겼다. 차체가 해안가 쪽으로 돌아갔다.

"발사!"

봉포의 몸 상태를 알 리 없는 학수는 명령을 내렸다. 그는 삽탄을 하고 포를 발사시켰다. 인민군들이 몸을 숨긴 엄폐물이 날아가버렸다.

"한 번 더 준비되는 대로 발사!"

'피잉!'

학수의 몸이 크게 흔들렸다. 뒤돌아보았다. 괴물이 흙더미를

뚫고 나오며 포를 발사했다. 좀 전의 소리는 전차 포탄이 자주
포 장갑을 스쳐 지나간 소리였다.

"봉포야, 11시 방향! 전차에 한 방 먹여!"

포탄이 전차를 명중시켰지만 전차의 움직임을 멈출 수 없었
다. 아무래도 화력 대결에서 열세였다.

계진이 해치를 열고 몸을 드러냈다.

"조준!"

계진은 학수의 우측에서 접근하고 있었다. 포탑이 방향을 약
간 틀었다.

"발사!"

'쾅!'

자주포의 우측 하단부에 명중되었다. 차체가 흔들리면 무한
궤도가 끊어져버렸다.

"봉포야, 움직여봐!"

"궤도가 끊어졌습니다."

"상관없어. 움직여. 밟아!"

봉포가 억지로 전진시켜 보았지만 궤도를 토해내며 우측 쇠
바퀴는 헛돌았다. 대신 왼쪽 무한궤도가 움직이며 차체는 우측
으로 조금씩 움직였다. 괴물이 달려오는 방향이었다. 그 앞에
제법 파인 웅덩이가 보였다. 학수의 눈이 반짝였다. 좋은 생각

이 머리를 스쳤다.

"봉포야 삽탄하고 기다려!"

"마지막 탄입니다! 이제 없어요."

봉포가 울부짖었다.

계진이 길을 따라 내려오며 학수의 자주포 상태를 보았다. 이동은 불가했고 당연 차체도 돌리지 못할 지경이었다. 그의 얼굴에 사악한 미소가 떠올랐다. 그냥 이대로 그를 날려보내기에는 아까웠다.

"발사 중지! 앞으로 전진!"

계진은 학수를 생포할 생각이었다. '인터내셔널(L' internationale)' 노래를 부르며 그의 몸에 장난칠 생각이었다. 지신의 가슴속 응어리가 풀릴 때까지. 동생의 환영이 더 이상 나타나지 않을 때까지. 그는 흥분하여 바로 눈앞의 웅덩이를 보지 못했다. 전차가 앞으로 쏠리자 알아챘다. 뭐 상관없었다. 자신이 탄 괴물에게는 이까짓 경사는 아무것도 아니었다. 차체가 웅덩이 중심을 지나 머리를 서서히 들어 올리며 위로 솟구쳐 올랐다.

"봉포야, 전진! 지금이야, 전진!"

봉포는 대장이 시키는 대로 페달을 밟으며 전진했다. 차체는 오른쪽으로 조금씩 돌아갔다. 계진의 전차와 일직선에 이르렀다.

"정지! 그대로 대기! 발사 준비!"

봉포는 발을 떼고 발사 스위치에 손을 올렸다. 웅덩이에서 전차의 기다란 주포가 먼저 모습을 드러냈다. 이어 포탑, 차체가 보였고 그에 따라 평행한 높이로 들어선 계진의 머리도 보였다.

웅덩이를 올라올 때 한껏 뒤로 젖힌 몸을 계진은 바로 세웠다. 그의 눈에 자주포의 포구가 눈에 들어왔다. 웅덩이 들어가지 전까지는 분명 왼쪽을 보고 있었다. 느낌이 왔다. 운전병에게 소리쳤다.

"정지! 뒤로 돌려!"

'펑!'

너무 늦었다. 자주포가 불을 뿜었다. 마지막 남은 포탄은 전차의 들린 하단부에 정확히 꽂혔다. 그 충격에 계진은 웅덩이로 나가떨어졌다. 전차는 관성에 의해 웅덩이를 벗어나 차체가 한쪽으로 쏠리며 멈춰 섰다.

작전은 성공했으나 학수에게 주어진 안도의 순간은 숨 두어 번 거칠게 몰아치는 시간밖에 없었다. 전차의 차체는 고장 났으나 포탑이 돌아갔다. 괴물의 주포는 학수를 겨누었다.

"꽉 잡아!"

'쿵!'

전차의 포탄이 자주포 하단에 명중했다. 자주포의 앞이 들렸다. 학수는 공중을 날아 땅에 처박혔다. 봉포는 실내에서 정신을 잃었다. 자주포에 검은 연기가 솟구쳤다.

TNT 폭발에 모래 더미에 파묻혔던 기성이 몸을 일으켰다. 입안에 든 모래를 뱉어내고 자기 뺨을 몇 번이나 때리고서야 정신을 차렸다. 그의 눈에 검은 연기를 내뿜는 자주포가 보였다. 그는 동생들이 걱정되어 무작정 달렸다. 그는 달렸다고 생각했으나 힘이 빠지고 발목이 모래에 푹푹 빠져 속도가 나지 않았다.

밟히는 모래가 점점 얕아지고, 자주포가 가까워졌다. 순간 기성의 두 다리는 허공에 떴다. 백산이 어느새 옆에서 달려와 들이박았다. 그는 쓰러진 기성 위에 올라타더니 품속에서 단검을 꺼냈다.

"뉘래 이 칼 주인 맞네?"

백산은 누런 이를 드러내며 웃었다.

"뭐인 소리네?"

밑에 깔린 기성이 아니라며 고개를 흔들었다. 백산이 단검과 기성을 번갈아보며 갸웃거렸다. 순간 기성이 모래를 한 움큼 집어 그의 눈에 던졌다. 백산은 그 같은 행동을 예상했는지 눈을 미리 감아버렸다. 다시 눈을 뜨고 누런 이를 드러내며 주먹을 내질렀다. 기성의 목이 빠질 듯 획획 돌아갔다. 정신이 혼미해졌다. 모래라도 다시 쥐어보려 손을 뻗었다. 제법 큰 조개껍데기가 손에 걸렸다. 무작정 휘둘렀다. 조개껍데기가 백산의 눈동자 하나를 갈랐다. 그는 소리를 크게 질렀으나 여전히 기성의 몸 위였다. 그는 기성의 칼을 그의 목에 살포시 올렸다. 기성은 양손으로 백산의 손목을 잡았다.

"학수야! 봉포야!"

기성이 힘껏 밀어 올렸으나 칼끝이 목에 닿았다. 조금씩 피부에 파묻혔다. 피가 찔끔 튀었다.

자주포에서 떨어진 학수는 꾸역꾸역 일어섰다. 전차에서 나오는 인민군 한 명을 권총으로 맞추기까지 했다. 그는 자주포 포탑으로 기어올랐다.

"봉포야, 정신 차려! 봉포야!"

봉포가 소리에 반응을 했으나 눈을 제대로 뜨지 못했다.

"동생을 생각해야지. 힘내!"

"봉호? 봉호야!"

"그래, 눈을 떠!"

봉포는 정신을 차리기 시작했다.

동시에 웅덩이에 떨어진 계진이 눈을 떴다.

학수가 봉포에게 손을 내밀었다. 봉포가 그의 손을 잡고 일어섰다.

"먼저 올라가. 내가 밀어줄게."

"대장님, 잠시만."

그는 구석에 처박힌 조명탄 권총과 탄을 찾았다. 학수는 고개를 끄덕이며 그를 밖으로 밀어 올렸다. 이어 학수도 올라갔다. 둘은 잠시 포탑에 등을 기대고 숨을 돌렸다. 봉포가 조명탄 권총을 건넸다. 받아 쥔 학수가 어두운 하늘을 향해 조명탄을 쏘아 올렸다.

밤하늘에 한 줄기 붉은빛이 올라갔다. 한계치에 도달하고는 옆으로 새끼를 치며 천천히 하강했다. 해안가 모래사장을 환하게 비추었다.

상륙 지휘함 마운트 매킨리 함교에서 맥아더가 이를 응시했다.

공작선에 올라타던 채선이 이를 물끄러미 바라다보았다.

학수와 봉포는 뿌듯한 얼굴로 모래사장을 환하게 비추는 조명탄을 올려다보았다. 학수는 시선을 내리다 자주포 근처에 있는 기성을 뒤늦게 발견하고는 자주포에서 뛰어내렸다. 백산의 칼은 이미 반이나 기성의 목을 잠식했다. 기성이 피를 울컥 토해냈다. 칼은 인정을 두지 않고 깊게 내려갔다. 백산의 누런 이가 다시 드러났다.

'탕!'

백산은 옆으로 쓰러졌다.

"형님!"

학수가 권총을 놓으며 두 손으로 기성을 안아 올렸지만 그는 이미 산 사람이 아니었다. 학수가 그의 머리를 가슴으로 꼭 껴안았다.

'탕!'

학수에게 통곡할 시간도 주어지지 않았다. 고개를 돌리니 봉포가 머리에 피를 뿜으며 포탑 후미에서 곤두박질쳤다.

'림계진이다!'

학수가 권총을 집어 들고 봉포에게로 달려갔다. 봉포는 원통한지 눈을 부릅떴다.

"장학수!"

계진이 자주포 맞은편에서 소리쳤다. 머리에서 흘러내린 피가 그의 얼굴을 끊임없이 적셨다. 학수는 여전히 피가 솟구치는 봉포의 관자놀이를 막으며 소리 없이 울부짖었다.

"이보라우! 장학수!"

'탕! 탕! 탕!'

학수가 차체 옆으로 몸을 빼 권총을 쏘았다. 총알 수 따위는 안중에 없었다. 남은 탄창도 없었다. 학수와 계진은 사주포 앞과 뒤 본체에 각각 등을 기대며 숨을 돌렸다.

"정선실 동무가 말해줬슴메……."

학수는 '정선실'이란 말에 눈을 크게 떴다.

"내 동생 용진이가 학수 니 아바이를 죽인 거이 맞네?"

'탕!'

학수는 총으로 질문에 답했다.

"맞는 모양이네. ……내래 기딴 거 모르겠슴메. 내래 동생 원수만 생각하갔어."

"……그래? 그럼 너네 말대로 이념이 피보다 진하냐?"

학수가 드디어 말문을 열었다. 계진은 피식 웃고 답하지 않았다.

"공산주의가 뭐냐? 다 같이 잘 살아보자는 거잖아……".

계진은 답하지 않고 자주포 차체 위로 조용히 올라섰다.

"이렇게 같은 민족, 사람들을 서로 죽여야만 하는 것이냐?"

계진은 재빠르게 뛰었다. 학수가 인기척에 차체 옆을 살펴보았으나 아무도 없었다. 문득 고개를 들었다. 계진이 머리 위에서 총을 쏘았다. 학수의 쇄골 하나를 박살 내었다. 그는 넘어지며 방아쇠를 연달아 당겼다.

'탕! 철컥, 철컥……'

총알이 빗나갔다. 계진이 천천히 총을 들어 올려 한 방 쏘았다. 학수의 허벅지에 피가 튀었다. 다시 한 방. 옆구리에 피가 튀었다.

'철컥, 철컥……'

계진은 빈 탄창을 분리시켰다. 학수가 품속을 더듬거렸다. 계진은 그를 노려보며 주머니에서 새 탄창을 꺼내 천천히 장전했다. 학수가 순간 금장 권총을 꺼내 계진을 겨누었다.

"하하하, 그 금장 총알이 널 살려줄 거이 같네?"

계진이 비웃으며 장전을 마치고 총을 들었다.

"지금 확인해봐야지!"

'탕!'

림계진의 이마에 구멍이 났다. 그는 바닥으로 고꾸라졌다. 학수는 총을 집어 던지며 거친 숨을 몰아쉬었다. 숨 쉬는 주기가 점점 길어졌다. 그는 이를 악다물고 품속에 손을 넣어 무엇인가를 찾아 꺼냈다. 어머니와 찍은 사진이었다.

'어머니!'

사진은 피로 물들어 어머니 얼굴이 제대로 보이지 않았다. 학수는 손으로 사진에 묻은 피를 닦으려 했지만 도리어 피가 더 묻었다. 눈물이 났다. 사진에 떨어진 눈물이 피를 닦아냈다.

어머니의 얼굴이 어렴풋 보였다. 학수의 표정이 밝아지고, 이내 어머니의 얼굴이 뚜렷이 떠올랐다. 머리와 옷매무새를 단정히 한 어머니가 미소를 띠며 그에게 다가왔다. 채선이 어느새 어머니 곁에 서 나란히 걸어왔다.

'인천에서 기다리겠습니다.'

지금 여기가 인천이기는 한데 과연 약속을 지킨 것일까. 학수는 있는 힘을 다해 사랑하는 이들에게 말을 건넸다.

"……미안합니다. ……고맙습니다."

학수는 눈을 깜박이지 않았다. 들숨은 들어갔는데 날숨이 더이상 나오지 않았다. 눈물만 한줄기 흘러내렸다.

⚜

채선이 탄 배는 마운트 매킨리호에 다가갔다. 선상의 해군들이 자살특공대인줄 알고 긴장했으나 클라크 대위의 신분을 확인하고 승선시켜 주었다. 채선은 비록 맥아더는 만나보지 못했지만 선상 한쪽 구석에서 인천 상륙 과정을 고스란히 눈에 담았다.

05시, 콜세어 전투기 8대가 월미도를 폭격했다. 방파제 도로를 건너오던 장갑차 2대가 완파되었다.

05시 45분, 월미도 그린 비치에 전 함대사격이 개시되고, 콜세어 전투기는 10대로 불어났다. 함포 발사 각도의 최고 고도를 300미터, 비행기 최소 고도를 500미터로 정해 불상사를 미연에 방지했다. 인천 시내를 빠져나온 시민들이 작은 배를 타고 전함들 옆으로 스쳐갔다. 그들은 작은 섬으로 이동했다.

06시 15분, 해가 뜨는 동시에 땅딸막하게 생긴 로켓 발사함 3척이 집중 포격을 개시했다. 수천 발의 로켓을 불과 14분 동안에 발사했다.

06시 27분, 마운트 매킨리호의 선상 방송이 흘렀다.

'상륙부대가 해상 공격 개시선을 곧 돌파한다.'

채선 주위의 해군들이 무릎을 꿇고 기도를 올렸다. 채선은 잠시 눈을 감고 학수를 비롯한 켈로부대원들의 안전을 기원했다.

06시 33분, 첫 번째 상륙함정들이 월미도 그린 비치에 도착했다. 별다른 저항이 없었다.

06시 45분, 대형 상륙함에서 불도저를 단 전차 3대와 화염방사기를 단 전차 3대가 상륙했다.

해변에서의 저항은 거의 없었지만 월미도 각 동굴 속에 숨은 인민군들의 저항은 심했다. 수류탄을 던지며 격하게 저항했지만 전차는 그들에게 상극이었다. 동굴 입구에 포탄 몇 발을 날리자 항복을 하는 인민군들이 쏟아져 나왔다. 그래도 동굴에 숨어 끝까지 저항하는 100여 명의 인민군들이 있었다. 미 해병은 전차에 달린 불도저로 동굴 입구를 막아 그들을 생매장했다. 전차가 접근하기 어려운 동굴은 화염방사기로 불태웠다.

07시 50, 미군은 월미도를 완전히 점령했다.

문제는 지금부터였다. 만조 2시간 동안 상륙작전을 성공시켰으나 곧 썰물이었다. 함대는 상륙병들을 남기고 뒤로 물러났다. 다음 만조가 되는 17시 20분까지는 바다에서 대기해야만 했다.

상륙병 500여 명은 사주를 경계하며 저녁에 지원군이 올 때까지 월미도를 사수해야 했다. 항공모함에서 출격한 콜세어기와 함포사격으로 인천으로 통하는 모든 도로를 차단했고, 북은 결국 지원 병력을 보내지 못했다.

오후에 잠시 비가 내렸다. 채선은 선상에서 내리는 비를 피하지 않았다. 진철이 그녀를 선실로 안내하고 따뜻한 수프와 빵과 초콜릿을 가져왔다. 그녀와 그는 말없이 식사를 했다.

만조가 시작되었다.

17시 32분 블루 비치에 상륙함정이 접안했고 1분 뒤, 레드 비치에 상륙병들이 발을 디뎠다. 그들은 사다리를 이용해 안벽을 올라갔고 인천 시내로 진격했다.

채선은 클라크 대위의 노력으로 고속 상륙정을 진철과 함께 탈 수 있었다. 고속정이라 하나, 가는 뱃길은 더디기만 했다. 마음은 벌써 모래를 밟고 있었다. 만조 끝 무렵, 월미도에 도착할 수 있었다. 갯벌이 드러나기 전에 고속정은 재빨리 본함으로 돌아갔다.

멀리 인천 시가지에서 총소리가 계속 울렸다. 월미도 주둔 미 해병으로부터 신분을 확인받고 1시간을 겨우 얻었다.

해안가를 둘러보는 채선은 먹먹하기만 했다. 온전한 시체가 많지 않았다. 이 아름다운 해변에 무슨 일이 일어난 걸까. 엎드린 시체를 바로 눕혀 얼굴을 확인할 용기가 나지 않았다. 다행히 진철이 그녀 대신 힘든 일을 해주었다.

"채선 씨."

가슴이 덜컥 내려앉았다. 진철이 막 시신 한 구를 바로 눕혔다. 그녀는 떨리는 걸음으로 다가갔다. 목에 단검이 박혀 있었다.

'남기성 부대장이다.'

눈물이 왈칵 올라왔다. 한편으로는 학수가 아닌 것에 대한 안도감이 스며들었다. 그녀는 학수가 근처에 있을 것 같았다. 언덕으로 올라가는 암벽 쪽으로 방향을 잡았다. 반파된 자주포가 보였다. 자연 눈길이 갔다. 몇 걸음 안 가 고개를 옆으로 돌린 시체 두 구가 보였다. 눈물이 쏟아졌다.

'강봉포 켈로대원.'

'삼촌의 원수 림계진.'

둘 다 눈을 감지 못했다. 채선은 겨우 그들에게서 시선을 거두었으나 발걸음이 떨어지지 않았다. 결과를 미리 아는, 말도 안 되는 문제가 자신을 기다리고 있는 것 같았다. 채선은 자리를 피하고 싶었지만 입술을 깨물며 자주포 옆을 돌았다. 학수는 자주포 무한궤도에 등을 기댄 채 숨져 있었다. 채선은 순간 제자리에 주저앉았다. 울음을 내질렀으나 그 소리가 차마 입 밖으로 나가질 못했다. 그저 꺽꺽 하는 소리만 내고 있었다. 진철이 달려왔지만 이내 자리를 비켜주었다. 채선이 학수 곁으로 다가가 앉았다.

"……아직 해야 할 일이 많잖아요. ……벌써 죽으면 안 되잖아요."

눈물이 말을 막았다. 그녀는 그의 머리를 자신의 가슴에 묻었다.

"끝까지 살아남을게요. ……전쟁이 끝날 때가지. 꼭……살게요."

그녀의 눈물이 그의 손에 떨어졌다. 학수는 어머니 사진을 꼭 쥐고 있었다. 세상에 태어났을 때의 아기처럼 주먹을 움켜쥐고 있었다.

에필로그

시간은 흐른다.

오전 늦게 오랜만에 장이 섰다. 장사치들은 어이 알고 본래 자기 위치에 짐을 풀기 시작했다. 듬성듬성 빈자리의 주인들은 분명 큰일이 난 사람이거나 큰일을 당한 사람의 가족일 확률이 높았다.

길련이 막내를 등에 업은 채 소쿠리에 산나물을 담았다. 그녀의 옆자리에는 여지없이 가마솥 물이 끓기 시작했다.

"어르신, 또 아드님 보세요? 식사는 안 하세요?"

나정임은 길련에게 등을 보인 채 사진을 보고 있었다.

"이제 해야지. 홍이 엄마도 같이해."

"할머니."

길련의 자식들이 달려왔다. 장남 홍을 비롯한 두 딸애였다.

"아이고 내 새끼들. 할미가 국수 좀 말아줄게."

애들은 가마솥 앞에 놓인 낮고 기다란 의자에 척척 앉았다.
나정임은 서두르다 품속의 사진을 그만 끓는 물에 떨어뜨리고
말았다. 한동안 그 사실을 알지 못했다.

"할머니, 가마솥에 이게 뭐예요?"

면 다발을 넣으려던 나정임은 그제야 알아챘다.

"아이고, 내 아들!"

그녀는 끓는 물에 얼른 손을 담가 사진을 꺼냈다. 사진 속 잘
생긴 인물은 온데간데없었다. 그녀는 너무 당황해 뭐라 말을
꺼내지도 못했다. 그녀의 내리깔린 시선 앞에 한 사람이 멈춰
섰다. 그녀는 고개를 들었다.

"장학수 씨 어머니세요?"

나정임은 고개를 끄덕이며 일어섰다. 다리가 후들거렸다. 채
선이 그런 그녀의 손을 잡았다. 둘은 서로의 온기를 느꼈다. 채
선과 나정임은 말없이 시선을 나누었다. 말하지 않아도 알 것
같았다.

"색시, 말하지 마소. ……우리 아들 잘 있소?"

채선은 연신 입술을 깨물었다.

"……네, 그럼요. 어머님."

나정임의 눈에 눈물이 고였다. 채선은 손가방에서 사진을 꺼
내 건넸다. 모자가 환하게 웃으며 찍은 사진이었다.

"어머님께 전해드리라 하시던데요?"

나정임이 눈물을 얼른 훔치고 사진을 받아 들었다. 한동안 아들을 바라보았다.

"그래, ……나랏일로 또 못 온다 하던가요?"

채선은 잠시 망설이다 담담히 고개를 끄덕였다. 시선을 돌리니 길련의, 기성의 자식들이 그녀를 올려다보고 있었다. 채선은 더 이상 버틸 수 없었다. 아니다. 그들에게 전해야 할 말. 적어도 오늘은 아니다.

"그럼, 전 이만…… 건강하세요. 어머님."

나정임이 힘없이 돌아서는 채선의 손목을 잡았다. 나정임의 얼굴에 눈물이 흘러내렸다.

"색시, 국수 한 그릇 먹고 가."

"아니에요."

"아니긴. 제발 한 그릇 먹고 가!"

채선은 고개 들어 눈물을 삼키며 숨을 크게 한 번 몰아쉬었다.

"네, 감사합니다. 먹고 갈게요."

나정임은 연신 고개를 끄덕이며 가마솥 옆에 쭈그리고 앉았다. 기성의 애들이 붙어 앉으며 자리를 만들어주었다. 채선은 방긋 웃으며 빈자리에 걸터앉았다. 나정임은 빈 그릇에 국수를 담아냈다.

햇살이 내려왔다. 골고루 비추었다. 그들을, 다른 이들을, ……빈자리를.

연합국 소속의 비밀첩보부대 켈로는

1948년부터 1952년까지 총 30,000 여 명이 있었고

그 중 8,000 여 명이 작전 중 사망하거나 실종되었다.

참고문헌

6.25 전쟁사 낙동강(2010) – 류형석

KLO의 한국전 비사(2005) – 이창건

맥아더와 한국전쟁(2012) – 이상호

존 톨랜드의 6.25전쟁(2010) – 존 톨랜드, 김익희

한국 전쟁의 원인(2007) – 고재홍

사진과 그림으로 보는 북한 현대사(2014) – 김성보, 기광서, 이신철

맥아더(2015) – 리처드 프랭크, 김홍래

한국전쟁 II (2010) – 박도

한국전쟁통신(2012) – 세르주 브롱베르제, 정진국

6.25 전쟁 1129일(2013) – 이중근

기갑전으로 본 한국전쟁(2008) – 권주혁

폭격(2013) – 김태우

운명의 1도(2014) – 에드워드 로우니, 정수영

한국전쟁 해전사(2013) – 말콤 카글, 프랭크 맨슨, 신형식

한국 1950 : 전쟁과 평화(2002) – 박명림

6.25전쟁 60대 전투(2010) – 온창일 외 7명

인천상륙작전

1판 1쇄 발행 2016년 7월 27일
1판 2쇄 발행 2016년 8월 12일

원작 정태원, 이재한, 이만희
소설 안진홍

발행인 김성룡
편집·교정 박소영
디자인 황선정
사진제공 인천상륙작전기념관

펴낸곳 도서출판 가연
주소 서울시 마포구 월드컵북로 4길 77, 3층 (동교동, ANT 빌딩)
구입문의 02-858-2217
팩스 02-858-2219

ISBN 978-89-6897-027-6 03810